Wesoły Dżentelmen Marii

KSIĘGARNIANE PIĘKNOŚCI
KSIĄŻKA DWA

CATHERINE BILSON

EBONY OATEN

SHENANIGANS PRESS

Wesoły Dżentelmen Marii

Marie Baxter, druga z sióstr, jest rozważnym i stabilnym sercem Księgarni Baxtera. Zadowolona z prowadzenia rachunków, unika zamieszania związanego z dostawami i ceni spokojną codzienność Hatfield. Jednak gdy wymagający hrabia nalega, by tylko ona dostarczyła mu cenne książki do odległej Kumbrji, Marie niechętnie wyrusza w podróż, której wolałaby uniknąć.

Jej starannie zaplanowana wyprawa szybko się komplikuje: pogoda jest zdradliwa, towarzysze irytujący, a cel – surowy zamek wysoko w górach – zupełnie inny niż się spodziewała. A hrabia? Sebastian, ponury i zakochany w książkach hrabia Renwick, jest zupełnie inny niż wyobrażony zrzędliwy starzec. Jest młody, irytująco przystojny i pozbawiony ogłady.

Skręcona kostka sprawia, że Marie spędza Boże Narodzenie w zamku Alston, otoczona psotnymi bliźniakami Sebastiana, nieudolnym nauczycielem oraz zamkiem pełnym tajemnic.

Wraz z pogłębiającym się śniegiem rośnie też więź między Marie a hrabią, który zaskakuje ją cichą troskliwością i pasją do wiedzy. Ale Sebastian zamknął swoje serce na świat, a Marie musi zdecydować, czy zaryzykuje i otworzy swoje własne.

Wraz z pogłębiającym się śniegiem rośnie też więź między Marie a hrabią, który zaskakuje ją cichą troskliwością i pasją do wiedzy. Ale Sebastian zamknął swoje serce na świat, a Marie musi zdecydować, czy zaryzykuje i otworzy swoje własne.

Ostrzeżenie dotyczące treści

- Przemoc emocjonalna ze strony rodziny
- Niewierny partner
- Śmierć rodziców
- Powszechna niesprawiedliwość i seksizm, ponieważ kobiety traktowano jak obywatelki drugiej kategorii
- Koty rozmnażające się w sposób niekontrolowany, ponieważ sterylizacja zwierząt domowych nie była jeszcze stosowana

Zalecamy również, by nie stosować żadnych ziołowych środków wspomnianych w tych książkach. Choć niektóre mogą działać, nie zawsze są niezawodne, a dawki i skuteczność mogą się różnić w zależności od osoby. Prosimy, aby niczego w tych książkach nie uznawać za poradę medyczną.

Prolog

Baxter's Fine Books, Hatfield, Anglia
Sierpień 1814 roku

— **K**umbria. Co za absolutnie niedorzeczny pomysł!

Marie Baxter, druga najstarsza i z pewnością najbardziej wrażliwa z czterech córek Baxterów, prowadzących księgarnię Baxter's Bookshop w Hatfield w hrabstwie Hertfordshire, spojrzała na list w dłoni i westchnęła z frustracją.

Autor korespondencji mógł i być hrabią, ale nie było mowy, by miała podróżować aż do Kumbrii, żeby dostarczyć dwie książki. Nieważne, jak cenne. Uniosła pióro i napisała odpowiedź, stalówka wrzynała się w papier w rytm jej irytacji.

— *Nie mam ani czasu, ani ochoty, by niemal przez dwa tygodnie tłuc się w dyliżansie pocztowym ze wszystkimi jak leci, tylko po to, by dostarczyć dwie książki. W Hatfield są ludzie, którym ufam i którzy bez trudu wykonają to zadanie, podczas gdy ja zostanę w księgarni i będę wypatrywać kolejnych tytułów z pańskiej listy.*

Z wyrazami szacunku itd., M. Baxter.

Dlaczego ten człowiek nie powierzy książek zwykłemu posłańcowi? Jego poczucie uprzywilejowania nie znało granic! Posypała list piaskiem, złożyła go i od razu ruszyła do sąsiedniego Red Lion, by wysłać go najbliższą pocztą jadącą Great North Road. Późne popołudnie zrobiło się chłodne, więc owinęła się szczelniej chustą, zakrywając ramiona i uszy.

Dzwoneczek nad drzwiami zadzwonił, kiedy wróciła do sklepu. Sprytna Kotka nie pognała do wyjścia, jak się spodziewała. Teraz, gdy o tym pomyślała, od jakiegoś czasu nie widziała pulchnej, czarnej kotki. Albo wymknęła się, gdy nikt nie patrzył, albo znalazła sobie gdzieś ustronne miejsce, by wić gniazdko dla wkrótce mających się narodzić kociąt.

Wrzesień 1814 roku

Następny list od hrabiego nie był wcale lepszy.

— Nikomu nie ufam w kwestii dostarczenia tych tytułów prócz pani. Osoby trzecie są gorsze niż bezużyteczne — są niedbałe. Książki może i dojadą, ale w jakim stanie? Tylko ktoś o tak rozległej wiedzy i doświadczeniu jak pani pojmie nie tylko ich wartość pieniężną, lecz także symboliczną i głęboko istotną wartość dla świata literatury. Dlatego to pani, i tylko pani, musi dostarczyć mi te książki. Zostanie pani stosownie wynagrodzona za czas i trud. Gdyby zrobiła pani, jak pierwotnie prosiłem, już by tu były, a pani byłaby w dobrej drodze powrotnej.

Marie przewróciła oczami. To nie były prośby, lecz żądania, i robiły się coraz bardziej kategoryczne.

— Nasz interes byłby już dawno pomyślnie zakończony. Dość zwłoki. Proszę przywieźć moje książki.

— Renwick.

Pokazała list siostrze Louise, która właśnie prostowała plecy po mieszaniu świeżej porcji śmierdzącego kleju. Chłodniejszy, jesienny wiatr wył przez okna i szczypał je w kark, ale tylko otwarte okna pozwalały wywietrzyć odór.

Kocięta Sprytnej przebiegały przez księgarnię jak puszyste czarne dziury. Gdy dwoje z nich turlało się i bawiło razem, nie sposób było dostrzec, gdzie kończy się jedno, a zaczyna drugie.

— Są takie rozkoszne — powiedziała Louise, śmiejąc się, gdy jedno z kociąt rzuciło się na powłóczącą się sznurówkę od buta.

— Owszem, ale bardzo szybko będziemy musiały znaleźć im domy.

— A czemu by nie zatrzymać jednego, żeby Sprytna miała towarzystwo?

— Bo jeśli zatrzymamy kocurka, dorośnie i zacznie znaczyć książki moczem. A jeśli kotkę, pewnie będzie równie płodna jak matka. I jeszcze przyjdzie nam kiedyś szukać domów aż dla dwóch miotów — odparła rzeczowo Marie. Ktoś musiał twardo stąpać po ziemi.

— To będę się nimi cieszyć, póki są małe i urocze — oznajmiła Louise, chwytając przemykające kociątko i wtulając jego mięciutkie ciałko w policzek. — Lepiej odpisz Hrabiemu Wymagającemu i powiedz mu, gdzie może sobie wsadzić swoje żądania.

— Muszę być milsza! Za każdym razem, gdy dajemy ogłoszenie w *The Times*, przysyła kolejny list z prośbą o dodanie następnych książek do zamówienia. To już prawie sto funtów.

Louise zagwizdała przez zęby, mało to było damie przystoi. — Może powinnaś pojechać. Estelle z pewnością by pojechała.

To szczere spostrzeżenie ukłuło Marie. Wiernie obiecała najstarszej siostrze, że świetnie sobie poradzą z prowadzeniem księgarni pod nieobecność Estelle.

Cztery siostry Baxter i tak już prowadziły księgarnię pod nieobecność ojca. Potem Estelle poślubiła ukochanego pana Yatesa i przebywała obecnie w Irlandii, odwiedzając jego matkę.

Louise miała rację: Estelle dawno wyruszyłaby już do Kumbrii, traktując tę wyprawę jak przygodę. Marie natomiast widziała w niej koszmar. Nigdy nie była dalej od Hatfield niż w Londynie i znienawidziła zarówno podróż, jak i samo miasto. Miejski hałas wiercił jej w głowie, wywołując najgorsze migreny. Ostatnie, na co miała ochotę, to spędzić tydzień lub dłużej w jedną stronę w zatłoczonym, dusznym dyliżansie, podskakując na każdym wyboju aż niemal pod granicę ze Szkocją!

Marie znalazła znakomitą ripostę: — Estelle zabrałaby książki, wróciła, a potem natychmiast stanęłaby w obliczu kolejnego zamówienia — zauważyła.

Louise skinęła głową. — Słusznie. No dobrze, musisz go jakoś przekonać, Marie. Sto funtów to nie przelewki! — Pocałowała jeszcze raz kociątko, aż zapiszczało z protestem, po czym postawiła je na podłodze i wróciła na górę.

Marie skreśliła odpowiedź i była tak uprzejma, jak to możliwe, w tym w ostatnim akapicie;

— Obecnie brakuje nam rąk do pracy i nie mogę zostawić księgarni bez opieki. Proszę ponownie rozważyć preferowany sposób dostawy.

Z poważaniem, M Baxter.

Październik 1814 roku

— Gdzie pani jest i gdzie są moje książki? Potrzebuję ich tutaj na Boże Narodzenie!

Ten ostatni list od Hrabiiego Wymagającego naprawdę zirytował Marie. Radziły sobie nieźle bez ojca i Estelle, ale ostatnio obowiązków przybyło. Miały szczęście, że pomagała im młoda Ruth Millings oraz kuzyn Brutus Baxter. Brutusowi nie przeszkadzał też smród kleju i wydawał się szczerze podekscytowany nauką sztuki naprawy i oprawy książek, okazując się kompetentnym i entuzjastycznym czeladnikiem Louise. Dzięki temu mogły zwiększyć liczbę tytułów naprawianych i oprawianych w danym tygodniu, co mile podreperowało dochody księgarni.

Ku ich radości, w krótkim odstępie czasu dotarły dwie skrzynie książek i tytuły okazały się niezwykle popularne. Sprzedawały się łatwo, co pomagało im odkładać środki na spłatę ogromnej pożyczki bankowej ojca.

Jeszcze przyjemniejsze od książek było znalezienie krótkiej notki od Taty, co stanowiło ogromną ulgę. Niestety była bez daty, co było irytujące. Louise bystro dostrzegła wskazówkę dotyczącą daty w pospiesznie nabazgranej notatce Taty.

Znów jestem w Tours. Ulewne jesienne deszcze, drogi na północ w najlepszym razie marne.

— Aha! W poprzedniej notce pisał, że dotarł do Tours — powiedziała Lousie. — Tamta była datowana. Skoro tu pisze, że jest w Tours *znowu*, to znaczy, że ta notka powstała po poprzedniej. Prawie musiało tak być, bo tamta dotarła prawie trzy miesiące wcześniej, ale dobrze mieć potwierdzenie.

— Jesteś genialna! — powiedziała Bernadette.

— Bywają takie chwile — Louise uśmiechnęła się, zadowolona z rozwiązania zagadki.

Marie roześmiała się i dodała: — Najwyraźniej bawi się tam wyśmienicie. — Ulgą było, że Louise tak szybko to rozgryzła. Były zgranym zespołem.

Ale gdyby Marie wyjechała z Hatfield w podróż, dotychczasową pracę czterech sióstr musiałyby dźwigać tylko dwa barki. Była najstarszą z sióstr, które zostały w domu

Nie mogła jechać. Absolutnie nie mogła.

Nawet z dwiema dodatkowymi książkami, o które poprosił hrabia, co podniosło jego zamówienie do stu dziesięciu funtów.

To w ogóle nie wchodziło w grę.

Wezwanie z Alston

Początek listopada, 1814 roku

—Jeśli nie chcecie dostarczyć mi książek, których żądam, natychmiast unieważnię całe zamówienie i zwrócę się do dostawcy, który jest punktualny i rzetelny.

Ten najnowszy list od —Hrabiego Wymagającego— — jak ochrzciła go Louise i tak już zostało — był dla Marie absolutnie kroplą, która przelała czarę. Gdyby tylko nie dotarł równocześnie z ich rachunkiem z towarzystwa ubezpieczeniowego.

Nie było tak, że Marie zapomniała o tym wierzycielu. Prowadziła doskonałe księgi i wiedziała, kiedy przypada termin każdej należności. Niestety, nie przewidziała, że rachunek będzie o wiele wyższy niż w roku ubiegłym. Dlaczego wszystko robiło się takie drogie? Zmarszczyła brwi na widok dwóch listów leżących obok siebie na ladzie w sklepie.

W okresie poprzedzającym Boże Narodzenie panował

ruch: klienci gromadzili zapasy książek do czytania przez zimę i na prezenty. Potem bywało chudo aż do mniej więcej połowy lutego. Gdyby Hrabia Wymagający mógł poczekać, Marie byłaby w stanie wyjechać, nie martwiąc się tak bardzo o siostry.

Oczywiście w lutym drogi najpewniej byłyby jeszcze gorsze, więc to też trzeba było brać pod uwagę.

Louise i Bernadette były zajęte rozpakowywaniem świeżej skrzyni książek, która przybyła tego ranka od ich ojca z Francji; układały je w równe stosy, podczas gdy Marie pracowała nad rachunkami i korespondencją.

Zerkając raz jeszcze w kalendarz, Marie wyliczyła, że jeśli wkrótce wyruszy do Kumbrii, spędzi w drodze około dwóch tygodni, dostarczy książki i odbierze zapłatę, a potem wróci w sam raz na ostatnią przedświąteczną gorączkę w handlu książkami.

Bernadette zapytała: — Czy jest tu list od taty?

— Nie mogę znaleźć — odparła Louise. — Marie, mamy dość pieniędzy, żeby przetrwać do lutego?

— Jeśli będziemy ostrożne, ale musimy być bardzo ostrożne. I liczyć na wiele sprzedaży.

Bernadette pokręciła głową, sprawdzając kolejną francuską książkę, czy nie ma w niej listów lub notatek od ojca, które mogłyby wypaść spomiędzy kartek. — Może powinnaś więc pojechać do Kumbrii. Zamówienie Hrabiego Wymagającego wystarczy z nawiązką, żeby pokryć wszystkie rachunki.

Marie prychnęła ze złością, choć Bernadette mówiła dokładnie to, co sama już myślała. I co w głowie miała już w dużej mierze zaplanowane. — Wiem.

Była o krok od tego, by napisać do Hrabiego Wymagającego i zasugerować, żeby wysłał swoich zaufanych służących po odbiór książek. Był zapewne tak wymagający, że cała jego służba uciekła w popłochu, więc może żadnej nie miał. Dlaczego inaczej napisałby: — Ufam jedynie Pani —? Widziała go oczami wyobraźni jako ogra śpiącego na stercie książek, niczym smok na górze skarbów.

— I im dłużej jego książki będą tu leżeć, tym dłużej nie będą opłacone — dodała Bernadette.

Marie odparła kąśliwie: — Doskonale sobie z tego zdaję sprawę. — Ścisnęła nasadę nosa.

Louise ścisnęła jej ramię i powiedziała: — Robisz za Estelle, myśląc, że nie damy sobie rady bez ciebie. Brutus i Ruth robią dużo więcej, niż ci się wydaje. A Rosie przychodzi pomagać pani Poole.

Rosie była dodatkową pokojówką, którą wielkodusznie przysłał im Felix Yates, by pomagała pani Poole, żeby ta miała czas na zebrania komitetu z panną Yates; była wielką pomocą dla wszystkich — pracowita, sympatyczna dziewczyna.

Bernadette i Louise tak długo naciskały na Marie, aż ta westchnęła głośno. — Dobrze, wygrałyście. Wyjadę w przyszłym tygodniu.

— Albo możesz wyjechać jutro — powiedziała Bernadette. — Im szybciej pojedziesz, tym szybciej wrócisz.

Marie nie znosiła, kiedy jej siostry miały rację.

— Nie — odparła uparcie. — Czy w ogóle spojrzałyście na trasę, którą musiałabym jechać?

Zarówno Louise, jak i Bernadette musiały przyznać, że nie, więc Marie wyciągnęła przewodnik drogowy i rozkład dyliżansów, które ostatnimi czasy przeglądała aż nazbyt często.

— Spójrzcie, tu jest Alston. Około dziesięciu mil od Carlisle, tuż przy szkockiej granicy.

— To... bardzo daleko — powiedziała Louise, zerkając jej przez ramię.

— Poczta jedzie prosto do Carlisle, oczywiście, regularnie zmieniając konie, ale ja będę musiała się zatrzymywać i odpoczywać. To znaczy kilka noclegów, a ja chcę wysłać listy z wyprzedzeniem do porządnych zajazdów, żeby mieć pewność, że będą dla mnie pokoje.

Bernadette skinęła niechętnie, najwyraźniej widząc w tym sens. — Peterborough, Lincoln, York...

To ogromna odległość i z pewnością będzie niewygodnie. Na samą myśl o tym zaczęły ją boleć kark i plecy. — Całą drogę do Carlisle, gdzie będę musiała wynająć bryczkę lub coś podobnego, by dotrzeć resztę trasy. I muszę napisać wcześniej, żeby to zaaranżować.

Choć nie miała na to ochoty, Marie przeczuwała, że do tego dojdzie. Wszystko rozplanowała. Na wszelki wypadek. Planowanie pomagało jej zachować spokój, a jeśli zdarzy się najgorsze, będzie dokładnie wiedziała, co robić.

Przynajmniej Hrabia Wymagający obiecał pokryć wszystkie jej koszty, więc zatrzyma się w porządnych hotelach i zajazdach i przedstawi mu listę rachunków po przyjeździe — oraz poprosi o zwrot w takiej samej wysokości za podróż powrotną.

<hr>

Marie dziergała, by zabić czas w ciasnym dyliżansie pocztowym, a każdy wstrząs bruździł jakby po każdej kości w jej ciele. Dni długiej podróży były nużące i frustrujące. Do celu została jeszcze doba, ale przynajmniej była wdzięczna, że jak dotąd szło sprawnie. Drogi były w miarę przejezdne, a konie biegły raźno, nie szaleńczym tempem. Nie zamierzała jednak mówić nic o swoim szczęściu, żeby nie kusić losu.

Mimo to Marie zaczynała czuć, że ta podróż wkrótce się skończy. Dostarczy książki, odbierze pieniądze i wróci do domu na Boże Narodzenie.

Tyle że Kumbria była tak daleko, a choć wycieczkę zaplanowała w szczegółach, nerwy miała napięte w oczekiwaniu, że coś pójdzie źle. Nigdy nie była tak daleko od domu, a wszystko wyglądało tu inaczej. Kamienie, z których budowano domy, miały inny kolor. Żywopłoty na miedzach nie były z tych roślin, do których przywykła. I im dalej na północ jechali, tym było zimniej. Wydawało jej się, że spakowała dość ciepłych ubrań, ale jeśli się jeszcze ochłodzi, będzie musiała założyć wszystkie naraz.

Hrabia Wymagający lepiej niech doceni jej starania.

Dzierganie uspokajało Marie. To, że coś pochłaniało jej uwagę, pomagało odciąć się od zapachu ciał ściśniętych w powozie. Głupawa gadanina dobiegająca z tychże ciał i tak potrafiła się jednak przebić.

— Co tam Pani dzierga, kochana? Och! To się rymuje — zapytała siedząca obok kobieta, chichocząc niemądrze.

Dlaczego ludzie uparcie zadawali jej pytania? Zwłaszcza obcy, których najpewniej nigdy więcej nie zobaczy? W Hatfield to co innego — znała ludzi i zadowalało ich uprzejme skinienie i: — Jak się Pani dziś miewa? — Na co znała odpowiedź: —

W świetnej formie, a Pani? — To zawsze sprawiało, że się uśmiechali, kiwali głowami i szli dalej.

Ale ci obcy? Nie trzymali się właściwego scenariusza.

Cóż komu do jej robótki? Wzór miała w głowie i raczej nie zobaczą gotowego wyrobu.

— Szalik — odparła, nie podnosząc wzroku znad drutów. Właściwie to nie był szalik, ale odpowiedź była poręczna. Był to prawie szalik, tylko na uszy. Niestety, nie wymyśliła jeszcze dla swojego projektu innej nazwy niż wygłuszacze uszu, bo tłumiły dźwięki świata wokół. To była okrągła, dziana opaska jej własnego pomysłu, z grubszymi, szerszymi częściami na uszy, by wyciszać hałas. Latem było w nich oczywiście za gorąco, ale teraz, gdy nastały chłody, dziergała dalej. Dzierganie pomagało zabić czas w tej niewygodnej podróży, choć regularnie gubiła oczka i musiała je z powrotem nabierać.

Ku swej udręce odkryła pod koniec pierwszej godziny pierwszego dnia, że czytanie w dyliżansie przyprawia ją o mdłości. Na szczęście w torbie podróżnej miała trochę wełny i druty. Gdy po kilku godzinach dotarli do pierwszego postoju, spróbowała nabrać oczka.

— Przecież ma Pani już szalik — zauważyła kobieta.

Marie mocno zamrugała i powstrzymała odruch mruknięcia na współpasażerkę. Zawahała się i zaczęła gorączkowo szukać w głowie odpowiedniej odpowiedzi, tak bardzo tęskniąc w tym momencie za siostrami. Estelle wiedziałaby, co powiedzieć, Bernadette by przytaknęła i zaraz zeszła na zioła i ogrodnictwo. Louise pewnie bez ogródek kazałaby kobiecie zająć się swoim, ale Marie nie potrafiła się na to zdobyć.

Zdecydowała się na: — Tu jest dużo zimniej, niż się spodziewałam.

— Wygląda dość wąsko — rzekła kobieta. — Dla niemowlęcia?

Marie oddychała powoli i musiała zamrugać. Powinna doliczyć dodatkowego szylinga do należności dla Hrabiego Wymagającego — za ból i cierpienie. A nawet dodatkowego funta. Z pewnością go stać.

Odpowiedź tylko zachęciłaby współpasażerkę do kolejnych pytań, a to było ostatnie, czego Marie chciała. Im prędzej odda te książki, tym prędzej wróci do Hatfield i do przytulnej lady z księgami i liczydłem.

Siedząc tyle w księgarni, zapomniała, jak bardzo zwyczajni ludzie potrafią ją irytować i wprawiać w zakłopotanie. A było ich tu tylu!

Dylizans znów wpadł w koleinę i zgubiła oczko. Psiakrew!

Kobieta obok postanowiła rozpocząć rozmowę z inną damą w powozie. Dla Marie była to wspaniała ulga, ale tylko na chwilę, bo miałkość ich rozmowy aż ją swędziała w uszy.

— Tra-ta-ta, pogaduszki?

— Och, tak, pogaduszki, tra-ta-ta.

— La! Plotki, pogaduszki. Plotki!

Przynajmniej już nie oczekiwały od niej odpowiedzi, a wewnątrz powozu było sucho i całkiem ciepło od tylu ciał. Wyjący chłód i deszcz za oknami skutecznie wybijały z głowy myśl o miejscu na koźle.

Pogoda paskudniała. Pasażerowie jadący na zewnątrz musieli zziębnąć do szpiku kości, biedaki.

Wreszcie miasteczko Carlisle ukazało się oczom. Od

siedzenia na niewygodnej drewnianej ławce, z nogami wspartymi na cennej skrzyni książek w przestrzeni na stopy, bolały ją plecy i siedzenie. Kilku pasażerów narzekało, że skrzynia zajmuje zbyt wiele miejsca, ale nie było mowy, by Marie spuszczała z oczu tak wartościowy ładunek, a już na pewno nie ryzykowała, że zmoknie w taką pogodę. Albo że spadnie z powozu! Gdy spakowały pełne zamówienie hrabiego, w skrzyni było książek za niemal sto pięćdziesiąt funtów. Wszystkie starannie obłożone runem jagnięcym i przykryte ceratą, którą Louise wręcz przyszyła, żeby mieć pewność, że będzie nieprzemakalna.

— The Coach and Horses, Carlisle! — zawołał woźnica z góry, ściągając konie do zatrzymania z wielkim stukiem okutych żelazem kopyt na bruku.

— Istotnie, bardzo oryginalna nazwa — mruknęła Marie, z trudem zsuwając się z siedzenia. — Dziękuję, sama to poniosę — rzuciła, gdy mężczyzna sięgnął po jej skrzynię. — Moja torba... och.

Właśnie w tej chwili bagaże były zrzucane na ziemię i Marie westchnęła, spoglądając niechętnym okiem na kałużę, w którą wrzucono jej kuferek.

— Tamten — powiedziała, kiwając głową. Potem dała tragarzowi dodatkową monetę, by pomógł ostrożnie wnieść skrzynię z książkami do zajazdu.

Wiatr zatrzasnął drzwi za jej plecami, gdy zwróciła się do karczmarza. — Mam zarezerwowany pokój. Panna Baxter.

Przynajmniej jej drobiazgowe przygotowania sprawiły, że szybko zaprowadzono ją na górę do wygodnego, choć małego, prywatnego pokoju. Niedługo potem służąca przyniosła tacę z miską gulaszu i chrupiącym pieczywem. Była też grudka masła i kubek cydru tłoczonego. Wykończona tyloma dniami podróży, Marie zjadła kolację i runęła na wąskie łóżko, myśląc z wdzięcznością, że przynajmniej jutro dotrze do celu... choć będzie musiała zaraz ruszyć w drogę powrotną.

Śnił jej się potworny mężczyzna mieszkający w zimnej, ciemnej jaskini wypełnionej tylko książkami.

Jej plan w przenośni rozsypał się w drobny mak następnego ranka, kiedy zapytała o bryczkę zamówioną, by zawiozła ją do Alston.

Karczmarz roześmiał się jej w twarz. — Żadna bryczka tamtą drogą nie wjedzie, proszę Pani! — Miał tak gruby akcent, że ledwo go rozumiała. Udało jej się jednak wychwycić słowa „pod górę" i zmarszczyła czoło z zakłopotaniem. — Nie rozumiem. Według mapy to niecałe dziesięć mil.

— Aye, ale sporą część prosto w górę! — Unieślił przedramię, wskazując stromy stok, po czym skinął głową ku drzwiom zajazdu, na Penniny majaczące niedaleko. — Tam w górę!

— Och. — Marie nie wzięła pod uwagę przewyższeń. Kilka razy w drodze na północ do poczty sześć koni dołożono jeszcze dwa. Były to ciężkie szkapy pomagające wtargać dyliżans na strome podjazdy. Nie wydawało się aż tak stromo, bo skupiała się na dzierganiu. Ale teraz, patrząc na okoliczne wzgórza, pojedynczy koń zaprzężony do bryczki nie podołałby takim nachyleniom.

— To może większy powóz? — zapytała niepewnie, zastanawiając się, czy w ogóle jakiś będzie dostępny.

— Dokąd to Pani jedzie?

— Do Alston. Dokładnie do Alston Castle.

Karczmarz pociągnął za wargę, zamyślony. — A tę skrzynię Pani chce ze sobą wziąć?

— Muszę zabrać tę skrzynię ze sobą — sprostowała Marie. — I muszę jechać dziś. — To ostatnie może nie było całkiem zgodne z prawdą, ale zwłoka zrujnowałaby jej starannie zaplanowany harmonogram podróży powrotnej. Jeśli miała jakąkolwiek szansę wrócić do domu na Boże Narodzenie, naprawdę musiała wyruszyć do Alston teraz.

— Umie Pani jeździć konno? Mogę załatwić damie wierzchowca z siodłem damskim i osła do niesienia skrzyni. — Wzruszył ramionami. — Najlepsze, co mogę zrobić na dziś.

Powiedział magiczne słowo „dziś" i była mu wdzięczna. — W takim razie tak zrobimy. — Marie uniosła dumnie podbródek. — Proszę sprowadzić zwierzęta jak najszybciej. Dzień ucieka.

Szybko zorientowała się, że im dalej na północ, tym dni zimowe są krótsze, choć do przesilenia zimowego pozostawały jeszcze nieco ponad trzy tygodnie. Była dziewiąta rano, a słońce ledwie się podniosło — zresztą wcale go nie było widać przez gęste, niskie, szare chmury. Mimo to w siodle powinna dać radę pokonywać pięć mil na godzinę, co znaczyło, że dwadzieścia mil w obie strony powinna zamknąć w około czterech godzinach.

Sześć godzin później wciąż nie dotarła do Alston. Marie zabrakło przekleństw, gdy usiłowała wciągnąć niezwykle opornego jucznego osła na najbardziej stromą górę, jaką kiedykolwiek przyszło jej pokonywać. W tej górzystej krainie kompletnie przeceniła możliwą prędkość. Na domiar złego pogoda się popsuła: zrobiło się paskudnie i przenikliwie zimno. Deszcz ze śniegiem smagał jej twarz, kłuł policzki lodowymi igiełkami i mroził do kości.

— To musi być Alston — jęknęła, gdy po kolejnej godzinie wreszcie ukazała się wieża kościoła. — No dalej, ty wstrętna bestio!

Snieg z deszczem osiadał na jej okularach, które musiała regularnie wycierać, żeby widzieć, dokąd jedzie. Zostawiał rozmazane smugi w polu widzenia. W końcu zobaczyła ludzi, ale ci rzucali na nią zdziwione spojrzenia, szybko uwijając się między sklepami. Alston miało jedną wąską ulicę, a chmury były jeszcze niżej, przez co wszystko zdawało się niegościnne i złowieszcze. Zbyt zmęczona i poirytowana, by silić się na uprzejmości, zatrzymała pierwszego napotkanego mężczyznę.

— Gdzie jest Alston Castle? — zapytała bez ogródek.

Jego akcent był jeszcze grubszy niż u karczmarza w Carlisle, ale zdołała wywnioskować, że zostały jej jeszcze dwie mile. Wskazał dalej w górę ulicy i uniósł dwa palce.

Marie miała ochotę krzyknąć. Jeszcze dwie mile? To równie dobrze mogłoby być dziesięć.

Był zajazd. Nie wyglądał jednak najlepiej. Parterowa, zrujnowana drewniana buda z szyldem kołyszącym się na wietrze z napisem *The Sally* i jaskrawo malunkiem dość bluściastej dziewki. Po jednym przerażonym spojrzeniu Marie porzuciła myśl o szukaniu schronienia w tak podejrzanym miejscu i parła dalej.

Deszcz ze śniegiem padał mocniej, kłując w uszy i kark. Marie z niepokojem zerknęła na skrzynię z książkami przytroczoną do grzbietu osła, rozpaczliwie licząc, że wodoodporne zabezpieczenie Louise wytrzyma. Nawet nie chciała myśleć, co Hrabia Wymagający powie, jeśli przybędzie z zalanym towarem.

— Głupi człowiek! — wrzasnęła na milczące wzgórza. — Głupi, wymagający, roszczeniowy typ!

Osioł znów stanął dęba, więc wyładowała furię na nim. — A ty, ty uparty syn, syn, syn ŚWINI!

Zapadał mrok, ale deszcz ze śniegiem przechodził w śnieg. Nie był aż tak mokry, gdy uderzał w twarz; poprawa znikoma, lecz jednak. Nieregularny kształt przed nimi zakłócił postrzępioną linię Penninów na tle posępnego, szarego nieba.

— To... niemożliwe, że to to. — Marie wpatrywała się i przełknęła ślinę. — To ruiny!

Pryzma rozsypujących się kamieni robiła upiorne pierwsze wrażenie. Niewiele brakowało do mrocznych jaskiń ogra z wczorajszego, dziwnego snu.

A jednak — to było to. Alston Castle, i to wyraźnie, bezsprzecznie ruina. Rozwarte czernią bez szyb okna, ogromny, kruszący się łuk, wszędzie leżące potężne głazy.

W miejscu, gdzie powinna być klatka schodowa, rósł okazały topola.

Przez straszliwą, przerażającą chwilę Marie pomyślała, że musiała pomylić kierunek. Że gdzieś w Kumbrii jest drugie Alston Castle i będzie zmuszona wrócić do wsi i spędzić noc w tym niepokojącym zajeździe. Nie było mowy, by dziś wróciła do Carlisle.

Ale nie. Jej koń szedł dalej, ciągnąc za sobą uwiązanego do

siodła osła. Ruszył przez zrujnowany łuk, na otwarty, trawiasty majd. A tam, przed nimi, stał prawdziwy Alston Castle.

Z ulgą opadła z sił na ten widok. Stosunkowo nowy Alston Castle, a nawet na tle czerniejącego nieba — wspaniały. Ogromna budowla z krenelażami z szarego kamienia, a w oknach złociste, ciepłe światło witające przybysza.

— Dzięki Bogu! — powiedziała z wdzięcznością i pogoniła konia oraz osła naprzód. W końcu zatrzymała się przed wielkimi, dębowymi drzwiami. Zsiedłszy sztywno, podeszła i uniosła masywną kołatkę z żelaza.

Lokaj, który otworzył po kilku minutach, wyglądał na zaskoczonego widokiem kogokolwiek, a już zwłaszcza przemokłej kobiety w stroju do jazdy konnej, trzymającej za wodze konia i osła.

— Zgubiła się Pani? — zapytał lokaj. Był starszym dżentelmenem o wspaniałym, kręconym, białym wąsie i roziskrzonych błękitnych oczach; Marie pomyślała, że wygląda życzliwie, ale i na takiego, co potrafi psocić, choć ton miał nieco sztywny.

— Czy to Alston Castle?

— Owszem, proszę Pani.

— Zatem jestem dokładnie tam, gdzie powinnam. — Marie wyprostowała się, jak tylko zdołała. — Nazywam się panna Marie Baxter i dostarczam książki z Baxter's Fine Books w Hatfield, zamówione przez hrabiego Deman... ach, hrabiego Renwicka.

Wymówiła „ren-wick", a lokaj lekko się zmarszczył.

— Hrabiego Rennick — poprawił jej wymowę.

— Oczywiście, jak Berwick i Alnwick — mruknęła do siebie. — Najmocniej proszę o wybaczenie. Miałam do czynienia z jego lordowską mością wyłącznie korespondencyjnie.

— Kto tam jest, panie Martin? — dobiegł z wnętrza zamku głęboki głos.

— Dama z Baxter's Fine Books, mości panie — odparł lokaj, odwracając głowę.

— Dama? — rzekł ten drugi głos. Drzwi otwarto szerzej i wysoki, ciemnowłosy mężczyzna o mocno zarysowanej szczęce, w bardzo pięknym granatowym surducie, spojrzał na nią z góry.

— Hrabia Renwick — powiedział lokaj, dość zbytecznie. — Panna Baxter, mości panie.

Marie była zbyt zajęta gapieniem się na hrabiego, który wyglądał zupełnie nie tak, jak go sobie wyobrażała. Owszem, myślała, że będzie mroczny i posępny, ale na pewno nie, że zaledwie trochę od niej starszy — wątpiła, by miał ponad trzydzieści lat! Z jakiegoś powodu zakładała, że jest mniej więcej dwa razy starszy. Głównie dlatego, że był tak gderliwy i wymagający, jak roszczeniowy starzec.

Powinnam była zajrzeć do Burke's Peerage, zanim przyjechałam — pomyślała.

— Dlaczego na Boga to Panna tu jest, a nie pan Baxter? — warknął hrabia, marszcząc brwi.

Śnieg wirował wokół, gdy stała tam z jucznym osłem i koniem, przestając czuć stopy. — Mój ojciec jest we Francji, mości panie. To Pana i mnie łączy korespondencja od miesięcy. — Zmarszczyła czoło w odpowiedzi.

— Panna M. Baxter! — Zrozumienie rozjaśniło mu twarz, choć nie wyglądał przez to na bardziej zadowolonego.

— Marie Baxter. W istocie. Czy moglibyśmy wnieść te książki do środka? Wierzę, że paczka jest wodoszczelna, ale nie mam pewności. — Wskazała na osła, a hrabia aż westchnął.

— Na Boga! Natychmiast wnieść je do środka!

— A damę również, mości panie? — zapytał lokaj.

— Tak, rzecz jasna, za późno, by zawracała, już się ściemnia. — Nie zważając na gęsto padający śnieg, hrabia raźno podszedł do osła i zaczął rozwiązywać liny mocujące skrzynię do siodła. — Jeśli są mokre, nie zapłacę za nie! — zawołał przez ramię.

Marie pozwoliła, by lokaj zabrał jej wodze z zdrętwiałych palców. — Jeszcze zobaczymy — mruknęła pod nosem, ale szczerze mówiąc, była chyba zbyt wyczerpana, by zebrać siły na kłótnię. Nogi jej drżały i nie czuła już ani palców, ani nosa.

— Do środka, proszę Pannę — rzekł lokaj tonem o wiele życzliwszym niż jego pana. — Musi być Pannie zimno do szpiku kości.

— Tak. — Zrobiła krok w stronę drzwi, poirytowana odkryciem, że nie czuje również kolan. Zachwiała się. — O, nie — mruknęła, zła na siebie. — To nie pora, żeby robić się omdlałą.

— Panno Baxter! — Głos lokaja jakby dochodził z daleka, gdy świat zaczął wirować wokół niej.

ROZDZIAŁ 2

Na pewno nie omdleję

— Niech pani ani myśli mdleć! — Sebastian właśnie zdołał zdjąć skrzynię z książkami z osła — który spróbował go ugryźć, wstrętne małe stworzenie — gdy zobaczył, jak panna Baxter zaczyna się chwiać. Osunęła się na drzwi, więc wepchnął książki do środka na podłogę i chwycił ją za obie ręce.

Przecież ona to dosłownie kruszynka, uświadomił sobie. Była dość niska i niewiele jej było, kiedy wciągał ją do środka i sadzał na ławie w sieni.

Mrugnęła do niego z dołu spod orzechowo-zielonych oczu, obramowanych długimi, wilgotnymi rzęsami za okularami opryskanymi deszczem. Z nutą oburzenia w głosie — głosie, który od razu rozpoznał jako należący do dobrze wykształconej, łagodnie wychowanej damy — powiedziała: — Ja nigdy nie mdleję!

— A jednak wyglądało to przekonująco — pomyślał, rozdartym wzrokiem zerkając to na swoje książki, to na młodą damę. Cały ten czas sądził, że koresponduje z kupcem. Jego listy stawały się coraz bardziej zwięzłe, im bardziej bał się, że w ogóle nie dotrą. Zamawiał coraz więcej, licząc, że rozmiar przesyłki sprawi, iż panu Baxterowi opłaci się dostawa.

A tymczasem przez cały czas strofował młodą damę, podczas gdy jej ojciec był we Francji. To wyjaśniało jeden z jej listów, w którym pisała, że mają mało personelu.

Delikatnie poklepał ją po dłoni i rzekł: — Jest pani już pod dachem, ale dziś nie może pani znowu wychodzić. Wkrótce zapadnie zmrok, a droga z powrotem do Carlisle będzie zbyt niebezpieczna.

— Nie muszę wracać aż do Carlisle. — Młoda dama podniosła się trochę i poruszała stopami w kostkach, zapewne sprawdzając, czy czuje palce. Założyłby się, że nie. — Mogę zatrzymać się w zajeździe, który mijałam w Alston.

— To nie miejsce dla damy — odparł Sebastian bez namysłu; nie wysłałby żadnej kobiety do The Sally, a co dopiero ładnej, dobrze urodzonej panny! Jak tylko wypowiedział te słowa, wiedział, że jedynym wyjściem jest zatrzymać ją tutaj. Cóż, pokoi mieli pod dostatkiem. Pani Ellwood i młoda Morag się nią zajmą. Właściwie, jeśli je zawoła, przejmą nad nią opiekę, a on będzie mógł zająć się książkami. Wystarczająco długo na nie czekał!

Pan Martin, jego kamerdyner, wrócił z dwiema wymaganymi kobietami, a także z lokajem, który wyszedł na zewnątrz, by odprowadzić konia i osła do stajni.

— Czyta pan w moich myślach — powiedział Sebastian z ulgą.

Pani Ellwood od razu zaczęła gdakać nad panną Baxter jak

kwoka. Poklepała dziewczynę po dłoni i zawołała: — Morag, ona jest zimna jak lód!

Morag skinęła głową i powiedziała coś w przyjemnym tonie, ale zupełnie nie do rozszyfrowania — pokojówka pochodziła ze szkockich Highlandów i mówiła po angielsku z tak silnym akcentem, że nawet Sebastian, który wychował się blisko szkockiej granicy, miał kłopot z rozumieniem.

Pani Elwood rzekła: — Chodźmy, przebraniu panią w ciepłe, suche rzeczy, proszę pani.

— Proszę mówić mi Marie — odparła dama. — I proszę nie robić zamieszania. Nic mi nie będzie. Mam suche rzeczy w mojej torbie podróżnej.

Pewien, że będzie pod dobrą opieką, Sebastian zostawił pannę Baxter kobietom i zabrał się do swojej paczki z książkami. Owiniecie było ciasne i bardzo solidne. Pan Martin pojawił się u jego boku z małym nożykiem, by przeciąć skórzane pasy, które nie chciały puścić z powodu mrozu. Oczywiście mógł poczekać, aż wyschną, ale to oznaczałoby czekanie na książki.

Czekał już stanowczo zbyt długo.

Jednym ruchem skóra pękła i spróbował rozpiąć płócienny, olejowany pokrowiec, tylko po to, by zorientować się, że był faktycznie zszyty. Sięgnął znów po nożyk. To była tylko jedna warstwa, ale gdy ją odwinął, pod spodem znalazł kolejną. Kiedy otworzył skrzynię, odkrył, że każda książka była owinięta osobno, z pociętymi pasmami owczej wełny powkładanymi pomiędzy tomy, by nie ocierały się o siebie i nie przesuwały w skrzyni.

Uśmiechnął się jak dziecko, pod wrażeniem, jak sprytnie i starannie to zapakowano. Może jednak naprawdę mógł im zaufać, że wyślą mu książki!

Zdjął ostatnią warstwę ochrony i westchnął na widok swojego nowego, tak upragnionego skarbu — pierwszego tomu trzytomowego foliału *Antiquities of Athens* autorstwa Stuarta i Revetta. Uniósł księgę w dłoniach jak relikwię. Skórzana oprawa była zimna w dotyku, niewątpliwie od pogody. Była całkowicie sucha. Podszedł do kandelabrów i otworzył okładkę, by spojrzeć na frontyspis.

Olśniewające. Zaparło mu dech z zachwytu, gdy ostrożnie przewracał kolejne strony.

— Doskonałość — wyszeptał, po czym z czcią zaniósł książkę do biblioteki i położył na biurku. Jeśli pozostałe dwa tomy były w równie dobrym stanie jak pierwszy, dwadzieścia funtów, na które się umówił, było absolutną okazją.

— Czy mam przynieść resztę książek, milordzie? — zapytał pan Martin z progu.

— Nie, proszę ich nie dotykać! Przyniosę je sam. — Sebastian uśmiechnął się przepraszająco do kamerdynera, który znał jego dziwactwa i z powagą skinął głową.

— Jak pan sobie życzy, sir. — Pan Martin zawahał się, chrząknął i delikatnie dodał: — Skoro młoda dama zatrzyma się na noc, czy mam nakryć dla niej do stołu razem z panem?

To oznaczało, że będzie musiał prowadzić rozmowę i poświęcić mniej czasu nowym skarbom.

— Być może wolałaby tacę do swojego pokoju — zasugerował.

Był z siebie całkiem zadowolony, ale pan Martin obdarzył go łagodnie karcącym spojrzeniem. Sebastian westchnął. Wypadało jednak przynajmniej spróbować się uspołecznić, w ramach wdzięczności dla panny Baxter za długą, mokrą i przejmująco zimną podróż, którą odbyła. — Dobrze. Proszę nakryć na dwie osoby.

— Bardzo dobrze, milordzie. — Pan Martin skłonił się i odszedł, zostawiając Sebastiana w spokoju.

Sięgnął po swoje skarby i z czcią rozwinął każdy tytuł. Serce mu rosło, gdy na nie patrzył. Były zimnymi cegłami ze skóry i papieru, które ożywały w jego dłoniach, gdy tylko otwierał okładkę.

Praca i kunszt, by je napisać, a potem tak pięknie oprawić. To były dzieła sztuki — i były teraz z nim.

Nie pamiętał, by kiedykolwiek w życiu był tak szczęśliwy.

* * *

Zegar wybił piątą, wytrącając Sebastiana z odurzenia nowymi skarbami. Niechętnie zamknął książkę, którą studiował, i wstał, uznając, że powinien iść umyć ręce. Wkrótce podadzą kolację.

Gdy Sebastian wyszedł na korytarz, panna Baxter schodziła po schodach z gospodynią, i zatrzymał się, by na nią spojrzeć. Kiedy przyjechała, wyglądała jak zmokła sierotka, ale teraz, sucha i w czystej sukni, była całkiem urodziwa: ciemnobrązowe włosy okalały owalną twarz lokami, a orzechowe oczy wydawały się ogromne za szkłami okularów.

— Dobry wieczór, panno Baxter — powiedział uprzejmie. — Ufam, że pani Ellwood otoczyła panią należytą opieką?

— Owszem, milordzie. — Dotarła na dół schodów i wykonała zgrabny dyg. — Pański personel okazał się nad wyraz uprzejmy. I dziękuję za łaskawe zaproszenie na nocleg — dodała, jakby mimochodem.

Na zewnątrz było czarno jak smoła, a śnieg przeszedł niemal w zamieć. Wiatr wył wokół baszt zamku. Sebastian zadrżał na myśl, że ktoś musiałby przebywać w taką pogodę na dworze, a już zwłaszcza młoda dama pokroju panny Baxter. — To było najmniejsze, co mogłem zrobić, zważywszy, jak daleko pani przybyła — odparł szczerze. — Proszę pozwolić, że odprowadzę panią do jadalni. — Podał jej ramię.

Spojrzała na nie, jakby zaskoczona, potem podniosła na niego wzrok z lekko pytającą miną. — Dziękuję — powiedziała w końcu, po czym położyła dłoń na jego ramieniu i pozwoliła się poprowadzić do jadalni.

— Wspomniała pani, że pani ojciec jest we Francji?

— Tak, na wyprawie po książki, teraz, gdy Napoleon bezpiecznie przebywa na wygnaniu.

— Prawie mu zazdroszczę — rzekł. — Proszę dać znać, gdy tylko wróci; ma znakomite oko do jakości.

Zawahała się akurat, gdy przechodzili przez próg, ciche — Och — uciekło jej z ust.

Sebastian spróbował spojrzeć na jadalnię jej oczami: ogromny, wypolerowany dębowy stół, przy którym mogłoby zasiąść dwadzieścia osób, a na nim kilka wieloramiennych srebrnych kandelabrów, których płomienie odpędzały mrok.

W kominku trzaskał ogień, dając ciepło i kojący blask. Srebro i szkło połyskiwały przy dwóch nakryciach na jednym z końców stołu.

Sebastian odprowadził pannę Baxter na miejsce, sam zajął swoje i usiłował prowadzić konwersację, podczas gdy lokaj wniósł zupę.

Nigdy nie był w tym dobry, a od lat nie miał wprawy. — Pani ojciec to pan M. Baxter?

— Tak — odparła między kolejnymi łyżkami zupy.

— A pani to panna M. Baxter.

— Zgadza się.

— Podpisywała się pani w listach: M. Baxter.

Skinęła głową i nic więcej nie dodała.

Spróbował jeszcze kilku tematów, a ona przeważnie odpowiadała monosylabami. Sebastian zauważył, że z powodu jej lakoniczności jego pytania stają się coraz bardziej błahe.

W pewnym momencie, już po podaniu bażanta w wiśniowym sosie, panna Baxter odłożyła widelec, zwróciła się do niego i rzekła:

— Nie musi mnie milord zabawiać. W porządku, jeśli milord nie życzy sobie rozmawiać. Cisza mi nie przeszkadza.

Zaskoczony Sebastian zatrzymał widelec w pół drogi do ust i wbił w nią wzrok. Obdarzyła go osobliwym, lekkim uśmiechem.

— Nie spodziewał się milord takiej odpowiedzi? Przepraszam, jeśli pana spłoszyłam. Zawsze jakoś krępuję ludzi, kiedy mówię takie szczere rzeczy.

— Wcale mnie pani nie spłoszyła — zdołał powiedzieć Sebastian. — To... wręcz przyjemność trafić na kogoś, kto podziela moją skłonność, by nie zapełniać ciszy pustą gadaniną.

Uśmiechnęła się na to prawdziwie, szczerze — zamiast dotąd prezentowanych grzecznościowych uśmiechów — a on odwzajemnił uśmiech, po czym uniósł kieliszek wina, wznosząc milczący toast.

To była miła kolacja — ostatecznie — oboje delektowali się jedzeniem, nie czując potrzeby paplania, i Sebastian stwierdził, że wbrew oczekiwaniom wcale mu nie przeszkadzało, że przerwano mu samotność.

— Czy miałaby pani ochotę zobaczyć moją bibliotekę, panno Baxter? — zapytał, gdy lokaj zabrał ostatnie dania.

Odpowiedziała rozpromienionym, wdzięcznym uśmiechem, a on sam z siebie odwzajemnił uśmiech.

— Proszę wybrać dowolną książkę, na którą ma pani chęć, do lektury na wieczór — powiedział, gdy weszli do biblioteki.

Wydała ciche — Och! — pełne zachwytu, gdy ogarnęła wzrokiem wnętrze.

Poczuł przypływ dumy, bo to było jego ulubione pomieszczenie w zamku. Dawniej mniejsze, przed laty powiększył je na zewnątrz i stworzył arkadę w miejscu dawnej ściany.

On miał do zabawy nową dostawę książek i usiadł przy biurku, żeby chłonąć ich piękno. Ona zaś powoli przeglądała półki, aż wybrała atlas nowego świata. Wzięła go i usiadła przy kominku w wygodnym uszaku.

W zgodnej ciszy spędzili kolejną godzinę lub dłużej na lekturze wybranych tytułów. Od czasu do czasu podnosił wzrok, by upewnić się, że niczego jej nie brakuje. Pan Martin cicho postawił na stoliku obok niej kieliszek sherry. Skinęła wdzięcznie głową, nie odrywając oczu od stron. Potem Martin przyniósł jemu kieliszek z odrobinę mocniejszym trunkiem na dobranoc.

Niewymóg rozmowy był tak kojący. Nie, nie tylko kojący — przyjemny.

Chętnie zaprosiłby ją znowu i nie rozmawiał, kiedykolwiek by chciała.

<hr>

Nazajutrz śnieg leżał wokół zamku głęboki i ciężki, i Sebastian wiedział, że panna Baxter nigdzie nie pojedzie. Wskazał na to, gdy zeszła na śniadanie, a ona spojrzała na niego z przerażeniem malującym się na całej uroczej twarzy.

— Muszę wrócić do moich sióstr! — zaprotestowała.

— Proszę napisać do nich list, opatrzę go moją frankaturą. Dotrze w lepszym stanie, niż pani, gdyby wyszła pani w taką pogodę.

— Ale ja muszę wrócić do domu. One mnie potrzebują.

Sebastian stanowczo się nie zgodził. — Nie jest pani stąd, nie jest pani przyzwyczajona do takich warunków. — Nie miała nawet porządnego płaszcza; cienkie okrycie, w którym przybyła poprzedniego wieczora, niewiele chroniłoby przed lodowatymi pennine'ami. Nie doszłaby nawet do wioski Alston bez zrobienia sobie krzywdy, a co dopiero do Carlisle. Nie weźmie tego na swoje sumienie. Zabroni stajennym siodłania konia, a tym bardziej przywiązywania osła do siodła, i koniec. Skrzyżował ramiona na piersi i surowo pokręcił głową. Nie mógł pojąć, skąd u niej taki pośpiech. Zapłacił jej za wspaniałe książki i dorzucił extra na drogę powrotną. Podzielił sumę na mniejsze pliki, żeby nikt nie zobaczył wszystkiego naraz i nie zrobił z niej celu dla złodziejaszków.

Pan Martin rzekł: — Panna zdaje się zdeterminowana, by sobie zrobić krzywdę.

— To tylko śnieg — odparła pewnym tonem. — Już prawie przestał padać. To nie ta mokra breja, w której tu przyjechałam, a mam dodatkowe szale. — Pożegnała się i ruszyła do drzwi.

Sebastian pokręcił głową w niemym przerażeniu, ale wyglądało na to, że koniecznie chce się uszkodzić.

Posłusznie pan Martin otworzył dla niej duże frontowe drzwi. Chłód wypełnił sień, gdy zeszła na schody.

— Zimno, ale o ileż czyściej niż wczoraj w nocy. — Odwróciła się i spojrzała na pana Martina i na niego. — Dojadę do Carlisle i wyślę kolejny list przede mną. — Potem obróciła się i zeszła następny stopień.

Nagle zapiszczała, zamachała rękami i runęła w dół. — Auuu! — krzyknęła z bólu, chwytając się za lewą kostkę.

No i proszę. — A nie mówiłem — stwierdził Sebastian, ostrożnie schodząc po stopniach do rannej gościni. — Pewnie pod śniegiem jest czarny lód, niewidoczny.

— Nic mi nie będzie — powiedziała, z sykiem wciągając powietrze między zęby.

— Może mieć pani złamaną kostkę! — nie zgodził się Sebastian i podniósł ją w ramionach, by wnieść z powrotem do środka, z dala od śniegu i lodu.

— Nie jest tak źle — zaprotestowała.

Spojrzał na jej twarz i rozpoznał uparty wyraz szczęk. —

Dobrze to pani maskuje, ale musi pani strasznie cierpieć. Co najmniej solidnie ją pani skręciła.

— Niczego nie skręciłam. — Wysunęła uparcie dolną wargę.

Aż chciało mu się śmiać z jej uporu. — Mówienie tego nie czyni z tego prawdy — zauważył Sebastian, niosąc ją wolno z powrotem na górę schodów. Nie chciał sam się poślizgnąć i runąć — oboje mieliby niezły kłopot.

W środku Martin zamknął drzwi, by powstrzymać mróz i śnieg. Sebastian posadził pannę Baxter na tej samej ławie, na której umieścił ją poprzedniego wieczoru.

Starając się zabrzmieć łagodnie, Sebastian rzekł: — Przynajmniej teraz będzie pani musiała zostać, aż pogoda się poprawi. Oby tylko nie było złamania.

Łzy popłynęły jej po policzkach, a jego serce niespodziewanie ścisnęło się na widok jej nieszczęścia.

— Chyba trzeba będzie posłać po miejscowego lekarza — przyznała z nieszczęśliwym pociągnięciem nosem.

Oj, najwyraźniej nie miała pojęcia, jak tu wszystko działa. — Posłalibyśmy, gdyby był — odparł z żalem, wzruszając ramionami. — Lubię Alston za jego odosobnienie, ale to odosobnienie oznacza też wyrzeczenia. Mam jednak sporo książek medycznych do konsultacji. Pozwoli pani, że przyniosę jedną z biblioteki.

⁂

Marie nie mogła uwierzyć, że była taka nierozsądna. Czarny lód? Słyszała o nim, ale nigdy go nie doświadczyła. Tak się paliła do drogi powrotnej, że w ogóle o tym nie pomyślała. Teraz wszystko stało się boleśnie oczywiste. Wczorajsza ulewa zmoczyła stopnie. Pierwsze warstwy śniegu, które na to spadły, zamarzły na kość. Potem kolejne warstwy miękkiego puchu sprawiły, że lód stał się praktycznie niewidoczny.

Gdyby tylko szła dalej przed siebie zamiast odwracać się, by przechwalać się, jaka to jest bezpieczna! Co za głupota. Teraz może utknąć tu na nie wiadomo jak długo!

— Światło jest lepsze w pokoju gościnnym na górze, zajmowanym przez pannę Baxter zeszłej nocy — zaproponował pan Martin, gdy hrabia wrócił z biblioteki z grubą księgą w ręku.

Hrabia pochylił się, by ją podnieść, ale Marie uniosła dłoń, by go powstrzymać. — Poradzę sobie — powiedziała.

Nie wypadało, by hrabia nosił ją jak tragarz w zajeździe bagaże. Ostrożnie podniosła się i obróciła ciało tak, by wstać, uważnie opierając jedną rękę o ścianę i przenosząc ciężar na zdrową, prawą stopę.

Ból zapulsował w lewym podbiciu, gdy krew spłynęła w dół. W sekundę po próbie obciążenia nogi przeszyła ją agonia i natychmiast usiadła.

Może nawet wymknęło jej się pod nosem brzydkie słówko.

Hrabia przekazał podręcznik medyczny kamerdynerowi. Rozpoznała tytuł jako pochodzący z ich rodzinnego sklepu.

— Czy to *Systems of Anatomy* Fyfe'a?

— Istotnie. Kupiłem go od pani ojca kilka lat temu. Znakomita pozycja, muszę przyznać.

Przynajmniej gust do książek miał nienaganny.

Z lekkim westchnieniem hrabia znów ujął ją w ramiona i zaniósł po schodach.

Żar palił tam, gdzie stykały się ich ciała, mimo jego grubego płaszcza i jej amazonek, a jednak jakoś ten żar dotarł aż do jej twarzy, rumieniąc policzki. Gdyby siostry ją teraz zobaczyły, już nigdy by jej tego nie darowały.

ROZDZIAŁ 3

Uwięziona w Alston

Marie bardzo się starała nie krzyknąć z bólu, gdy ciepłe palce hrabiego obmacywały jej kostkę. Bolało, i to mocno. Bardzo się starała udawać, że to wcale nie jest prawdziwy hrabia z rękami na jej nodze. *Po prostu wyobraź sobie, że to doktor Rasley*, próbowała sobie wmówić. Na nic się to jednak zdało, bo to naprawdę był hrabia z rękami na jej nodze! Młody, całkiem czarujący hrabia, a nie starszy mieszczanin z Hatfield.

— Muszę zdjąć pani trzewik — powiedział, zerkając na nią z miejsca, gdzie przykucnął u wezgłowia łóżka. — Czy to w porządku?

Dobry Boże, to było stanowczo zbyt intymne jak na tak krótką znajomość. Niestety, nie miała wielkiego wyboru, więc skinęła głową. Na szczęście w tej chwili do pokoju wpadła gospodyni, pani Ellwood, z okrzykami grozy, więc przynajmniej mieli odpowiednią przyzwoitkę.

Marie mocno przygryzła wewnętrzną stronę policzka, gdy

hrabia bardzo ostrożnie rozsznurował i zdjął jej trzewik. Tak mocno, że poczuła smak krwi i musiała się zmusić, by rozluźnić zęby.

— Już puchnie. Pani Ellwood, czy mogłaby pani poprosić Morag, żeby przyniosła czystego śniegu? Trzeba schłodzić kostkę panny Baxter.

Marie podparła się na łokciach i zmarszczyła brwi, zezując na kostkę, ogromnie poirytowana, że hrabia ma rację. Jej kostka była wyraźnie grubsza niż powinna i już przybierała niepokojący, sinofioletowy odcień.

Bolało jak cholera. Nigdy w życiu nie doznała podobnego urazu ani bólu i była całkowicie nieprzyzwyczajona do takiej bezradności. To było okropne uczucie.

— Skręcenie, jestem tego niemal pewien — oznajmił hrabia autorytatywnie. — Zerknę do książki, żeby upewnić się co do właściwego postępowania, ale zdaje się, że najpierw należy chłodzić, więc od tego zacznijmy.

Wyszedł na kilka chwil, zapewne po to, by zajrzeć do książki, a pani Ellwood podeszła, by zdjąć Marie drugi trzewik i okryć jej nogi kocem, nie przestając cmokać z nagany.

— Co też pani robiła, panno, że wychodziła w taką pogodę? I spódnica cała mokra, trzeba ją będzie zmienić, jak tylko pan skończy, co ma zrobić. Ach, jest Morag!

Służąca wniosła wiadro pełne śniegu; postawiła je u końca łóżka i wyjęła paski płótna.

Marie syknęła przez zęby, gdy owinęły jej kostkę pasem płótna, a potem ciasno obłożyły śniegiem. Samo poruszenie stopą na tyle, by to owinąć, posłało w górę nogi smugi bólu.

Wkrótce jednak od zimna zaczęło ogarniać drętwienie, więc oparła głowę o poduszki i wpatrzyła się w sufit.

— Co za głupota — zganiła się cicho.

— Arah, nie trza się martwić, panno, każdemu się trafi porządny wywrot na ślizgawym lodzie. Tfu, paskudztwo!

Marie spojrzała na Morag, która uśmiechała się do niej wesoło, a potem na panią Ellwood, zdezorientowana, marszcząc czoło. Pani Ellwood ukryła uśmiech za dłonią.

— Proszę zaparzyć świeżej herbaty dla panny Baxter, Morag, i przynieść jej coś na śniadanie. Może tosty z konfiturą.

— Tak jest! — Morag przykryła wiadro i wybiegła.

— Co ona powiedziała? — poprosiła Marie.

— Żeby się pani nie martwiła, bo każdemu zdarza się paskudnie wyglebić na śliskim lodzie. Mniej więcej tak. Jest Szkotką i nawet gdy mówi po angielsku, jej dialekt bywa mylący, jeśli ktoś nie jest przyzwyczajony — odparła pani Ellwood, siadając przy oknie, wyraźnie skora do rozmowy. — Skąd pani dokładnie przyjechała, panno Baxter?

— Z Hatfield, w hrabstwie Hertfordshire. To jakieś dwadzieścia pięć mil na północ od Londynu.

— Ależ to strasznie daleko stąd! — westchnęła pani Ellwood, chwytając się za gardło. — I przyjechała pani całą tę drogę, *sama*?

— Musiałam dostarczyć książki hrabiego. Jego lordowska mość bardzo na tym nalegał.

— On i jego książki! — parsknęła delikatnie pani Ellwood. — Ledwie co innego go obchodzi. Nikomu z nas nie ufa, żeby po nie jeździć! Bardzo mi przykro, że ściągnął panią aż tutaj tylko po to, żeby doznała pani kontuzji. Zadbamy o panią, dopóki nie będzie pani dość zdrowa, by wrócić do domu, obiecuję.

Marie pomyślała ponuro, że to nie o siebie się martwi, nie naprawdę; o siostry i o księgarnię. Przyjechała tak daleko, spodziewając się zabrać ze sobą do domu pokaźną sumę pieniędzy. Miała je bezpiecznie schowane w bagażu, ale musiała je dostarczyć do Hatfield. W tym tempie może nie wrócić jeszcze przez miesiąc, albo i dłużej!

— Muszę napisać do sióstr — powiedziała.

— Oczywiście, panno. Przyniosę pani przybory do pisania — odparła pani Ellwood, znów się krzątając, mijając hrabiego, gdy wchodził do pokoju.

Z książką w ręku Renwick stanął u końca łóżka, marszcząc brwi nad stronicami i nawet nie patrząc na Marie. — Tu jest napisane, że jeśli to skręcenie, należy mocno obandażować i trzymać wysoko — mruknął, przesuwając palcem po tekście. — I tak, chłodzić, jeśli to możliwe, ale nie ciągle i nie bezpośrednio na skórze, żeby nie odmrozić.

— Mogę zerknąć? — zapytała Marie, gdy położył otwartą książkę na łóżku i zmarszczył brwi nad jej kostką. Spojrzał na nią, wzruszył ramionami i podał książkę. Przebiegła wzrokiem stronę, przyglądając się schematowi bandażowania, podczas gdy on zaczął odwijać długi pas płótna.

— Pod podeszwą, potem skrzyżować na wierzchu, a potem mocno wokół kostki — pokierowała, a hrabia uniósł na nią wzrok z rozbawionym błyskiem. Posłuchał jednak, w końcu zawiązując bandaż zgrabnym węzłem. Marie spróbowała poruszyć kostką i przekonała się, że nie może.

— Czy zabieg wykonany ku pani satysfakcji, panno Baxter? — zapytał hrabia.

— Nic w tej sytuacji mnie nie satysfakcjonuje — odparła. Jej słowa zabrzmiały ostro nawet dla niej samej i żałowała, że nie potrafi być uprzejmiejsza. Ból potrafił człowieka rozdrażnić.

— Zrozumiałe i przykro mi. — Odszedł na bok, stanął przy łóżku. — Pani poduszki się zsuwają; pozwoli pani?

Skinęła głową, podnosząc się na rękach. Hrabia pochylił się nad nią, by wsunąć poduszki z powrotem.

— Ojcze! — rozległ się młody głosik, wysoki z radości. — Ojcze, w stajni jest *osioł*; kupiłeś go? Możemy go pogłaskać?

Zaskoczona, Marie spojrzała ku drzwiom, zauważając niemal mimochodem, że hrabia bardzo prędko się wyprostował, a na jego twarzy wystąpił ciemny rumieniec. Przez chwilę wydawało jej się, że widzi podwójnie, ale nie; w drzwiach stało dwóch chłopców, na pierwszy rzut oka niemal identycznych, choć gdy weszli do pokoju, dostrzegła różnice. Jeden był o cal wyższy, miał jaśniejsze, brązowe włosy i niebieskie oczy, podczas gdy jego brat — brązowe.

To niższy z chłopców się odezwał, teraz wpatrzony w Marie ciemnymi, zaciekawionymi oczami. — Kto to?

— To niegrzeczne, Richardzie — zganił go hrabia, choć niezłośliwie. — Kiedy poznajesz damę, tak się nie prosi o przedstawienie. Trzeba poprosić kogoś, kto już ją zna, o zaszczyt wprowadzenia.

Marie zgadywała, że chłopcy mają około jedenastu lat, w wieku jej kuzyna Brutusa albo odrobinę więcej. Bardziej oczywistych synów hrabiego trudno by znaleźć, choć teraz zaczęła się zastanawiać nad swoją pierwotną oceną wieku hrabiego na około trzydzieści; wydawał się za młody, by być ich ojcem. Chyba że sam ożenił się młodo, co było całkiem prawdopodobne. Zwłaszcza jeśli był jedynym spadkobiercą tytułu; w arystokracji często aranżowano małżeństwa, gdy dziedzice byli jeszcze dziećmi, jak wiedziała.

— Przepraszam, Ojcze — powiedział Richard skruszony. — Czy przedstawisz nas swojej przyjaciółce?

— Owszem, skoro przypomniałeś sobie o manierach. Panna Marie Baxter, pozwoli pani, że przedstawię moich synów. Richard William oraz — jego głos odrobinę się zmienił, stając się dziwnie napięty — George Francis.

Chłopcy złożyli bardzo poprawne ukłony, przypatrując się jej z ciekawością, a Marie uśmiechnęła się. — Jak się macie?

— Bardzo dobrze, dziękujemy. — George podsunął się naprzód, zerkając na jej stopę. — Zrobiła sobie pani krzywdę?

Poważnie, pomyślała, obwiniając się o własną głupotę. — Niestety tak, poślizgnęłam się na schodach i skręciłam kostkę.

— Skręciła — sprostował hrabia.

Rzuciła mu zirytowane spojrzenie. — Prawdopodobnie skręciłam — przyznała niechętnie.

— O raju, ale okropnie! Ale dlaczego pani do nas przyjechała? — spytał Richard.

Byli ciekawscy, choć społecznie nieco nieobyci — ale biorąc pod uwagę niezręczność ojca, czego innego się spodziewać? Marie od razu obu polubiła.

— Przywiozłam książki, które zamówił wasz ojciec — wyznała.

— Książki! — Dwie pary oczu rozbłysły i uśmiechnęła się.

— Oczywiście wychowuje pan dwóch kolejnych koneserów książek — powiedziała do hrabiego, który odwzajemnił uśmiech raczej z rezerwą. — Zanotuję sobie potencjalnych przyszłych klientów księgarni.

— Ma pani *księgarnię*? — zawołali niemal jednocześnie.

Och, to polubiła ich jeszcze bardziej!

— Chłopcy, nie powinniście niepokoić panny Baxter — zaczął hrabia, ale Marie pokręciła głową.

— Proszę wybaczyć, milordzie, ale z moją obecną kontuzją dosłownie nie mam nic innego do roboty. Z przyjemnością opowiem pańskim synom wszystko, co chcieliby wiedzieć o księgarni mojej rodziny.

— Ale mają lekcje. Gdzie wasz korepetytor? — zapytał hrabia.

Richard i George spojrzeli po sobie z lekką konsternacją, mamrocząc coś o stajniach. Marie ukryła uśmiech. Typowi chłopcy, woleliby robić wszystko, byle nie odmieniać łacińskich czasowników, o ile się nie myliła.

Odgłos kroków na korytarzu oznajmił przybycie korepetytora chłopców, którego przedstawiono Marie jako pana Charlesa, młodego mężczyznę w mniej więcej jej wieku.

— Będzie pastorem — zwierzył się George, siadając w wykuszu — ale i tak jest całkiem miły. Nie prawi kazań.

— Doskonała cecha u pastora — zgodziła się Marie, myśląc posępnie o wielebnym Millingsie, w domu w Hatfield. — Mnie regularnie nęka bardzo kaznodziejski duchowny. Nazywamy go Starym Siarką!

Chłopcy parsknęli chichotem, pan Charles próbował

wyglądać na zdezaprobowanego i mu nie wyszło, a nawet hrabia uśmiechnął się nieznacznie.

— Czy zechciałaby pani zjeść z nami lunch, panno Baxter? — zapytał chętnie George, gdy pan Charles próbował zagonić swoich podopiecznych z powrotem do nauki. — Zawsze jemy lunch z Ojcem, dołączy pani do nas?

— Czy to próba wymigania się od francuskiego? — zapytał hrabia surowo. — Bo to nie zadziała. Zawsze rozmawiamy po francusku przy lunchu — uprzedził Marie.

Francuski? Cudownie! — Och, z największą przyjemnością, milordzie. Mówię doskonale po francusku — odparła wesoło.

Hrabia obrzucił ją nieco wątpiącym spojrzeniem, gdy wychodził, otoczony trajkotaniem chłopców, a Marie uśmiechnęła się pod nosem. Hrabiego czekała niespodzianka i stwierdziła, że wręcz cieszy się na lunch.

Gdy chłopcy, ich korepetytor i ojciec opuścili pokój, pani Ellwood wróciła z herbatą na tacy i czarną buteleczką, którą Marie rozpoznała.

— Laudanum? — spytała.

— Jak pani woli, kochana — odparła życzliwie gospodyni. — Jego lordowska mość kazał mi przynieść. Uznał, że pomoże pani odpocząć.

Marie się zastanowiła. Kostka pulsowała okrutnie i ból zaczynał ją przyprawiać o migrenę. Choć zwykle dostawała migren od dłuższego hałasu, kiedy już przychodziły, potrafiły być paraliżujące. Przekonała się wcześniej, że roztropne, niewielkie dawki laudanum potrafią pomóc.

— Jedną kroplę — powiedziała — do herbaty, proszę. I nawet jeśli poproszę, proszę nie podawać mi więcej aż do jutra.

— Bardzo rozsądnie, panno — pokiwała poważnie pani Ellwood i ostrożnie stuknęła jedną kroplę do filiżanki. — Proszę po prostu odstawić filiżankę koło łóżka, gdy pani skończy, i spróbować odpocząć.

Powieki Marie zaczęły się przymykać, zanim dopiła herbatę, więc odstawiła filiżankę, wtuliła się w wygodne łóżko i odpłynęła w błogosławiony, wolny od bólu sen.

Obudziła się, czując, że pani Ellwood znów delikatnie okłada jej stopę śniegiem, ale gospodyni uciszyła ją i kazała jeszcze odpocząć.

— Nie chcę przegapić lunchu — wymamrotała Marie.

— Bez obaw, nie przegapi pani — zaśmiała się pani Ellwood. — Ci chłopcy na to nie pozwolą.

Marie uśmiechnęła się, gdy sen znów ją porwał.

Obudziła się po raz drugi na pukanie do drzwi, zapowiadające przybycie hrabiego z synami; chłopcy pytali z zapałem, jak się czuje i czy jest gotowa na lunch.

— Owszem, jestem, umieram z głodu! — Uśmiechnęła się do nich i bez zastanowienia spróbowała wstać. W chwili, gdy zamierzała spuścić nogi z łóżka, pożałowała. Pioruny bólu przemknęły w górę lewej nogi i wciągnęła gwałtownie powietrze, starając się nie krzyknąć, by nie przestraszyć chłopców. Bardzo powoli i ostrożnie wsunęła nogi z powrotem tam, gdzie były.

Młody George spojrzał na nią przenikliwie, z oczami

pełnymi troski, po czym zwrócił się do hrabiego. — Ojcze, czy moglibyśmy zjeść lunch tutaj, z panną Baxter?

Wszystkie spojrzenia skierowały się na nią i poczuła się winna, że ich zatrzymuje.

Hrabia skinął głową i powiedział: — Skoro panna Baxter nie może przyjść na lunch, to lunch może przyjść do panny Baxter. — A potem dodał po francusku: — Nie będę, ech, porównywał pani do góry ani... Mahometa.

Marie szeroko się uśmiechnęła i poprawiła mu gramatykę, także po francusku.

Jego oczy rozszerzyły się ze zdumienia.

Marie promieniała pewnością siebie mimo bolącej stopy, duma wezbrała w niej dzięki biegłości w języku matki.

Pani Ellwood i Morag wpadły z tacami herbaty i talerzami kanapek pokrojonych w trójkąty jak szczyty, przez co wyglądały niczym okoliczne Góry Pennińskie. Wkrótce za nimi weszło dwóch lokajów z pomocniczymi stolikami i krzesłami.

Pan Charles usiadł i zwrócił uwagę na chłopców. Jego następna uwaga, po francusku, w dosłownym tłumaczeniu brzmiała: — To jest wybrana śliczność jedzeniowych kąsków.

Hrabia spojrzał na Marie, by go poprawiła, bo też usłyszał niefortunne sformułowanie.

Marie chętnie podała właściwsze: — Oui, c'est un délicieux repas léger. *Tak, to pyszny lekki posiłek.*

Uśmiech hrabiego napełnił ją ciepłem i dodał otuchy.

Przez cały posiłek Marie z radością mówiła językiem matki, łagodnie poprawiając chłopców w naprawdę splątanych zdaniach. Kiedy skręciła kostkę, ganiła się za głupotę i to, że stała się bezużyteczna. Teraz okazało się, że jednak może się przydać; miała umiejętności, których chłopcy bardzo potrzebowali.

Nadal mówiąc po francusku, zapytała pana Charlesa, jak chłopcom idzie w Eton. Poprzez sztywne słowa i poszarpane czasowniki zdołał przekazać, że bardzo dobrze radzą sobie z łaciną i greką.

Co świadczyło o nich chwalebnie, ale francuski wyraźnie był na odległym trzecim miejscu, czego Marie nie pochwalała. Jak często chłopcom przyda się w życiu łacina i greka? Francuski był znacznie bardziej użyteczny, podobnie jak matematyka.

W krykieta też podobno radzili sobie świetnie, choć nie był to przedmiot jak języki, wyjaśnili chłopcy. Wszyscy chętnie grali w okresie poprzedzającym Urodziny Króla w czerwcu.

Najlepiej jak potrafili, tłumaczyli, jak działają szkolne półrocza i kiedy mają wrócić, przechodząc na angielski, gdy brakowało im słów.

Pan Charles nie był wielką pomocą, bo dzielnie próbował wyjaśnić w umęczonej mowie: — Więcej chłopców w Eton zostaje na Boże Narodzenic i to chłopcy specjalni są.

— Voulez-vous dire que la plupart des élèves restent à l'école pendant la période de Noël au lieu de rentrer chez eux? *Czy ma pan na myśli, że większość uczniów zostaje w szkole na Boże Narodzenie zamiast wracać do domu?*

— Oui — odparł z ciężką, pełną ulgi westchnieniem. Wyglądał, jakby bolała go głowa od wysiłku. Nic dziwnego, że dzieci kiepsko radziły sobie z tym językiem, skoro ich korepetytor nie był w nim zbyt biegły.

— Będziemy rozmawiać po francusku tyle, ile zechcecie

powiedziała chłopcom w tym pięknym języku — żeby poprawić wasze umiejętności w czasie, gdy tu będę.

Pan Charles wykrzywił usta ze smutkiem i zdołał wykrztusić: — Dans ce cas, il n'est pas normal d'être heureux que vous vous soyez fait du mal. Mon français est vraiment déficient. *W takim razie nie wypada cieszyć się, że zrobiła sobie pani krzywdę. Mój francuski jest naprawdę kiepski.*

Prawda, ale miło z jego strony, że to powiedział. Nie skomentowała jego marnego francuskiego, tylko przyjęła kawałek ciasta z talerza, który podawał jej George, i podziękowała.

Herbata była gorąca i krzepiąca, gdy Marie sączyła ją z uśmiechem. Kostka paliła jak ogień, odkąd laudanum przestało działać. Ale rozproszenie w postaci pysznego jedzenia, uroczych chłopców, zmagającego się korepetytora i zaskakująco czarującego hrabiego działało jak zaklęcie i przez kilka minut naraz potrafiła nie myśleć o bólu. Rozmawiali długo w popołudnie, a pan Martin przyszedł z francuskimi czytankami chłopców, żeby mogli przerobić materiał, którego od nich oczekiwano.

Marie czytała różne formy czasowników, a chłopcy powtarzali. Pan Charles dołączył, korepetytor na chwilę stał się uczniem.

— Je marche, Je marchais, Je vais marcher — odczytała im. Cała trójka powtórzyła, starając się naśladować jej akcent. *Idę, szłam, będę iść.*

Dodała coś związanego z ich sytuacją. — Je vais marcher jusqu'à Alston et remettre une lettre. *Pójdę pieszo do Alston i nadam list.*

Choć to wszystko było bardzo przyjemne, naprawdę musiała wysłać wiadomość do sióstr. Najwygodniej byłoby, gdyby ktoś mógł pójść do Alston i nadać za nią list.

ROZDZIAŁ 4

Bolesne prawdy

Marie obudziła się rano z pulsującym bólem w kostce. Musiała ją w nocy skręcić, mimo że spała ze stopą wystającą spod kołdry. Gdy ostrożnie przesunęła palcami po nodze, kostka pod bandażem wydała się nabrzmiała i gorąca.

Mrs Ellwood pomogła jej wstać z łóżka i ubrała ją. Czuła się bezużyteczna jak niemowlę, niezdolna do zrobienia dla siebie najprostszych rzeczy. Co gorsza, nocny odpoczynek wcale nie naprawił stawu. To musiało być skręcenie, albo i gorzej. Wysłała więc ku niebu błagalną modlitwę, by to było tylko skręcenie.

— Nic nie szkodzi, kochanie — powiedziała Mrs Ellwood.

— Wiem, że jesteś dziewczyną, która lubi wszystko robić po swojemu. Nie zwykłaś polegać na innych, prawda?

— I owszem, nie zwykłam — przyznała, lubiąc śpiewny, kołyszący się akcent północy u gospodyni. Morag jednak zupełnie ją pokonywała i wszystko, co mogła zrobić, to uśmiechać się i kiwać głową, kiedy pokojówka próbowała zagadywać.

Dawało jej to głębsze zrozumienie, jak musi czuć się Mr Charles, gdy zmaga się z mówieniem po francusku.

Stopa bolała tak bardzo, gdy Mrs Ellwood pomagała jej podkuśtykać przez pokój do wygodnej szezlongi przy oknie, która zapewniała dokładnie taki komfort, jakiego potrzebuje ktoś, kto musi trzymać nogę uniesioną i nieruchomą.

Niedorzeczna, niedorzeczna dziewczyna, zganiła się w duchu. Dlaczego tak uparcie zignorowała ostrzeżenia hrabiego?

Przynajmniej była ubrana i jako tako prezentowała się, choć pulsowanie w kostce dalej biło i rwało w rytm jej serca. Na szczęście głowa miała jasna, więc stanowczo odmówiła, kiedy Mrs Ellwood uniosła buteleczkę laudanum z niemym pytaniem w oczach.

— Nie, dziękuję. Nie potrzebuję.

Morag trajkotała dalej, ale miała przy tym tak słodki wyraz twarzy, że Marie nie miała serca jej odprawić. — Może zaśpiewasz — zaproponowała — to znacznie lepiej mnie rozproszy. Masz jakieś pieśni, którymi chętnie się dzielisz?

Dziewczyna rozpromieniła się i uderzyła w przejmującą melodię, która wzlatywała w górne rejestry niczym ptak na skrzydle, po czym opadała i zwiastowała nieszczęście. Marie nie miała pojęcia, o czym była ta pieśń, ale melodia była czarująca i dramatyczna. Morag miała niezwykły głos. Z oczami zachodzącymi mgłą Marie zastanawiała się, co znaczą słowa. Najwyraźniej znaczyły dla młodej Morag bardzo wiele, sądząc po tęsknym wyrazie jej twarzy.

— Jest przepiękna — powiedziała Marie, gdy pieśń się skończyła. — Bardzo chciałabym wiedzieć, co znaczy.

Morag uśmiechnęła się słodko i rzekła: — Tha e cialla-chadh bàs dha na Sasannaich a ghoid mo ghaol.

W tej samej chwili w drzwiach pojawił się Mr Martin i powiedział do Morag: — Nie życzysz źle naszemu gościowi.

Marie nie miała pojęcia, co właśnie zaszło, ale młoda pokojówka pochyliła głowę w geście winy.

Potem Mr Martin zwrócił się do Marie i powiedział: — Jego Lordowska Mość pyta o swoją pacjentkę.

Marie westchnęła żałośnie. — Nie mogę się doczekać wyjazdu, ale moja kostka wcale nie wyzdrowiała.

— Czy mogę ją zbadać? — odezwał się hrabia, wchodząc do pokoju.

Skoro dla przyzwoitości Morag wciąż tu była, a Mr Martin (niosący podręcznik medyczny) stał obok przy szeroko otwartych drzwiach, trudno było odmówić.

A poza tym, jak miałaby wyjść z tego pokoju, nie mówiąc już o zamku, w swoim obecnym stanie? To było tak frustrujące.

Hrabia ukląkł przy jej stopie i delikatnie dotknął dużego palca.

— Hsssst! — syknęła Marie z bólu.

Obmacał boki stopy i kostki, a każdy drobny ruch karał jej mięśnie. Marie ścisnęła spódnicę tak mocno, że aż pobielały jej kłykcie, byle tylko nie krzyknąć.

Słysząc jej bolesne reakcje, hrabia złagodził dotyk tak, że ledwie muskał staw. — Jest tak, jak przypuszczałem. Skręcenie, i to poważne, ale kość nie jest złamana.

— Można to stwierdzić samym dotykiem?

— Obrzęk trochę zmalał, a to dobry znak.

Marie próbowała nie jęczeć, ale nie potrafiła. — A jednak boli bardziej niż wczoraj.

— Zaniosę cię na dół. Nie ma sensu siedzieć tu, gdzie nic nie możesz robić. Chodź, dotrzymasz mi towarzystwa w bibliotece, a chłopcy dołączą do nas na południowy posiłek.

Jednym płynnym ruchem uniósł ją z szezlongi i przycisnął do siebie. Ból nie był już tak ostry jak na początku, ale, na wszystkie świętości, pulsował okropnie.

Czując się nieszczęśliwa do granic, wtuliła głowę w ramię hrabiego i rozpłakała się.

— Czy pogorszyłem? — Zabrzmiał na wskroś poruszony.

— Nie — pociągnęła nosem. — Po prostu ulegam litości nad sobą.

Parsknął śmiechem, jakby z uciechy.

Marie oskarżyła: — Dobrze się pan bawi, prawda?

Zaśmiał się w głos, a jej całym ciałem zatrzęsło, bo trzymał ją tak blisko.

— Po prostu ulegam *samozadowoleniu*. Wiedziałem, że to skręcenie, nie złamanie, i miałem rację.

— Hmpf — mruknęła Marie.

Niosąc ją lekko po schodach, jakby w ogóle nie zauważał jej ciężaru w ramionach, Marie z wahaniem dodała: — Miał pan *rację*, panie hrabio, i jestem panu wdzięczna za pańską wiedzę medyczną. Mogłam sobie zrobić trwałą krzywdę, gdybym wczoraj próbowała iść dalej.

— Istotnie mogłaś. — Zaniósł ją do biblioteki, posadził w wygodnym fotelu przy kominku i przyniósł podnóżek, na który bardzo delikatnie ułożył jej stopę. Stojąc nad nią, musiała zadrzeć głowę, żeby na niego spojrzeć.

— I dziękuję za gościnę. Pański personel jest niezwykle troskliwy — dodała, bo tak wypadało.

— Cieszę się, że dbają o ciebie jak należy, ale jasno mi zakomunikowano, że mnie także przypada część obowiązków. — Skinął dość poważnie. — To znaczy, że do mnie należy zabawić twój umysł. Co ci podać do czytania? — Wskazał wokół, na ogromną, piękną bibliotekę.

— Z pewnością są gorsze miejsca, w których można utknąć na kilka dni — odparła Marie z radością.

Hrabia odwrócił się ku niej, oczy miał nieco rozszerzone. — Panno Baxter... ze wszystkiego, co czytałem, wynika, że to potrwa raczej dłużej niż kilka dni, obawiam się. Na odzyskanie choćby odrobiny sprawności skręcony staw potrzebuje od trzech do sześciu tygodni, a na pełny powrót do zdrowia od trzech do sześciu miesięcy. Z całą pewnością nie mogę pozwolić ci próbować podróży do domu, zanim nie miną co najmniej trzy tygodnie, a wtedy to już będzie zaledwie kilka dni do Bożego Narodzenia. Proszę, pozwól, że przedłużę zaproszenie: spędź święta z nami, a do domu wrócisz po Nowym Roku. Mr Charles odwiezie bliźniaków do Eton na rozpoczęcie semestru. W ich towarzystwie pojedziesz znacznie wygodniej, moim powozem, niż mogłabyś jadąc pocztą.

Była to zdecydowanie najdłuższa przemowa, jaką dotąd od niego słyszała, i Marie poświęciła chwilę, by rozważyć propozycję.

— Chyba nie mam wielkiego wyboru — westchnęła. — Sama próba poruszenia stopą sprawia mi ogromny ból i jestem pewna, że nie stanę na niej.

— Mogłoby być gorzej — powiedział hrabia i, jak sądziła,

starał się ją pocieszyć. — Złamałem nogę, gdy miałem czterna-
ście lat, spadłem z konia. Leżałem osiem tygodni i byłem
bardzo nieszczęśliwy.

A więc rozumiał, jak się czuła.

Skinęła głową. — Mogłoby być gorzej. — Przecież równie
dobrze mogła złamać kostkę, gdy upadła na tym lodzie. —
Przyjmę pańskie bardzo uprzejme zaproszenie, by spędzić
u pana święta, panie hrabio, a odwdzięczę się, ucząc pańskich
synów francuskiego! — To było przynajmniej coś, co mogła
dać w zamian.

— Muszę zapytać, skąd tak doskonały francuski? — rzekł
hrabia. — Mój to nauka szkolna, potem ćwiczona głównie
czytaniem, nie rozmową, a pani brzmi niemal jak rodowita
Francuzka.

Uśmiech wyrwał się na wolność. — Moja mama była Fran-
cuzką — przyznała Marie. — Z okolic Loary. Ojciec jest Angli-
kiem, a my z siostrami urodziłyśmy się tutaj, w Anglii. Nigdy
nie byłam we Francji, ale mama wychowywała nas, by mówić
w obu językach.

— Rozumiem! — Hrabia zamruczał przez moment. —
Pani ojciec jest teraz tam, jak pani wspominała, na poszukiwa-
niach kolejnych książek.

— Otrzymał listy z Francji, które nalegały, by wyruszył.
Plądrowano kilka château, a żołnierze niszczyli cenne księgi.

Twarz hrabiego pociemniała. — To zbrodnia!

Marie zgodziła się z jego oceną, bo to samo myślał jej
ojciec. — Naturalnie bardzo się spieszył, by dotrzeć na miejsce
i uratować, co się da.

— Mam nadzieję, że jego wyprawa się powiedzie — rzekł

hrabia. — Chciałaby pani poczytać po francusku? Mam kilka tomów, których, jak sądzę, nikt nawet nie dotknął. Przyniosę je, a pani obejrzy je sobie w dogodnej chwili.

Jedna z książek, które przyniósł, to było olśniewające, cielęcą skórą oprawne *Ménagerie du Musée National d'Histoire Naturelle*. Marie wybrała je z zachwytem, ostrożnie przewracając kartki, by podziwiać złocone brzegi i piękne tablice przedstawiające egzotyczne stworzenia z odległych zakątków świata. Zupełnie zatraciła się w lekturze, a hrabia przez kilka minut przyglądał się z aprobatą, jak delikatnie obchodzi się z cennym tomem. Potem sam wybrał sobie książkę i zasiadł w innym fotelu.

Czytali w szczęśliwej, towarzyskiej ciszy, aż pukanie do drzwi zapowiedziało wejście Mr Martina, który grzecznie zapytał, czy będą rada, by młodzi panowie dołączyli do nich na południowy posiłek.

— Oczywiście — powiedział hrabia. — Ten duży stół tam wystarczy na tacę z herbatą i tyle jedzenia, by wszystkich nasycić. Przyniosę pani talerz, panno Baxter, jeśli pani sobie życzy?

— Chętnie, dziękuję — zgodziła się Marie, odkrywając, że jest całkiem głodna.

Chłopcy wpadli do pokoju tuż przed Mrs Ellwood niosącą tacę, a za nimi, nieco zmięty, podążał Mr Charles. Marie domyśliła się, że to dość trudne zajęcie — nadążyć cały dzień za dwiema pełnymi energii pociechami — zwłaszcza gdy pogoda kompletnie nie sprzyjała bieganiu na zewnątrz.

Celowo kierowała uwagi po francusku głównie do hrabiego i obu chłopców, zostawiając Mr Charlesa w spokoju, by mógł zjeść posiłek.

Gdy posiłek i lekcja francuskiego dobiegły końca, nieśmiało poprosiła hrabiego o papier, by napisać do rodziny i zawiadomić, że się spóźni. Poprzedniego dnia prosiła o coś podobnego Mrs Ellwood, ale zostawiła rzeczy u siebie w pokoju.

Spodziewając się małych kartek listowych, była bardzo pod wrażeniem, gdy hrabia przyniósł jej kilka dużych arkuszy drogiego, dobrej jakości papieru, atrament, pióro, bibułę i nawet małą podkładkę do pisania, którą mogła poziomo oprzeć na poręczach fotela.

Co za niewysłowiona rozkosz! Wspomniał też, że opłaci list za nią, więc nie musi się martwić, że siostry zapłacą za przesyłkę po doręczeniu. Mogła dołączyć tyle stron, ile zechce.

Chłopcy nie chcieli wychodzić i jedli ostatnie kanapki najdrobniejszymi, najwolniejszymi kęsami. Marie skończyła list do Louise i Bernadette, a potem wzięła kolejny arkusz i szybko naszkicowała młodego Richarda, jak bierze mysie kęsy. Potem kilkoma ruchami uchwyciła George'a i pobawiła się, dopracowując układ jego włosów. Hrabia mówił, że są bliźniakami, nie tylko braćmi, ale im więcej czasu z nimi spędzała, tym więcej dostrzegała między nimi różnic. Nie musiała ich widzieć razem, by wiedzieć, który jest który.

— Znakomicie ich uchwyciłaś — powiedział hrabia, gdy tylko zorientował się, co robi.

— Usiądź nieruchomo, a zaraz zrobię studium również z pana — wypaliła Marie, nie zastanawiając się. Czy ona właśnie wydała rozkazy hrabiemu? Za kogo się uważała? — Przepraszam, zapomniałam się! — wyrzuciła z siebie, rumieniąc się lekko.

— Pokaż! — George zerwał się z miejsca i podszedł, by spojrzeć na kartkę. Westchnął z zachwytu. — Rety, ale to jest pierwszorzędne! Dickie, zobacz!

Richard w sekundę był przy jej drugim ramieniu. — Naprawdę dobrze oddała ci nos!

George odciął się: — A to twoje dąsające się dolne ucho! —

— Chłopcy, trochę wyszłam z wprawy, następny będzie lepszy — powiedziała Marie. — Musicie mi wybaczyć.

— I tak jest pierwszorzędny — stwierdził Richard. — Mogłabyś zostać naszą nadworną artystką!

Marie zaczęła szkicować hrabiego, dodając go do rysunku tak, jakby siedział obok synów, z czułym uśmiechem, kiedy na nich patrzy.

— Pamiętaj, żeby narysować jego odstające uszy! — zaśmiał się George.

— Ma bardzo ładne uszy — sprostowała Marie, po czym zorientowała się, co powiedziała, i spłonęła rumieńcem aż po nasadę włosów. — Wy obaj też! — dodała pospiesznie. — Uszy są niepowtarzalne, kiedy się im dobrze przyjrzeć, widać, że nie ma dwóch identycznych. Ale widocznie cechy rodu Renwicków mocno się dziedziczą. — Wcale nie lepiej! Och! Musiała przestać mówić!

Hrabia podniósł się i nagle wyszedł z pokoju, czym ją zaskoczył. Rysunek był już prawie skończony, więc szybko go dokończyła.

— Dołączę je do listu, żeby pokazać siostrom, z jakimi miłymi ludźmi przebywam. Szkoda, że pogoda nie pozwala wyjść i naszkicować zamku...

— Na tej ścianie wisi jego obraz — powiedział George, wskazując. — Nie mogłabyś skopiować?

Marie odwróciła się. — Rzeczywiście! W porządku. Chciałabym, żeby siostry zobaczyły, jak wygląda Alston Castle... żadna z nas jeszcze nigdy nie miała okazji nocować w zamku. — Odwróciwszy kartkę z hrabią i jego synami na drugą stronę, narysowała zamek pewnymi, szybkimi kreskami, regularnie zerkając na obraz, by sprawdzać, czy zachowuje mniej więcej właściwe proporcje.

Bliźniacy całkiem zahipnotyzowani zaglądali jej przez ramię przez cały czas.

— Zanim wyjedziesz — zapytał cicho Richard — zrobisz nam taki rysunek? Wtedy moglibyśmy na niego patrzeć w szkole.

— Oczywiście, że zrobię — odparła natychmiast Marie, rozumiejąc, że muszą tęsknić choć trochę, kiedy są w Eton. Może dlatego hrabia przywiózł ich aż do domu na Boże Narodzenie; w końcu byli jeszcze bardzo młodzi.

A może po prostu brakowało mu ich towarzystwa — pomyślała, składając list i rysunki. Tak jak jej zaczynało brakować sióstr. Z chłopcami w szkole Alston Castle musiał być dla pana zamku dość samotnym miejscem.

Wracając do biblioteki, Sebastian zastał chłopców wciąż tam, jak naprzykrzali się Marie. — Wynocha — powiedział bez niechęci.

— Tak jest, ojcze — zawołali posłusznie i wyszli za Mr

Charlesem, choć Sebastian zauważył, że obaj zerkali ukradkiem na Marie. Przyłapał też na ukradkowym spojrzeniu samego Mr Charlesa i zacisnął usta. Ten młody człowiek nie był w pozycji, by wzdychać do panny Baxter. Nawet jeśli wyglądała bardzo ładnie z uśmiechem na ustach i lśniącymi orzechowymi oczami, gdy żegnała chłopców.

— To list do sióstr? Zawiozę go jutro osobiście do Alston. — Wyciągnął rękę po list. — I choć Alston jest małe, zapewniam, że nasza poczta działa całkiem dobrze nawet przy złej pogodzie. Goniec jeździ do Carlisle trzy razy w tygodniu. Twoje siostry powinny dostać list za jakieś dziesięć dni. W najbliższych dniach odeślę też do Carlisle wynajętego konia i osiołka, więc nie musisz się o nie martwić.

— Doceniam, że zawiezie pan list do Alston, panie hrabio. Uspokaja mnie myśl, że może dotrzeć do nich nawet wcześniej, niż pierwotnie się mnie spodziewały. Złagodzi to ich niepokój, gdy nie przyjadę z zapłatą za pańskie książki.

Na moment opadła mu szczęka i najchętniej kopnąłby się tak, by sobie zrobić krzywdę. — O rany, to była całkiem pokaźna suma.

— Skoro już pan poruszył ten temat — odparła z nieśmiałym uśmiechem.

— Źle z mojej strony. A ty nie jesteś w stanie szybko wrócić. Poza tym nie możemy wysłać takiej gotówki pocztą bez opieki. Nigdy by nie dotarła. — Zastanowił się przez chwilę, jak to naprawić. *Kogo mógłby posłać do Hatfield w takim trybie? W tę pogodę?* — Chwileczkę, mam to! — Pstryknął palcami, gdy plan się ułożył. — Napiszę do mojego pełnomocnika w Londynie. List dotarłby do niego w około tydzień.

Wyjaśnię wszystko i poproszę, by bezpiecznie przekazał należne środki do Baxter's Fine Books.

— Brzmi jak najbezpieczniejsze rozwiązanie — rzekła, z ledwie widocznym grymasem, gdy poprawiała się na siedzisku. — Przyniosę kwoty z moich toreb... och. — Wyraźnie skrzywiła się, próbując wstać.

— Chciałabyś, żebym zaniósł cię do pokoju?

— Tak, jeśli to nie kłopot.

— Nie trzeba od razu. Najpierw muszę napisać do mego pełnomocnika — to pilniejsze. Pamiętam, że koszt książek wyniósł sto czterdzieści siedem funtów. Jakie były koszty i wydatki, które poniosłaś, przywożąc je tutaj?

— To było sześć funtów, osiem szylingów, dziesięć pensów i pół pensa — wyrecytowała.

— Jesteś wspaniała w liczbach — powiedział z półuśmiechem, nieco rozbawiony jej drobiazgowością.

W nagrodę dostał głęboki rumieniec. — Dziękuję za komplement. Prowadzę księgi w księgarni.

Zaniemówił na moment. Myślał, że jest uszczypliwy, a może i trochę niegrzeczny, wytykając jej dokładność. Ona wzięła to za pochwałę.

— W takim razie zaokrąglę do siedmiu funtów?

Pokręciła głową, natychmiast protestując: — Nie mogę, to o wiele za dużo.

Wolno pokręcił głową i zachichotał. Co za osobliwe stworzenie! — A sześć funtów dziesięć?

Widział, że zaciska usta, żeby nie wybuchnąć śmiechem.

— Proszę, lordzie Renwick. To było sześć funtów, osiem szylingów, dziesięć pensów i pół pensa. Ani pensa więcej!

— Dodam to do sumy, którą mój człowiek prześle do księgarni.

— Proszę też odjąć kwotę, którą zapłacił pan za mój powrót — dodała stanowczo. — Oferował pan, że każę się odwieźć do domu, kiedy Mr Charles zawiezie George'a i Richarda do Eton — rzekła powoli.

— Tak, to wciąż aktualne.

— Zapewne ma pan z góry zamówione noclegi, proszę więc to odjąć. Gdy tylko wrócę do pokoju, zwrócę panu pieniądze.

Jasne było, że nie pozwoli mu zapłacić ani pensa więcej, niż był jej winien.

— Sto pięćdziesiąt trzy funty, osiem szylingów, dziesięć pensów i pół pensa — powiedział, zapisując sumę. — Polecę mojemu człowiekowi przyspieszyć płatność, więc twoje siostry powinny ją otrzymać wkrótce po nadejściu twojego listu. Chciałabyś dodać postscriptum?

— Tak, lepiej dopisać. — Wzięła z powrotem swój list i na odwrocie, pod pieczęcią, dopisała krótką linijkę.

Pokazał jej list do swego pełnomocnika, żeby mogła ostatecznie zatwierdzić sumę. Skinęła z zadowoleniem po lekturze i oddała pismo.

Sebastian właśnie kończył i lakował oba listy, kiedy Marie zadała pytanie, które sprawiło, że wyprostował się jak struna na krześle.

— Mr Charles to miły młody człowiek. Jak się stało, że został guwernerem chłopców?

— Eee... jest synem dzierżawcy — odparł Sebastian nieco sztywno, nieprzywykły, by tłumaczyć swoje decyzje, i trochę zaniepokojony, że Marie interesuje się Mr Charlesem. — Ojciec to porządny człowiek, ale niewykształcony; od wczesnych lat było jednak widać, że syn jest bardzo bystry. Dobrze radził sobie w szkole, a gdy odziedziczyłem tytuł, mogłem wysłać go do lepszej szkoły, a potem do Cambridge. W przyszłym roku ukończy seminarium.

— Ach, czyli jest dobrze znany rodzinie i pod pańskim protektoratem! — skinęła Marie ze zrozumieniem. — Ma pan parafie w darowiźnie, żeby go ulokować?

— Tak i nie... choć kilka beneficjów pozostaje pod kontrolą hrabstwa, wszyscy proboszczowie są zdrowi i krzepcy i do emerytury im daleko. Wesprę pana Charlesa, ale obawiam się, że przez jakiś czas będzie musiał zarabiać jako wikariusz objazdowy. Minie parę lat, zanim będzie w stanie utrzymać żonę — nie mógł się powstrzymać, by dodać.

Marie spojrzała na niego zdezorientowana. — Cóż, jest dość młody, by myśleć o małżeństwie, więc na pewno zadowoli się czekaniem, aż się ustabilizuje — odparła bez troski.

Sebastian najchętniej znów by się kopnął. Chociaż z ukradkowego spojrzenia, które dostrzegł wcześniej, było jasne, że Mr Charles jest Marie zauroczony, wyglądało na to, że *ona* pytała o młodego guwernera tylko z grzeczności! A jeśli jego niemądra wzmianka o małżeństwie zaszczepiła w jej głowie pomysł, by spojrzeć na Mr Charlesa romantycznie?

Nie chciał się zastanawiać, czemu ta myśl tak go uwiera, więc położył oba listy na biurku, by rano zabrać je do Alston, i uśmiechnął się sztywno.

— Jeśli mogłabym prosić — odezwała się wtedy Marie

niepewnie, nie całkiem patrząc mu w oczy — chciałabym na chwilę wrócić do pokoju, przed kolacją.

Domyślił się, że będzie chciała oddać mu wszystkie pieniądze co do ostatniego pół pensa. Potem spojrzał na zegar i z przerażeniem uświadomił sobie, że zapewne potrzebuje odrobiny prywatności. Mr Martin cały dzień dbał, by mieli coś do picia i drobne przekąski, a Marie nie mogła tak po prostu wstać i pójść do wygódki.

— Oczywiście — powiedział pośpiesznie. — Pozwól. Poślę Morag, by ci pomogła, i zobaczymy się przy kolacji.

— Dziękuję, panie hrabio.

Jak zauważył Sebastian, coraz bardziej podobało mu się, jak leży w jego ramionach i jak opiera głowę o jego ramię, kiedy niósł ją po schodach.

Zdecydowanie nadszedł czas, by znaleźć inne rozwiązanie.

ROZDZIAŁ 5

Domowe wygody

Sebastian przeciągnął się i przywitał nowy dzień serdecznym ziewnięciem. Pierwsze światło wychyliło się zza gór. Uwielbiał tę porę roku, gdy mógł podziwiać cały wschód słońca o rozsądnej godzinie. Jego pierwsze myśli powędrowały do panny Baxter i tego, czy ból da się opanować. Może nawet obejrzą razem wschód słońca z saloniku na piętrze wychodzącego na południe.

Jego kamerdyner, pan Sharpe, zauważył — Jest pan dziś w znakomitym nastroju.

— Owszem, jestem — przyznał aż zbyt ochoczo.

— Czy zawdzięczamy to obecności panny Baxter?

Warknął — Przekracza pan granice. — Natychmiast pożałował, że był tak szorstki. Ale też jak śmiał kamerdyner coś takiego zakładać? — To przez książki, które panna Baxter przywiozła, nic ponadto.

— Przepraszam, milordzie — rzekł Sharpe, poprawiając

krawat Sebastiana. — Książki to istotnie skarb i znakomite uzupełnienie biblioteki.

Nie powinien był reagować tak ostro. Obrona na wyrost była pewnym znakiem, że kamerdyner trafił zbyt blisko prawdy. Chwilę wcześniej planował znieść pannę Baxter do biblioteki... ale teraz zastanawiał się, ile jego służba widziała?

Kierowała nim rycerskość, nic więcej. Biedna dziewczyna była ranna i nie mogła chodzić. Ergo, trzeba ją było nosić.

Dlaczego jednak to on miał ją nosić? Nie on ją przecież zranił; zatem jego działania nie wynikały ani z obowiązku, ani z poczucia winy. W istocie namawiał ją, by została w domu ze względu na ryzyko urazu.

Zimna świadomość spłynęła mu po ciele, gdy poprawiał mankiety.

Lubił nosić ją na rękach. Sama myśl, że ktoś inny mógłby to robić, budziła w nim sprzeciw.

Naprawdę powinien przestać. Byli niemal obcymi, nawet jeśli korespondowali od miesięcy. Tyle że sądził, iż pisze do Matthew Baxtera, ojca, nie do córki, Marie.

Marie utknęła teraz tutaj, być może wciąż bardzo cierpiała i tęskniła za rodziną. A do kolejnego pokoju mogła się dostać tylko wtedy, gdy ktoś ją tam przeniósł.

Musiała być kompletnie przygnębiona.

Zadzwonił po pana Martina. — Niech osiodłają mi konia za godzinę, zawiozę listy do Alston.

— Bardzo dobrze — odparł lokaj i poszedł zawiadomić stajnie.

Sharpe podał mu gruby szal i ciężki płaszcz. Niebo zasnuły

szare chmury, raczej nie zobaczą dziś słońca. Ale jeszcze nie padało.

— Czy nie powinien pan wziąć powozu, sir?

— Na Caesarze będę szybciej. Gdybym pojechał powozem, ktoś inny musiałby go prowadzić w tej szarówce. Wrócę w ciągu godziny.

W holu minął panią Ellwood, która właśnie wychodziła z pokojów panny Baxter.

— Pani Ellwood, jak się ma dziś nasza gościni?

Pani Ellwood dygnęła i odrzekła — Trochę przygaszona, ale wizyta w bibliotece powinna ją postawić na nogi.

Sebastian rozpromienił się na myśl, jak bardzo Estelle docenia jego bibliotekę. Już miał zaproponować, że ją tam zaniesie przed wyjazdem, ale się powstrzymał. Musiał dać pierwszeństwo listom. Potem zadba o wygodę panny Baxter.

— Mam pomysł — rzekł do gospodyni. — Proszę przekształcić nieużywany salon na parterze w sypialnię dla panny Baxter.

— Oczywiście — odparła, znów dygając. — I eee... — ściszyła głos, a jej wyraz twarzy złagodniał — panna Baxter potrzebuje też nieco odzieży. Ma przy sobie kilka rzeczy, ale są zupełnie nieodpowiednie na zimę w Alston.

Sebastian dał znak, że nie powinni zatrzymywać się na rozmowę, bo naprawdę musiał iść do stajni. Skinął głową w stronę schodów, by mogli iść i kontynuować dyskusję. Zapewni to także odrobinę prywatności pannie Baxter. Nie czuł się dobrze, rozmawiając o damskiej odzieży tak blisko drzwi, za którymi dama, o której ubrania chodzi, mogła ich usłyszeć.

— Zauważyłem, jak cienki płaszcz miała, gdy przyjechała — powiedział.

— Mam ciepłe rzeczy, z których mogłaby skorzystać, rzecz jasna, ale dama w pozycji panny Baxter potrzebuje czegoś więcej niż ubrań służby.

— Zgadzam się — odparł, schodząc ze stopnia. Wtem dotarło do niego, na co wskazuje gospodyni — Potrzebuje *damskiej* garderoby, prawda?

— Dziękuję, milordzie, właśnie tak. — Pani Ellwood stanęła, cierpliwie czekając, aż nadąży za jej tokiem myśli. Ona wiedziała, co trzeba zrobić, on też wiedział, ale...

Chwycił balustradę, chłonąc wagę słów gospodyni i godząc się z koniecznym działaniem. Nie mógł udawać, że przeszłość się nie wydarzyła, choćby nie wiem jak próbował ją zamknąć na klucz. Wziął uspokajający oddech i ruszył dalej w dół. — Dobrze. Nie ma sensu, by te suknie gniły w kufrze. Proszę działać, jak pani uzna za stosowne. Przypuszczam, że panna Baxter jest podobnej postury jak była hrabina.

Aż go zdumiało, że zdołał to wypowiedzieć i pozostać na nogach. Miał nadzieję przeżyć resztę życia, nie myśląc już nigdy o tamtej kobiecie. Dość, że chłopcy nieustannie mu o niej przypominali.

— Dziękuję, milordzie. Znajdę coś stosownego i ciepłego. Kilka skromniejszych sukien będzie jak znalazł. I na pewno są też cieplejsze okrycia...

— Tak, bardzo dobrze — uciął oschle.

— Pamiętam pelerynę podszytą króliczym futrem — powiedziała pani Ellwood z nutą nadziei.

Sebastian przystanął i spojrzał na aż nazbyt pomocną

gospodynię. — Czy to pani sposób, by mi powiedzieć, że już zajrzała pani do kufrów?

Dygnęła i rzekła — Okropnie mi przykro, ale biednej dziewczynie potrzebne było coś cieplejszego.

Miała oczywiście rację. Pani Ellwood była mądrą kobietą i on o tym wiedział. Potrzebowała jedynie jego zgody, by zrobić to, co słuszne, co najwyraźniej już zrobiła. Skinął krótko głową i pospiesznie oddalił się od litościwego wyrazu na jej twarzy.

Nie mógł się dostać do stajni dość szybko. Mroźne zimowe powietrze na twarzy miało mu znakomicie zrobić. Choć serce rwało się do galopu, byłoby czystą brawurą kazać Caesarowi iść szybciej niż stępem. Śnieg na ziemi wyglądał pięknie, ale nie sposób było ocenić, jakie przeszkody czy królicze nory kryją się pod nim.

Gołoledź była również pewna jak amen w pacierzu. Przeklęta, zdradliwa gołoledź była powodem, dla którego panna Baxter wciąż przebywała w jego domu i dlaczego, pośrednio, miał teraz paskudny nastrój. Nie z jej powodu dokładnie, lecz przez uczucia, które w nim poruszyła, dawno już pogrzebane.

Koń prychnął z pretensją i potupał kopytem.

— Spokojnie, Caesarze, to nie na ciebie się złoszczę — powiedział ogierowi, klepiąc go po szyi. Musiał zbyt mocno zacisnąć wodze.

Caesar parsknął i potrząsnął łbem ze zrozumieniem. Z miękkich, brązowych chrap buchały kłęby pary, a Sebastian sam wypuścił z płuc obłoczek oddechu.

Musiał się rozluźnić. — Ta przejażdżka dobrze nam zrobi — oznajmił koniowi, lecz mimo to odruchowo obejrzał się na zamek, zanim przejechał pod zrujnowanym łukiem. Spojrzał w okno pokoju panny Baxter. Czy siedziała tam?

Zasłony były jednak wciąż zaciągnięte.

Mroźny wiatr ostudzi rozpalone nerwy. Ten wypad do Alston zrobi mu bardzo dobrze.

Gdy wrócił do domu, miał kończyny tak zesztywniałe z zimna, że niemal trzeba go było odrywać od końskiego grzbietu. To, że panna Baxter przetrwała o wiele dłuższą jazdę w jeszcze gorszych warunkach, podniosło ją w jego oczach. Zdeterminowana, uparta kobieta, pomyślał, która doprowadzi do końca każde zadanie, jakie sobie wyznaczy, niezależnie od niespodziewanych przeszkód. Jakże frustrujące musiało być teraz dla niej unieruchomienie przez uraz!

Zamiast iść prosto do środka, zagnał w stajni dwóch stajennych i polecił im przymocować do krzesła koła, aby panna Baxter mogła przemieszczać się z pokoju do pokoju bez konieczności noszenia.

— Czy możemy też jakoś dodać do krzesła podpórkę na jej lewą nogę, żeby pozostawała na równi albo uniesiona? To dla damy, która poważnie skręciła lewą kostkę, a to ogromnie pomoże.

— Zrobimy, co w naszej mocy — powiedział jeden ze stajennych.

Drugi skinął głową i rzekł — Będzie pierwsza klasa, milordzie, proszę zostawić to nam. Zaraz je wniesiemy.

Z uśmiechem pełnym wiary w powodzenie Sebastian skierował się do przytulnej, ciepłej biblioteki. Zadzwonił i poprosił pana Martina, by dał znać, kiedy panna Baxter będzie mogła przyjąć gości. Potem podniósł książkę, którą poprzedniego wieczoru pochłaniał, i wrócił do strony, na której przerwał przed snem. Pan Martin bez słowa postawił przy jego łokciu dzbanek gorącej kawy, a Sebastian mruknął podziękowanie, nie odrywając wzroku od lektury.

Usiadł przy kominku i miło się odtajał, poruszając palcami u stóp, gdy wracało w nie czucie. Przynajmniej panna Baxter miała na podróż do Alston porządne buty. Dobrze trzymały i pewnie uchroniły kostkę przed jeszcze poważniejszym urazem.

Nie powinien myśleć o kostkach panny Baxter, ale właśnie tam uciekały mu myśli.

Nie powinien w ogóle myśleć o pannie Baxter.

W ciągu godziny stajenni z dumą dostarczyli mu stare krzesło jadalniane przerobione tak, że do nóg przymocowano koła, a po bokach wysunięto do przodu krótkie deseczki, między którymi przybito poprzeczkę. Dla wygody owinięto wokół drewna gruby płat skóry.

— Bardzo dobrze — pochwalił Sebastian, mierząc krzesło wzrokiem. — To ogromnie pomoże.

Panna Baxter będzie mogła oprzeć kontuzjowaną stopę na poprzeczce, drugą zaś na podłodze, i odpychać się, przemieszczając z pokoju do pokoju, byle powoli. — Dziękuję, chłopcy, kawał świetnej roboty!

Następna przybyła pani Ellwood z wieścią, że nieużywany salon wysprzątano, rozpalono w kominku i wstawiono łóżko.

— Zdjęłam też dywany z podłogi — dodała pani Ellwood, z aprobatą zerkając na krzesło na kołach. — To naprawdę sprytna machina, milordzie.

— Miejmy nadzieję, że panna Baxter także ją pochwali. Czy jest gotowa, by zejść na dół?

— Myślę, że tak. Nie mówiłam jej, że szykujemy na dole pokój. — Pani Ellwood rozpromieniła się. — Pomyślałam, że to będzie miła niespodzianka, żeby ją trochę rozweselić.

Gospodyni niczego nie przegapiała. Biedna panna Baxter musiała być przygnębiona. — Sądzi pani, że trzeba ją podnieść na duchu?

Pani Ellwood wzruszyła ramionami. — Dziewczyna jest zraniona i daleko od domu oraz rodziny. Dzielnie się trzyma, ale widziałam parę łez.

On również; płakała mu w ramię, szarpiąc jego serce. Skinął głową, postanawiając w tej chwili zrobić wszystko, co w jego mocy, by zapewnić pannie Baxter wszelkie wygody, jakie zamek Alston może zaoferować podczas jej pobytu. — Proszę traktować ją jak księżnę, pani Ellwood — polecił. — Strasznie mi przykro, że to ją spotkało; to moja wina, że w ogóle tu przyjechała. Powinienem był zaufać, że potrafią odpowiednio zapakować i wysłać moje książki.

— Zaufanie nie przychodzi panu łatwo, milordzie. — Gospodyni spojrzała na niego przenikliwie, po czym lekko się uśmiechnęła i skinęła głową. — Ale doskonale rozumiem dlaczego. Myślę jednak, że panna Baxter to ktoś, komu może pan zaufać. Prawdziwa dama, choć jej rodzina zajmuje się handlem.

Czyżby gospodyni... *swatała*? Sebastian sztywno skinął, nie ufając nawet sobie, bo nie wiedział, jak właściwie zareagować.

Ruszył raźno w stronę schodów. Im szybciej sprowadzi

pannę Baxter na dół i posadzi w ruchomym krześle, tym lepiej. Gdy już będzie miała swoje krzesło i wygodnie się rozgości w przerobionym pokoju na parterze, nie będzie musiał jej więcej nosić, co oznacza, że nie poczuje zapachu lawendowej wody, którą najwyraźniej płucze włosy, ani tego, jak ufnie opiera głowę o jego ramię...

Przestań, Sebastianie — powiedział sobie stanowczo. — *To droga do złamanego serca.*

Twarz Marie, gdy pokazał jej krzesło na kołach, była bezcenna; posadził ją na nim ostrożnie i ułożył jej stopę na wyściełanej poprzeczce. W duchu starał się nie myśleć o tym, że to ostatni raz, kiedy ją niesie, ale dla własnego spokoju lepiej było trzymać od niej ręce z daleka.

— Jeśli chwyci się panna za podłokietniki i będzie odpychać się dobrą nogą, powinna się panna móc przesuwać. Powoli. Obawiam się, że skręty nie będą szły najlepiej...

Marie spróbowała, a na jej twarzy rozkwitł uśmiech, gdy zdołała przemieścić się przez bibliotekę.

— Milordzie, to po prostu wspaniałe. To pan to zrobił?

— Cóż, wykonało je dwóch moich stajennych — odparł skromnie. — Ja tylko powiedziałem, czego potrzebuję. — Mimo to nie mógł powstrzymać uśmiechu na widok jej radości.

— Niezwykle pomysłowe! Tym bardziej, że musiało powstać z różnych części pod ręką. Jestem pod wrażeniem pańskiej pomysłowości, milordzie, i kunsztu pańskich stajennych.

Sebastian poczuł, jak płoną mu koniuszki uszu. Skromnie pochylił głowę. — To najmniejsze, co mogliśmy zrobić, panno Baxter. Ale mam pani jeszcze coś do pokazania. Jeśli pozwoli? — Ujął oparcie krzesła. — Myślę, że łatwiej się prowadzi, gdy ktoś pcha.

Pan Martin otworzył im drzwi biblioteki z szerokim uśmiechem, a Sebastian popchnął Marie przez hol i wzdłuż szerokiego korytarza. Naprzeciw jadalni stały otwarte drzwi, a w nich czekała na nich pani Ellwood z serdecznym uśmiechem.

Sebastian musiał się na moment zatrzymać i wziąć się w garść, zanim wprowadził Marie do salonu, który był niegdyś ulubionym pokojem byłej hrabiny. Rozejrzawszy się, z wdzięcznością zauważył jednak, że pani Ellwood wykonała świetną robotę. Choć ściany i zasłony wciąż miały pastelowy, różowy odcień, który zdążył znienawidzić, monstrualnie zdobne, pozłacane meble zniknęły, zapewne wygnane gdzieś na strychy, a ich miejsce zajęła prosta leżanka obita pasiastym atłasem w szałwiowo-kremowe pasy i łóżko z pasującą narzutą, dyskretnie ustawione za plecionym wiklinowym parawanem. W kominku wesoło trzaskał ogień, na stoliku obok leżanki czekała taca z herbatą, a kilka lekkich krzeseł ustawiono pod ścianami, na razie z boku, ale łatwych do dosunięcia do stolika.

— Jego lordowska mość uznał, że tak będzie pani wygodniej — rzekła życzliwie pani Ellwood, gdy Marie się rozglądała.

Marie przez dłuższą chwilę nic nie powiedziała i Sebastian

zaczął nerwowo zastanawiać się, czy coś w tym pokoju jej nie odpowiada.

— Czy to panią zadowala? — zapytał z niepokojem.

Marie odwróciła się do niego, z oczami pełnymi łez, zakrywając usta dłonią ze zdumienia. Odsunęła ją i wyznała — To najżyczliwsza rzecz, jaką ktokolwiek kiedykolwiek dla mnie zrobił. To za wiele, milordzie! I tak już wystarczająco sprawiam kłopot pańskiemu domowi...

— Nonsens — odparł z werwą — niech pani nigdy tak nie myśli. Jesteśmy zachwyceni pani obecnością, zwłaszcza chłopcy...

Którzy wpadli do pokoju w tej samej chwili i natychmiast zaczęli z radością oglądać krzesło na kołach Marie. Roześmiała się, ocierając łzy kostkami palców, i wielkodusznie pozwoliła im ją wozić po pokoju, byle uważali, by nie wpaść na meble.

Sebastian stanął z tyłu przy drzwiach i patrzył, a po chwili uświadomił sobie, że obok niego zjawił się nauczyciel, pan Charles, i także obserwuje.

— Panna Baxter jest bardzo dobra dla George'a i Richarda — skomentował pan Charles. — Dobrze im mieć w życiu kobiecą postać, jak sądzę.

Sebastian przygryzł mocno wnętrze policzka, nie ufając sobie, by coś powiedzieć. Na szczęście nie musiał, bo akurat wtedy przyszła Morag z pierwszą z kilku tac z kanapkami i pasztecikami na małe co nieco. Chłopcy zawołali, by przysiadł z nimi.

— Pardonnez-moi, qu'avez-vous dit? Je ne comprends pas l'anglais — odparł żartobliwie, rozśmieszając ich.

Richard z trudem wydukał zaproszenie po francusku,

łagodnie korygowany przez Marie, a Sebastian przyjął je z godnością i podszedł do stołu, przynosząc ze sobą jedno z krzeseł. Starał się nie czuć urazy, gdy pan Charles też usiadł i ochoczo włączył się do rozmowy. Nie mógł mieć do młodego człowieka pretensji, że korzysta z okazji, by poćwiczyć francuski.

Jakoś będzie musiał poskromić to nieprzyjemne, zwarzone uczucie w żołądku, ilekroć pan Charles posyłał Marie jedno z tych pełnych podziwu uśmiechów, albo ilekroć Marie śmiała się z prób nauczyciela, by żartować po francusku. Nie miał prawa czuć zazdrości o ich niewinne rozmowy.

Wcale a wcale.

ROZDZIAŁ 6

Mieszane sygnały

Marie rozejrzała się po salonie zamienionym w sypialnię, a serce miała pełne wzruszenia. To naprawdę miłe, że ochmistrzyni i służba zadały sobie tyle trudu, choć doskonale wiedziała, że pani Ellwood nie zrobiłaby tego bez wyraźnego polecenia swego pana i władcy. Wciąż nie do końca wiedziała, co myśleć o hrabim, ale nie było wątpliwości, że potrafił być niezwykle hojny, kiedy tylko miał na to ochotę.

Było o wiele wygodniej mieć pokój na tym samym piętrze, co inne miejsca, które lubiła odwiedzać, zwłaszcza biblioteka. Nie chciała wcale wyjść na niewdzięczną, ale wystrój pokoju nie do końca trafiał w jej gust. Ściany miały nieco mdły odcień różu, a zasłony z ciężkiego jedwabiu były w ciemniejszym różu i musiały kosztować fortunę. Meble były całkiem ładne, choć nie do końca do siebie pasowały, i była pewna, że przeniesiono je z innego pokoju. Gdy panowie rozeszli się po południowym posiłku, powoli obróciła się na krześle po pokoju, zatrzymując się przy uroczym biurku przy oknie, dobrze zaopatrzonym w papier, atrament i pióra. Właśnie napisała do sióstr, więc sądziła, że przez kilka dni nie będzie musiała pisać ponownie. Może zrobi jeszcze kilka szkiców, by dołączyć je do następnego listu, i z przyjemnością opowie siostrom, co porabiała i jakich miłych ludzi poznała.

Po przeciwnej stronie pokoju, niż ta, którą weszła, znajdowały się kolejne drzwi. Zaintrygowana, otworzyła je i ujrzała po drugiej stronie duże pomieszczenie, w którym całe umeblowanie przykryte było płótnami holenderskimi.

— To jest sala muzyczna — odezwał się za nią głos.

Przyłapana na podglądaniu, Marie drgnęła winnie na krześle. — Przepraszam, nie chciałam być wścibska — zaczęła.

Mrs Ellwood roześmiała się, podchodząc, by stanąć obok niej. — Proszę pani, gdyby jego lordowska mość nie życzył sobie, by Pani tam wchodziła, kazałby mi zamknąć drzwi na klucz. Bliźniętom wolno tu zaglądać, kiedy tylko chcą, żeby popatrzeć na tamten obraz. — Ochmistrzyni wskazała na przeciwległą ścianę, gdzie wisiał duży portret. Przedstawiał niezwykle piękną kobietę w różowej sukni. Złote loczki spływały po kremowych ramionach, a usta otwarte były w miękkim śmiechu. Wyglądała tak promiennie żywa, że Marie półżartem pomyślała, iż zaraz wyjdzie z ram.

— To ich matka — powiedziała Mrs Ellwood.

Marie mrugnęła, spoglądając znów na ochmistrzynię. — Matka George'a i Richarda?

— Tak, ostatnia hrabina. — Usta Mrs Ellwood wykrzywiły się tak, jakby właśnie spróbowała czegoś paskudnego. — Staramy się o niej w tym domu nie mówić. Ale zostawiła po sobie coś, co może się przydać — kufry i szafy pełne ubrań! Z Morag przyniosłyśmy kilka rzeczy, które może zechce Pani przymierzyć.

— Ależ to niemożliwe! — zawołała Marie z przerażeniem.

— A właśnie że musi Pani! — Pokręciła głową Mrs Ellwood. — Ma Pani przy sobie ledwie parę sukien, a zostanie Pani u nas tygodniami — i jego lordowska mość zgadza się ze mną, że to, co Pani ma, nie nadaje się na nasze zimne północne zimy. A teraz proszę tu do mnie...

Gdy tylko uznała coś za problem, Mrs Ellwood potrafiła być nieustępliwa, i nim się obejrzała, Marie została podwieziona do łóżka, przy którym Morag układała suknie we wszystkich możliwych odcieniach różu.

— A więc była hrabina lubiła róż, tak? — zapytała Marie. To tłumaczyłoby zasłony i ściany.

— Innego koloru prawie nie nosiła. — Mrs Ellwood znów skrzywiła usta. — No, chyba że po śmierci starego hrabiego. Wtedy przez jakiś czas nosiła ciemniejsze rzeczy, choć z żałobą, jak ja to rozumiem, niewiele miało to wspólnego. Właściwie... Morag, idź na górę i przynieś tę ładną ciemnoniebieską wełnianą suknię i tę lawendową. Obie będą bardzo do twarzy pannie Baxter.

— Tak, proszę pani. — Morag pognała z powrotem, a Mrs Ellwood uniosła piękny, jasnoszary płaszcz z kapturem podszytym miękkim, srebrzystym futrem. Był naprawdę przepiękny i Marie nie zdołała się powstrzymać, by nie dotknąć gęsto tkanego runa jagnięcego.

— Bardziej w Pani guście, panno Baxter? — zapytała z wiedzącym uśmiechem Mrs Ellwood.

Był piękny. — Och tak, gdybym tylko mogła sobie pozwolić na coś takiej jakości!

— Nie ma pożytku z tego, że tu pleśnieje, proszę pani. Powinna to Pani nosić.

Aż trudno jej było uwierzyć w swoje szczęście. — I... jego lordowska mość zgadza się, żebym używała tych rzeczy? — zapytała Marie, nieco niepewnie. Z drobnych urywków, które wymknęły się z kontekstu w słowach Mrs Ellwood, podejrzewała, że służba niezbyt lubiła byłą hrabinę, ale hrabia musiał ją kochać, prawda? Kobieta była olśniewająca. Niewątpliwie hrabia trzymał jej portret w sali muzycznej, gdzie rzadko bywał, bo serce pękało mu na widok ukochanej.

— Powiedział, że mogę Pani oddać wszystko, co uzna Pani za przydatne — odparła Mrs Ellwood, a Marie nie skomentowała faktu, że ochmistrzyni właściwie nie odpowiedziała na pytanie, które zadała.

Morag wróciła z trzema sukniami: granatową, liliową i cudowną rudawą, nad którą Mrs Ellwood aż się rozpłynęła, mówiąc, że tej nie zauważyła. — Nie sądzę, by hrabina kiedykolwiek ją włożyła, chyba się rozmyśliła po dostawie. Do Pani urody będzie jak ulał, panno Baxter!

To była piękna suknia, misternie uszyta, z delikatną koronką przy kołnierzu i mankietach długich rękawów. Marie potarła między palcami grubą, ciepłą wełnę, po czym skinęła głową. — Jest cudowna, pani Ellwood. — Marie obejrzała resztę strojów i oświadczyła: — Jeśli ma Pani pewność, że to w porządku... chyba wolałabym nie nosić żadnej z różowych sukien, żeby nikomu nie sprawić przykrości. Ale te trzy, w kolorach, których ona nie nosiła — te mogłabym pożyczyć.

— Bardzo dobrze, proszę pani. Te różowe zaraz odniesiemy na górę, jak tylko pomożemy Pani się przebrać.

Ostrożnie, ochmistrzyni i pokojówka pomogły Marie wcisnąć się w rdzawą suknię. Te cieplejsze ubrania były z grubszego materiału, niż do jakiego była przyzwyczajona; ciężej leżały na ciele i musiała uważać, by nie stracić równowagi, kiedy przenosiła ciężar na prawą stopę.

Przy ogniu wesoło trzaskającym w palenisku po raz pierwszy od wyjazdu z Hertfordshire poczuła się naprawdę rozgrzana. Z czułością Mrs Ellwood naciągnęła na poranioną stopę Marie zbyt duży skarpet, żeby palce jej nie marzły.

Jasnoszary płaszcz leżał idealnie na ramionach; podwinęła go wokół krzesła, by nie wkręcił się w koła. — Dziękuję, pani Ellwood, dziękuję, Morag, te ubrania będą mi bardzo służyć.

Mrs Ellwood rozpromieniła się na ten komplement. — Dobrze, że ma Pani ciemniejsze włosy niż świętej pamięci hrabina, bo inaczej jego lordowska mość pomyślałby, że zobaczył ducha.

Komplement był przesadzony. To Bernadette była pięknością w rodzinie Baxterów, nie ona. A przy portrecie hrabiny Marie była zaledwie wróbelkiem. Mimo to miło było być porównaną do kobiety o tak urodziwych rysach.

— Musi bardzo za nią tęsknić — powiedziała.

— Też można tak to ująć — odparła zagadkowo Mrs Ellwood.

Morag mruknęła coś niezrozumiale, ale ton wydał się Marie niegrzeczny.

Zapadła cisza, gdy Marie odwróciła krzesło z powrotem ku sali muzycznej, domyślając się, co może kryć się pod płótnami.

— Czy to fortepian? — zapytała, wskazując znajomy kształt.

— Aye, właśnie. Pani grywa? — spytała Mrs Ellwood, gdy razem z Morag podeszły do instrumentu.

— Owszem — odparła Marie, kiedy kobiety ostrożnie zdjęły płótno i wzbiły nieco kurzu.

Z pomocą Morag, która pokierowała jej krzesłem, znalazła się przy fortepianie, z dłońmi na klawiszach. Przebiegła gamę i aż podskoczyła ze zdziwienia. — Jest nastrojony?

— Aye — potwierdziła Mrs Ellwood. — Nie gran' na nim od lat, ale jego lordowska mość i tak co jesień każe go stroić.

Akcent zabrzmiał u niej mocniej i Marie dostrzegła, jak ociera łzę.

— Pani też musi za nią bardzo tęsknić.

Mrs Ellwood wyprostowała się, zacisnęła usta i rzekła: — Jej towarzyszka, panna Ramsgate, była uroczą dziewczyną, ale po śmierci hrabiny wróciła do domu.

Znów żadnej konkretnej odpowiedzi na pytanie, które Marie zadała. Jakby ochmistrzyni robiła wszystko, by tylko nie wspominać świętej pamięci hrabiny.

Zamiast ją naciskać, Marie zaczęła grać francuską melodię ludową, której nauczyła ją matka — o kobiecie machającej ukochanemu na pożegnanie, gdy wyruszał w świat po fortunę.

Jej duch wciąż czeka tam, na parapecie, na zalotnika, co nie wrócił już...

— Trochę to ckliwe, prawda? — stwierdziła Mrs Ellwood.

— Tak, ma Pani rację, więc...

Kątem oka dostrzegła, jak zza kolejnych mebli, również przykrytych płótnami, cofają się dwie małe główki.

Wyraźnie przesadziła z dykcją, by ją słyszały. — Wygląda na to, pani Ellwood, że mam większą publiczność, niż się spodziewałam. Dwie małe myszki za szezlongiem!

— Myszy! — zawołała z przerażeniem Mrs Ellwood, obracając się jak w ukąszeniu.

— Nie prawdziwe myszy. Usłyszeliśmy fortepian — powiedział mały Richard, wychylając głowę i uśmiechając się do Marie.

— I chcieliśmy zobaczyć, kto gra — dokończył za niego George.

— Czy wasza mama często grała? — zapytała, myśląc, że dzieci mogą być mniej powściągliwe w udzielaniu informacji.

— Jej przyjaciółka, panna Ramsgate, grała, ale już jej tu nie ma.

— Któreś z was gra? — zagadnęła.

Potrząsnęli głowami równocześnie, wychodząc z kryjówki i stając przy fortepianie.

— Domyślam się, że macie pełno innych lekcji — powiedziała.

— Ja najlepiej wrócę do zajęć — rzekła Mrs Ellwood, usprawiedliwiając się. Cmoknęła na Morag, by i ona zostawiła ich samych, choć Morag zdawała się dobrze bawić. — Chodź, dziewczyno, te drugie suknie trzeba odnieść. Do roboty.

— Dziękuję raz jeszcze, obu paniom, za całą pomoc — powiedziała Marie, gdy wychodziły. Potem zwróciła się do chłopców: — A śpiewacie?

Skrzywili nosy i wzruszyli ramionami.

— Jestem pewna, że świetnie sobie radzicie. Znacie Dwanaście dni świąt?

— Lubię tę piosenkę, jest zabawna! — rozpromienił się George. — Ptaki wszędzie!

Marie zagrała pierwsze nuty i zaśpiewali razem z zapałem, nie przejmując się fałszywymi dźwiękami. Gdy doszli do późniejszych dni, bliźnięta pogubiły się w kolejności pływających łabędzi, skaczących lordów i tańczących dam, i popadli w salwy śmiechu. Marie grała dalej, sama również się śmiejąc. Chłopcy zaczerpnęli ogromny oddech, by wykrzyknąć: — Piiiiięć złooooootych pierścieni!

Kiedy dobrnęli do końca, byli czerwoni na twarzy i bez tchu, z uśmiechami od ucha do ucha.

Zajęło im chwilę, by dojść do siebie, ale zaraz usiedli i zaczęli błagać, by zagrała jeszcze jedną piosenkę.

— Nie siedzę całkiem tak, jak trzeba, żeby sięgnąć wszystkie dźwięki, które chcę zagrać. Pomożecie mi poprawić krzesło?

Jej krzesło na kółkach nie było tak blisko fortepianu, jak zwykły stołek do gry. George ostrożnie przesuwał je w przód i w tył, aż uzyskała znacznie lepszą pozycję.

— Znacie to? — zapytała, grając kolejną pieśń, której nauczyła ją matka. Ta była po łacinie, więc chłopcy najpewniej szybko ją podchwycą.

Adeste Fideles laeti triumphantes, Venite,

venite in Bethlehem. Natum videte, Regem Angelorum;

Venite adoremus, venite adoremus, venite adoremus

Dominum!

Chłopcy przyłączyli się ochoczo.

— Śpiewamy to w szkole — powiedział Richard.

— Wspaniale! — Spróbowała jeszcze jednej, o której była

pewna, że im się spodoba, nawet jeśli nie będą znali słów. — Widziałam trzy statki, jak płynęły w dal — zaczęła. Melodia była skoczna i chłopcy klaskali w rytm. Wkrótce podchwycili powtarzające się wersy i dołączyli do śpiewu.

Gdy skończyli, wszyscy sobie zaklaskali.

— Tak się cieszę, że zostajesz na Boże Narodzenie — powiedział George.

— Czy możemy uczyć się śpiewu zamiast francuskiego? — zapytał Richard.

Marie rozśmieszył ich brak zapału do tego języka, ale zaczynała czuć się osobiście zaangażowana w poprawę ich biegłości. Rozumienie i mówienie po francusku zajdzie im w życiu dalej niż łacina, była tego pewna. — A może nauczę was francuskiej piosenki?

— Tak, poprosimy! — zawołali chórem.

Marie uniosła dłonie nad klawiaturę, ale nagle się zatrzymała. — Wpadłam właśnie na pomysł. Co powiecie, żebyśmy przygotowali koncert dla waszego ojca na Boże Narodzenie?

Oczy chłopców rozszerzyły się z zachwytu i od razu zaczęli przekrzykiwać się, jak bardzo im się to podoba.

W tej chwili wszedł pan Charles, najwyraźniej zwabiony śpiewem, który zdradził mu, gdzie podziali się jego podopieczni, i George z Richardem natychmiast błagali swego nauczyciela, by pozwolił im ćwiczyć do bożonarodzeniowego koncertu.

Ku radości Marie, Mr Charles wydawał się pomysłem szczerze zainteresowany.

— To będzie niespodzianka dla ojca! — ucieszył się George.

Marie spotkała spojrzenie Mr Charlesa i zobaczyła w nim własne rozbawienie. Utrzymanie w tajemnicy przedsięwzięcia o takiej głośności nie będzie możliwe, nawet w tak wielkim miejscu jak zamek Alston.

— Jego lordowska mość lubi rankami wyjeżdżać konno — powiedział zamyślony Mr Charles, grając w tę grę. — Może kiedy zobaczymy, że wyrusza, będziemy tu przychodzić na próby, jeśli panna Baxter zechce nam przygrywać.

— A jeśli Morag mogłaby dostać odrobinę wolnego od obowiązków, dołączyłaby do nas — zaproponowała Marie. — Ma przepiękny głos, a może zna jakieś świąteczne pieśni po gaelicku. Zapytam panią Ellwood.

Gdy ochmistrzyni zajrzała po kilku minutach, znajdując ich przy God Rest Ye Merry, Gentlemen, Marie poprosiła, by pozwoliła Morag dołączyć do próby.

— Aye, chyba się da — rzekła Mrs Ellwood, choć najpierw zawahała się chwilę, zerkając na Mr Charlesa. — Ześlę ją tutaj.

Marie zauważyła to spojrzenie i zastanowiła się, czy nie ma czegoś, o co nie powinna pytać. W końcu była tylko gościem i nie chciała się wtrącać.

Kilka minut później Mrs Ellwood i Morag przyszły do ich improwizowanego salonu.

Morag skinęła głową Marie, potem uśmiechnęła się do Mr Charlesa i podeszła stanąć obok niego przy fortepianie. Mrs Ellwood natychmiast wsunęła się między nich i przegoniła Morag na drugi bok. — Twój głos jest wyższy, powinnaś stać po tamtej stronie — oznajmiła ochmistrzyni.

— Aye, i z drogi! — burknęła Morag pod nosem, idąc na wskazaną pozycję. Uśmiechnęła się ciepło do Mr Charlesa, który westchnął niemal bezgłośnie i pospiesznie odwrócił wzrok, wbijając go mocno w Marie.

Marie może i nie rozumiała dosłownie, co mówi młoda pokojówka, ale z wymian spojrzeń w pokoju zaczynała się już sporo domyślać.

Odchrząknęła i zapytała: — Morag, masz może jakąś kolędę, którą wszyscy moglibyśmy zaśpiewać?

Głos Morag był czysty i słodki.

Shid ald akwentans bee firgot, an nivir brocht ti mynd? Shid ald akwentans bee firgot,

an ald lang syn?

Marie szybko podchwyciła melodię, bo słyszała ją już w ostatnich latach. Znała refren i poprowadziła resztę w śpiewie mieszanką gaelickiego i angielskiego.

Fir ald lang syn, ma jo, fir ald lang syn, wil tak a cup o kyndnes yet, fir ald lang syn.

Morag była w swoim żywiole, kierując pieśń do Mr Charlesa. Nauczyciel wyglądał na urzeczonego, a jednocześnie uwięzionego. Im prędzej pieśń dobiegnie końca, tym lepiej dla biednego młodzieńca. Ale o, Morag miała jeszcze jedną zwrotkę:

An sheerly yil bee yur pynt-staup! an sheerly al bee myn! An will tak a cup o kyndnes yet, fir ald lang syn.

Marie przestała grać i zaklaskala: — Brawo, jakie to piękne! — George i Richard zrobili to samo. Zaraz potem zaczęła grać słodką francuską wyliczankę, którą, miała nadzieję, wszyscy znają.

Frère Jacques, Frère Jacques, Dormez-vous? Dormez-vous? Sonnez les matines! Sonnez les matines! Din, din, don. Din,

din, don.

To idealnie przeszło w kanony: Marie i Morag zaczynały, Mrs Ellwood i Mr Charles śpiewali środek, a chłopcy ładnie domykali całość.

Gdy skończyli, wszyscy się uśmiechali, zadowoleni, jak dobrze im razem poszło. Morag powiedziała coś do Mr Charlesa, ale on albo jej nie zrozumiał, albo udał, że nie rozumie. Potem zwrócił się do Marie i rzekł: — Najmocniej przepraszam, że psuję zabawę, ale muszę zaprowadzić chłopców z powrotem do klasy na resztę lekcji.

Richard i George mruknęli coś pod nosem z niezadowoleniem, ale Marie zapewniła ich, że jutro wrócą do śpiewu, jak tylko ich ojciec wyjedzie w teren.

Mrs Ellwood szybko przecięła drogę Morag, która ruszyła prosto do nauczyciela. Marie słyszała jej słowa, choć nauczyciel i chłopcy już w tej chwili odchodzili.

— Schowaj oczy z powrotem do głowy, dziewczyno. Sięgasz dalej, niż rękaw ci pozwoli, jeśli chodzi o tego młodzieńca!

Sama fraza była Marie obca, ale ton ochmistrzyni — już nie. Może i potrzebowała okularów do czytania, ale doskonale widziała, jak Morag była zapatrzona w młodego nauczyciela. Był przystojny, więc nic dziwnego, że przyciągał spojrzenia, ale jego przyszłość wiązała się z Kościołem i potrzebowałby odpowiednio obowiązkowej, a pewnie i spokojniejszej towarzyszki życia niż ta dzika, niewykształcona szkocka dziewczyna.

Mimo to Marie żal było młodej pokojówki. Musiała być tu samotna, na tej górze, bez odpowiednich zalotników w swoim wieku.

Morag zajęła się dokładaniem do ognia, potem dygnęła i zabrała wystygniętą herbatę do kuchni na dolewkę, przez cały czas mając piękną buzię w podkówkę.

— Wszystko w porządku, pani Ellwood — powiedziała Marie, gdy pokojówka wyszła, ściszając głos. — Jest młoda i trochę nierozsądna, ale jestem pewna, że nie miała złych zamiarów.

— To bez znaczenia. Liczy się to, że Mr Charles jest porządnym młodym człowiekiem, który nie potrzebuje rozproszeń między sobą a życiem w służbie Kościoła, a już zwłaszcza ze strony poganki! — cmoknęła z dezaprobatą Mrs Ellwood i pokręciła głową. — Na wiosnę znajdzie się dość mężczyzn chętnych do zalotów do takiej ładnej dziewczyny, kiedy ludzie znów zaczną się ruszać od palenisk. Powinna przestać trzepać rzęsami do tych, którzy nie są dla niej. Zwłaszcza do jego lordowskiej mości! — Ochmistrzyni zakończyła z przytupem i wyszła, a Marie nagle przyszło do głowy, czy ostatnie słowa nie były wymierzone w nią. Czy Mrs Ellwood uważała, że Marie trzepocze rzęsami do hrabiego? Miała nadzieję, że nie. Nie była głupiutka; doskonale wiedziała, że hrabia jest dla niej daleko, daleko poza zasięgiem.

Westchnąwszy, Marie delikatnie zamknęła pokrywę fortepianu i odepchnęła się palcami zdrowej stopy od podłogi, by rozpocząć żmudny proces manewrowania z powrotem do swojego pokoju. Była zmęczona; czuła już lekko zbliżający się ból głowy po tej ostatniej, hałaśliwej godzinie. Może się na chwilę położy, zanim dołączy do hrabiego w bibliotece.

ROZDZIAŁ 7

Dobre i złe wspomnienia

Sebastian był w trakcie przestawiania książek na półce w bibliotece, żeby właściwie włączyć do zbioru nowe nabytki, które dostarczyła mu panna Baxter, gdy pierwsze dźwięki fortepianu tak go zaskoczyły, że upuścił kilka trzymanych tomów.

— Do kroćset! — Schylił się i ostrożnie pozbierał książki, sprawdzając każdą pod kątem uszkodzeń. Mars na jego czole pogłębił się, gdy muzyka trwała dalej, gamy przechodziły w melodię, a potem rozległ się słodki alt... po francusku.

Mimo że gra na fortepianie poruszyła w nim trudne emocje, na ustach Sebastiana błąknął mały uśmiech. Panna Baxter — Marie, jak coraz częściej nazywał ją w myślach — musiała odkryć salon muzyczny. Nogi poniosły go w tamtą stronę, nim jeszcze świadomie zdecydował, by się ruszyć, ale gdy tylko dotarł do drzwi w salonie prowadzących do pokoju muzycznego, dołączyły dwa młodsze głosy.

Zanim dwunastu dniom Bożego Narodzenia dobrnęli do

końca — w wielkim galimatiasie i pośród salw śmiechu — Sebastian sam z trudem powstrzymywał chichot. Marie rzeczywiście wspaniale radziła sobie z chłopcami, pomyślał.

A potem doszedł jeszcze jeden głos. Pan Charles dołączył do grupy i wkrótce cała czwórka śpiewała razem bardzo pięknie.

Choć dźwięk fortepianu początkowo przywołał nieprzyjemne wspomnienia o zmarłej żonie, szybko je odpędził. Głos Marie wcale nie był podobny do głosu Franceski, pomyślał; Franceska pobierała nauki u londyńskich mistrzów i śpiewała w stylu operowym, popisując się sopranem, podczas gdy Marie miała niższy alt — słodki, ale najwyraźniej niekształcony.

Całością cieszył się dziś znacznie bardziej. Może zwłaszcza dlatego, że Franceska nigdy nie raczyłaby zaśpiewać czegoś tak prostego jak dziecięce piosenki czy kolędy. I w życiu by jej nie przyszło do głowy zaprosić pokojówki do wspólnego śpiewania!

Nie mogąc się powstrzymać, Sebastian uchylił drzwi na maleńką szczelinę, wystarczająco szeroką, by zajrzeć do środka. I ujrzał Marie, której twarz rozświetlała radość, gdy grała i śpiewała, a za szkłami okularów błyszczały orzechowe oczy.

Spodziewał się, że będzie miała na sobie róż, ale rdzawy strój, który nosiła, z pewnością nie należał do Franceski. Wyglądała w nim uroczo — podbijał głębokie, czerwonawe tony jej brązowych włosów, a kolor nadawał ciepła bladym policzkom. Z koronkowym kołnierzykiem przy szyi i szarym, podszytym futrem płaszczem na ramionach wyglądała na damę z prawdziwego zdarzenia.

Z drugiej strony fortepianu widział pana Charlesa, stojącego z rękami splecionymi za plecami, gdy podnosił głos w kolędzie. Młody guwerner miał bardzo ładny baryton i nie spuszczał oczu z Marie; na policzkach rumieniec, gdy na nią patrzył i śpiewał.

Sebastian starał się nie zacisnąć zębów. Czy naprawdę będzie musiał powiedzieć panu Charlesowi, by trzymał się na dystans? Patrzył dalej, coraz bardziej poirytowany, że młody nauczyciel ani na moment nie odrywał od Marie wzroku.

Podglądam ich. Uświadomił to sobie, gdy Marie się poruszyła, a jej spojrzenie mignęło w jego stronę, i Sebastian nagle zastygł. Nie powinien ich podglądać; to całkiem niedorzeczne, zganił się surowo w myślach.

Powinien wejść i do nich dołączyć, ale nie mógł się ruszyć. Ba, to nawet dobrze, że nie wszedł, pomyślał chwilę później, gdy usłyszał, jak Richard i George podekscytowani mówią o niespodziankowym koncercie bożonarodzeniowym dla ojca! Uśmiechnął się krzywo. Kochane dzieciaki, tak bardzo pragnęli mu sprawić radość, sprawić, by mógł być z nich dumny. To dobrzy chłopcy, a on się starał, naprawdę się starał. Z Richardem szło mu łatwiej. Gdyby tylko nie widział Franceski za każdym razem, gdy spojrzał w niebieskie oczy George'a!

Muszę się bardziej postarać. Cofnął się i bardzo cicho domknął drzwi pokoju muzycznego, po czym rozejrzał się z namysłem. Choć urządzony ze smakiem, salon był dość ciemny i ponury; zdecydowanie przydałoby mu się nieco rozjaśnienia. Wyszedł do holu i zastał pana Martina, jak z uśmiechem na twarzy przysłuchuje się muzyce dobiegającej z pokoju muzycznego.

— Wprawia człowieka w świąteczny nastrój, prawda, panie

lordzie? — zagadnął wesoło pan Martin, gdy Sebastian podszedł.

— I owszem — przyznał Sebastian. — I w tym duchu myślę, że zamek przydałoby się odświętnie rozjaśnić. — Wskazał na schody. — Gdy moja matka żyła, pamiętam, że przywiązywała girlandy z czerwonej i zielonej wstążki do tralek i poręczy. Czy sądzi pan, że gdzieś jeszcze takie się u nas uchowały?

Uśmiech pana Martina się poszerzył. — Wydaje mi się, że wiem dokładnie, w której skrzyni przechowujemy te wstążki, panie lordzie. Lady Renwick, niech spoczywa w pokoju, kochała Boże Narodzenie. Od wielu lat Alston nie zaznał takiej pogody ducha, jaką potrafiła wnieść.

— Chyba czas wskrzesić parę jej zwyczajów, jak pan sądzi? — Sebastian nie był nawet pewien, czy wszystkie pamięta — jego matka zmarła, gdy miał zaledwie dziesięć lat — ale pan Martin i pani Ellwood byli w Alston jeszcze przed jego narodzinami. Oni pamiętali to, co jemu umknęło.

— Uważam, że to znakomity pomysł, panie lordzie.

— Doskonale. — Sebastian nagle poczuł przypływ energii i skinął głową. — Proszę sprowadzić mój płaszcz, panie Martin. Pójdę do stajni i zawołam dwóch stajennych. Zobaczymy, czy znajdziemy porządną bożonarodzeniową kłodę, i natniemy ostrokrzewu oraz bluszczu na wieńce.

— Ja zaś wrócę z ozdobami lady Renwick, panie lordzie. — Martin również wyglądał na przejętego.

— A gdy wrócę, porozmawiam z panią Ellwood i kucharką o świątecznych potrawach! — Sebastian był pewien, że coś już planowano, ale pragnął tych dań, które pamiętał z dzieciństwa:

pieczonej gęsi i puddingu śliwkowego, mince pies i pierników w lukrze, gorącego cydru... uśmiechnął się do siebie, gdy wsunął ręce w rękawy płaszcza i przemaszerował przez śnieg. Jako chłopiec uwielbiał gorący cydr, i pewnie bliźniakom również by posmakował, ale może teraz, gdy jest dorosły, przerzuci się na grzane wino.

Roześmiał się, gdy śnieg chrupał pod butami, i po raz pierwszy od bardzo dawna naprawdę zaczął czekać na Boże Narodzenie.

Na zewnątrz panował przejmujący mróz. Wicher wył i przez moment niemal stracił animusz. Śnieg zsypywał się z gałęzi sosen, odsłaniając ciemnozielone igły. W środku będą wyglądały odświętnie i wniosą ze sobą miły zapach.

Stajenni byli na miejscu i Sebastian ponownie pogratulował im ogromnego sukcesu z wózkiem na kołach, który zrobili dla panny Baxter. — Przeszedł moje oczekiwania i raz jeszcze dziękuję za szybkość i pomysłowość — powiedział.

Mężczyźni rozpromienili się na ten komplement i z zapałem odparli, że jeśli będzie czegoś jeszcze potrzeba, wystarczy słowo.

Z czego skorzystał. — Potrzebne mi gałązki sosny do dekoracji, ile ostrokrzewu i bluszczu znajdziemy, i bożonarodzeniowa kłoda.

Obaj popatrzyli na niego zmarszczeni, po czym jeden niepewnie powiedział: — Tylko pan lord nie zamierza wnosić tej zieleni do środka już teraz, prawda?

— Cóż, myślałem, że trzeba by ją najpierw przez dzień lub dwa przesuszyć — odparł Sebastian, ale mężczyźni energicznie pokręcili głowami.

— Nie, panie lordzie, to straszny pech wnosić zieleń przed Wigilią!

Nie wiedział o tym, ale za nic w świecie nie chciał burzyć przesądów, w które wierzyli jego ludzie. — Dobrze, w takim razie wstrzymajmy się z cięciem zieleni jeszcze kilka dni. Ale musimy znaleźć kłodę i wstawić ją pod dach, żeby przeschła, inaczej nie będzie się paliła przez dwanaście dni i nocy.

Zgodzili się, po czym szybko naradzili, gdzie można by znaleźć odpowiedni pień, i ruszyli ku skrajowi lasku. Tak wysoko w Penninach drzew nie było wiele, ale w wąskiej dolince tuż pod zamkiem rósł mały lasek i Sebastian miał nadzieję, że znajdą tam porządny okaz.

Gdy zorientowali się, że idzie z nimi, zamiast wracać do zamku, stajenni się zdezorientowali. — Pan lord nie musi sobie zawracać głowy, wszystko mamy w ręku — powiedział jeden.

Uśmiechnął się na ich ostrożność. — Nazwijmy to chwilowym wariactwem, ale chciałbym mieć w tym udział.

Spojrzeli po sobie z uniesionymi brwiami, potem wzruszyli ramionami i jeden rzucił: — No to bierzmy się do roboty.

Siekiera, którą niósł Sebastian, była ciężka i ostra. Czuł się niczym robotnik, gdy we trzech brnęli przez śnieg, szukając właściwego pnia.

Wreszcie trafili na świetne powalone drzewo, w większości zasypane śniegiem. Było idealne i wystarczająco duże, by palić się od Wigilii do Nocy Trzech Króli, kiedy już nieco przyschnie.

W obecnym stanie nie było mowy, by wnieść je do domu. Nawet przez frontowe drzwi by nie przeszło. Sebastian obejrzał drzewo, zaznaczając w myślach, które gałęzie trzeba będzie odrąbać — niemal wszystkie — i wydeptał w śniegu miejsce, by mieć stabilny grunt pod nogami, kiedy będzie ciął. Stajenni posyłali mu zaniepokojone spojrzenia, bojąc się, że przy wymachiwaniu siekierą zrobi sobie krzywdę, a wina spadnie na nich.

Jeden ze stajennych powiedział: — Z przyjemnością potnę pień, panie lordzie.

— Dobrze, proszę zacząć — odparł, podając mu siekierę.

Mężczyźni na zmianę zadawali kolejne cięcia, odrąbując gałęzie od pnia, a potem zabrali się do wycinania porządnego odcinka. Po kilku uderzeniach każdy zdjął płaszcz, bo z wysiłku zaczęli się pocić.

Gdy jeden słabł, drugi zajmował jego miejsce, sapiąc, dysząc i czerwieniejąc na twarzy od wysiłku.

— Mogę...? — Chciał dołożyć swoją cegiełkę do pracy.

— Powinno puścić po jeszcze paru — odparł stajenny, cofając się. — Ostrożnie. Niech pan zetnie, ale bez przesady z siłą, bo jeszcze pan sobie nogę odrąbie.

Skoro siekiera brała takie kawały z twardego drewna, wyobraził sobie, jak szybko poradziłaby sobie z kończyną. Zastosował się do wskazówek i opuszczał ostrze zdecydowanie, jak najbliżej wcześniejszych nacięć, jak tylko zdołał. Zrobił ledwie małe wcięcie i musiał poruszać siekierą, by ją wyswobodzić. Po drugim zamachu musiał też zdjąć płaszcz. Ramiona nie pracowały jak trzeba pod dodatkowym ciężarem, a od wysiłku już płonął.

— A no, swoje drzewo potniesz — rozgrzeje cię dwa razy! — roześmiał się jeden ze stajennych. Nie śmiali się z niego; kiwali głowami z aprobatą dla jego starań.

Sebastian zrzucił płaszcz i zarzucił go na gałąź, po czym

otarł spocone dłonie o nogawki spodni. Z potężnym wysiłkiem uniósł siekierę i raz po raz opuszczał ją z impetem, aż wyżłobił się głęboki wrąb. Drewno zatrzeszczało i pękło. Stajenni podważyli ciężar na końcu i wielki klocek odpadł od pnia.

Cała trójka krzyknęła z radości. Stajenni mieli przy sobie mniejsze toporki, którymi szybko oczyścili boki z resztek gałęzi.

Ulżyło mu, że nie trzeba było więcej ciosów, by oddzielić kłodę. Włożył w ostatni zamach tyle siły, że jutro obudzi się sztywny jak kołek.

Nie mógł uwierzyć, że stoi na śniegu w samej koszuli i spodniach, a i tak było mu gorąco.

Ciepło pulsowało w ramionach i nogach, gdy we trzech obwiązali kłodę linami i etapami przeciągnęli ją aż do stajni. Dopiero gdy tam dotarli i Sebastian zobaczył, jak Caesar wygląda na niego znad drzwi boksu, parsknął śmiechem.

— Jesteśmy głupcami, chłopcy! Czemuż to nie zaprzągliśmy konia, żeby za nas pociągnął?

Obaj stajenni roześmiali się i wzruszyli ramionami. — Już po sprawie, panie lordzie!

— I owszem. — Wtoczyli kłodę do pustego boksu, gdzie mogła doschnąć, nim wniosą ją do środka w Wigilię. Sebastian z zadowoleniem odkurzył z dłoni brud.

Bardzo dobry popołudniowy urobek, panowie. Dziś należy się wam porządnie przepłukać gardła — powiem panu Martinowi, że macie dostać po dodatkowym kuflu piwa.

Podziękowali mu szerokimi uśmiechami, a Sebastian, w doskonałym nastroju, ruszył z rozmachem przez dziedziniec stajenny.

Tuż przy drzwiach zamku przypomniał sobie, że zostawił zimowy płaszcz na gałęzi, i pędem wrócił po niego przez śnieg. Zapadał zmrok, a wraz z nim znów zaczęło sypać, gdy wpadł do środka. Płatki śniegu przylgnęły mu do włosów.

— Czy pan lord dobrze się bawił? — spytał sucho pan Martin, przyjmując płaszcz, który Sebastian mu podał.

— Wie pan, chyba tak. — Zsunął rękawiczki i spojrzał na dłonie. — Choć obawiam się, że robi mi się pęcherz. Rąbanie drewna to szalenie ciężka robota.

— Może kąpiel przed kolacją, proszę pana? — dyskretnie zasugerował pan Martin.

Sebastian zerknął przelotnie w duże lustro w holu, wiszące nad dębową ławą, na której posadził Marie tamtego pierwszego dnia, i parsknął śmiechem. Był umorusany jak nieboskie stworzenie, równie brudny jak jego synowie po siłowaniu się na podłodze w stajni! — Myślę, że zdecydowanie, panie Martin. Pana Sharpe'a też nie ucieszy stan moich butów!

Jego kamerdyner istotnie uniósł ręce zgrozą, gdy Sebastian wszedł na górę, ale szybko się opanował i przygotował mu gorącą kąpiel, a sam poszedł po czyste ubranie.

Sebastian odkrył, że we włosach ma igły sosny, i szorował zawzięcie. Co za obraz nędzy musiał przedstawiać! Z natury był dość pedantyczny, wolał czystość i porządek w ubiorze, nawet jeśli niektórzy uważali jego gust za nudnawy — skłaniał się wszak ku stonowanym kolorom i mniej krzykliwym fasonom.

— Nie ten czarny surdut — powiedział, patrząc, jak Sharpe rozkłada ubrania na łóżku. — Może... może zielony. —

Zieleń ładnie zgra się z rdzawą suknią Marie, dopowiedział w duchu.

— Nie sądzę, by pan lord miał ten zielony na sobie, odkąd wróciliśmy z Londynu — zdziwienie pana Sharpe'a było wyraźne.

— Czyżbym od tamtego czasu przytył? Myśli pan, że nie będzie pasował? — droczył się lekko Sebastian.

Sharpe parsknął śmiechem, ale wyglądał na jeszcze bardziej zaskoczonego. Kamerdyner miał język cięty jak jego nazwisko i często używał go na koszt Sebastiana, choć zawsze z poszanowaniem. Nie był przywykły, by to Sebastian stroił sobie żarty.

— Przyniosę zielony, panie lordzie — odparł Sharpe i sięgnął po niego w garderobie, podczas gdy Sebastian kończył kąpiel.

Wkrótce schodził na dół, starając się zdusić zdradliwy skok podniecenia w żołądku na myśl, że zaraz znów spędzi chwilę z Marie. Pani Ellwood przywitała go u stóp schodów i zatrzymał się, by omówić z nią świąteczne potrawy. Gospodyni wyglądała na zachwyconą perspektywą świątecznych przygotowań i obiecała nazajutrz naradzić się z kucharką, by był czas wysłać do Carlisle po wszystko, czego ta może potrzebować.

— Dziękuję, pani Ellwood. Och, i panie Martin! Zapomniałem wcześniej wspomnieć, ale obiecałem dwóm stajennym po dodatkowym kuflu piwa dziś wieczorem za trud z kłodą. Proszę się tym zająć.

— Oczywiście, panie lordzie — odparł wesoło pan Martin.

Sebastian wszedł do salonu, zdziwiony, że już wyglądał nieco bardziej świątecznie — zapalono dodatkowe świece i cały pokój zdawał się jaśniejszy. Marie siedziała w swoim wózku na kółkach przy kominku, na stoliku obok stała lampka sherry, na kolanach miała książkę.

— Dobry wieczór, panie lordzie — powiedziała, zerkając w górę z promiennym uśmiechem.

— I pani również życzę dobrego wieczoru, panno Baxter. Mam nadzieję, że ma się pani dobrze?

— O tak, bardzo.

— A kostka?

Skrzywiła się lekko. — Staram się o niej nie myśleć i wtedy boli odrobinę mniej.

— Pani Ellwood ma laudanum...

Marie uniosła dłoń, by go powstrzymać. — Przyjęłam kropelkę pierwszego dnia, ale wolę nie używać laudanum zbyt często. Zdarza się, że źle na mnie działa. Potrzebuję tylko odpoczynku, panie lordzie, a pańscy ludzie są niezwykle pomocni i troskliwi.

— Cieszę się, że to słyszę.

— Kolacja gotowa, panie lordzie, panno Baxter — odezwał się pan Martin z progu.

— Dziękuję, panie Martin. Mogę panią popchnąć, panno Baxter?

Uśmiechnęła się i podziękowała, przyznając, że wózek, choć pod każdym względem znakomity, bywa odrobinę ciężki do manewrowania bez pomocy.

— Nie powiem tego moim stajennym. Wychwalałem ich pod niebiosa za wykonanie — zwierzył się Sebastian.

— I proszę nie wspominać ani o najdrobniejszej wadzie! Byłabym okropnie zawstydzona, gdyby pomyśleli, że krytykuję ich umiejętności.

To było bardzo uprzejme z jej strony, pomyślał Sebastian. Tak jak uprzejme było zaproszenie Morag do ich małej próby chóru wcześniej. Marie wydawała się nie przywiązywać wagi do pozycji społecznej — traktowała wszystkich z jednakowym szacunkiem. Co bardzo cenił. W dużej mierze oduczył już swoją służbę nadmiernej formalności, której wymagał jego ojciec. Lata ukłonów i płaszczenia potrafią dać się we znaki, odkrył Sebastian. We własnym domu wolał swobodę.

Sebastian podsunął Marie miejsce przy stole, gdzie usunięto zwykłe krzesło, a sam zajął siedzenie obok.

Choć zaczęli posiłek w przyjemnym milczeniu, gdy podano rybę, Sebastian przypomniał sobie, że chciał coś wspomnieć.

— Słyszałem dziś, jak grała pani na fortepianie — powiedział.

Nie spodziewał się, że upuści widelec, poblednie i zacznie bełkotać przeprosiny.

ROZDZIAŁ 8

Dobre i złe nastroje

Poczucie winy zakotłowało się w Marie i nie wiedziała, gdzie spojrzeć. Była przekonana, że Renwicka nie ma wtedy w domu, bo inaczej na pewno usłyszałby hałas i przyszedł zobaczyć, co robią.

Podniosła upuszczony widelec, z ustami suchymi jak wiór.

— Słyszałeś, jak grałam?

Skinął głową, z surową twarzą. — I śpiewanie, z chłopcami.

Serce jej zatonęło. Muzyka musiała mu przypomnieć zmarłą żonę i poruszyć mnóstwo trudnych emocji. — Uczyłam ich też trochę francuskiego, obiecuję, że to nie była sama błazenada. I w końcu już prawie Boże Narodzenie, a piosenki były dla nich bardzo odpowiednie, zapewniam cię. Przykro mi, że dźwięk niósł się tak daleko. Proszę, pozwól mi jednak dalej grać, to przepiękny instrument, a chłopcy nie mogą się doczekać, żeby wystawić... — nagle urwała. Co prawda sądziła, że i tak długo tajemnicy nie utrzymają, ale nie planowała sama zdradzić jej tak wcześnie!

Jedno z jego brwi uniosło się, a ona najchętniej kopnęłaby się za to, że wypaplała sekret chłopców.

— Już wiem o koncercie — powiedział, a kącik ust uniósł mu się w ledwie dostrzegalnym śladzie przyjemności.

— Och! — Rozpędzone serce zwolniło nieco. *On się nie gniewa.* — Ojej... to miała być niespodzianka, a ja ją zepsułam.

Twarz mu złagodniała w pełnym uśmiechu, który wstrzelił w jej żyły falę ciepła. — Możesz się odprężyć. A przy okazji — muzyka była zachwycająca. I nie, niczego nie zepsułaś. Podsłyszałem, jak chłopcy rozmawiają o występie. Niemniej będę grał w tę grę i dam się zaskoczyć oraz zachwycić, kiedy ogłoszą swój tajny plan.

Marie zacisnęła wargi, by nie wymknął się śmiech. Jakże miło z jego strony, że tak dogodzi chłopcom!

Zmarszczył jąkliwie brwi i rzekł: — Nawet bardzo na to czekam, więc ani mi się nie wygadaj.

— Och, nie wygadam się — powiedziała, a tym razem śmiech jednak uciekł. Był to śmiech ulgi, że nie ma kłopotów i że jej zapał przy fortepianie nie sprawił problemu. Renwick potrafił być surowy, ale uczyła się też, że bywa wręcz rozbrajający. Pomyśleć, że przez tyle miesięcy, wymieniając listy, nazywała go Hrabim Wymagającym, a wystarczyło kilka dni w jego towarzystwie, by zobaczyć zupełnie innego mężczyznę. Nie ogra strzegącego zazdrośnie swego ogromnego skarbca książek, lecz zdeterminowanego człowieka, który głęboko dba o rodzinę, a nawet o służbę.

Chwilę później, w trakcie posiłku, Marie rzekła: — Fortepian to prześliczny instrument i cieszę się, że trzymasz go w stroju.

Twarz mu nieco spochmurniała i natychmiast pomyślała, że powiedziała coś nie tak.

— To dobry instrument. Moja zmarła żona go lubiła, choć w praktyce to jej damy do towarzystwa grały, a ona śpiewała.

Słowa — „Musi ci jej brakować" — cisnęły się Marie na usta. Ale nie powiedziała tego. Oczywiste, że brakowało mu zmarłej żony. Żałoba nie ma ram czasowych. Jeśli portret choć trochę oddawał rzeczywistość, poprzednia hrabina była niezwykłej urody, a chłopcy też ją wyraźnie uwielbiali. Zapewne i służba wciąż opłakiwała jej stratę, bo zauważyła, że woleli zmieniać temat, gdy Marie o nią pytała. Chociaż, kiedy się nad tym zastanowiła, pani Ellwood nie wydawała się tym tak przejęta... może po prostu dochodziło do tarć między długoletnią ochmistrzynią, która była tu jeszcze przed narodzinami Renwicka, a bardzo młodą nową panią domu?

Nie powinna dokładać Renwickowi ciężaru, więc zmieniła temat na coś o wiele przyjemniejszego.

— Opowiesz mi o waszych bożonarodzeniowych tradycjach? — poprosiła. — Wydaje się, że cały dom nagle nabrał świątecznego zapału!

Odłożył nóż i widelec i zamyślił się na moment, a surowy wyraz twarzy ustąpił uśmiechowi. — Moja matka lubiła owijać poręcz schodów wielkimi pękami wstążek, żeby rozjaśnić hol, a pan Martin twierdzi, że wie, gdzie te wstążki mogą być przechowywane. Mamy mnóstwo świerków i ostrokrzewów, które możemy pozyskać na zieleń, więc w Wigilię wniesiemy je do środka i oczywiście zrobimy przy tym wielki bałagan dla uciechy chłopców. No i jest jeszcze polano na Yule.

Marie poczuła, jak policzki płoną jej na wzmiankę o polanie. Widziała go dziś przy pracy. Obraz lorda Renwicka rąbiącego drewno, z koszulą przyklejoną do spoconego torsu, wypalił jej się w pamięci. Nie powinna była patrzeć. Ale hałas mężczyzn na zewnątrz sprawił, że podciągnęła krzesło bliżej okna w salonie muzycznym. Myślała, że to służba tnie opał, i w najśmielszych snach nie spodziewała się ujrzeć pana na włościach wykonującego pracę fizyczną. A jednak był tam: potargany i czerwony na twarzy, z mokrymi od potu włosami przyklejonymi do karku, gdy jego silne ramiona ciosały martwe drewno. Potem cała trójka z mozołem taszczyła ogromne polano do stajni. Zrobili wspaniałe widowisko. Była pewna, że nikt nie widział, jak patrzy.

Ten pokaz przykuł ją do miejsca. Nawet gdyby nie tkwiła w swoim niezgrabnym wózku na kółkach i nawet gdyby w pełni władała kończynami, wątpiła, czy potrafiłaby odwrócić wzrok od tego niezwykłego widoku.

— Byłem z masztalerzami rąbać — Renwick uniósł dłonie z miną dumną jak paw — chyba nawet nabawiłem się pęcherza!

Marie płonęła w środku na samo wspomnienie oglądania jego atletycznego popisu.

Ciągnął dalej: — Wiesz, chyba nie mieliśmy polana na Yule od śmierci matki. Suszy się w stajniach, a w Wigilię je wniesiemy.

Czy będą rąbać coś jeszcze? Marie chyba będzie musiała

częściej wyglądać przez okno, by zobaczyć go spoconego niczym Herkules, gdy wykonuje swoje prace.

Patrzył na nią, a jego spojrzenie paliło jej duszę.

Gorąco oblało jej twarz i poczuła taką winę za to, że go pożerała wzrokiem, iż po prostu musiała się przyznać: — Przepraszam, podglądałam, jak niosłeś polano do stajni, i nie powinnam była szpiegować, ale nie mogłam się powstrzymać.

Uśmiechnął się szeroko: — Patrzyłaś na mnie?

Marie zakryła płonącą twarz. — Nie powinnam była. Nie wypadało mi się tak gapić.

— Gapiłaś się?

Gdyby nie siedziała na tym wózku, gdyby nie skręcona kostka, uciekłaby z pokoju i ukryła się przed głębokim zawstydzeniem, które ogarnęło całe jej jestestwo. Ale utknęła przy stole i nie miała jak zbiec.

Zachichotał nisko i powiedział: — Byle tylko dałem dobre przedstawienie i się nie skompromitowałem.

Nie była w stanie mówić ani na niego spojrzeć. Biorąc powolny oddech, musiała pozostać przy stole i oddychać przez to lekkie upokorzenie.

Często już siedzieli razem w milczeniu, ale teraz potrzebowała o czymś porozmawiać. — Wiesz, że polana Yule to także francuska tradycja? Mama mówiła, że brano kłody z drzew owocowych, jak migdałowiec czy oliwka, ale dęby też są bardzo dobre.

Zmarszczył na moment brwi w zadumie, po czym rzekł: — Oczywiście, żołędzie są owocami dębu. Migdałowca ani oliwki raczej tu nie uświadczysz, na pewno za zimno, by rosły tak daleko na północy. Myślę, że to był jesion.

Ulgę rozlała się po Marie, że udało się zmienić temat z jej pożerania wzrokiem tego mężczyzny, gdy wymachiwał toporem. — W Hatfield śnieg oczywiście pada, ale nigdy nie doświadczyłam takiego zimna jak tutaj.

— W takim razie niech to będą twoje najbardziej niezapomniane Święta — powiedział, unosząc kieliszek wina w toaście.

Odwzajemniła toast swoim kieliszkiem, wiedząc, że już są. Kiedy jeszcze będzie miała szansę spędzić Boże Narodzenie z prawdziwym hrabią, w prawdziwym zamku? Zamierzała nacieszyć się tym w pełni, skręcona kostka czy nie!

***

Z biegiem dni Marie wsiąkała w wygodną rutynę w zamku Alston. Morag przynosiła jej śniadanie do pokoju i pomagała się ubrać, a potem pani Ellwood zwykle wpadała na filiżankę herbaty i pogawędkę. Marie zaczynała myśleć o życzliwej ochmistrzyni jak o drogiej przyjaciółce; rozmawiały o wszystkim, a pani Ellwood dzieliła się wieloma szczegółami z życia zamku, a nawet prosiła Marie o radę w niektórych sprawach. Zapytała też, czy Marie ma jakieś ulubione potrawy, i obiecała poprosić Kuchnię, by je przygotowała.

— Jest pani zbyt uprzejma, pani Ellwood. Nie trzeba fatygować Kuchni.

Pani Ellwood się nie zgodziła. — W jadłospisie zawsze przyda się odrobina urozmaicenia. Ta zupa brzmi wybornie.

Rozmawiały też o bożonarodzeniowych zwyczajach i Marie przypomniało się kilka francuskich dań, które robiła jej Mama. Niektóre byłyby zbyt trudne do zdobycia tak daleko od

Londynu, jak homar czy ostrygi, ale inne mogły się udać. Marie opisała przepis matki tak dobrze, jak tylko pamiętała. Masło i mąka, żeby zrobić zasmażkę, potem posiekany por, kilka chochli bulionu z garnka, potem ziemniaki. Pod koniec dodać śmietanę.

Pani Ellwood dokładnie zapisała przepis, prosząc o doprecyzowanie ilości i czasu gotowania, a potem zapytała, czy Marie miałaby jeszcze jakieś propozycje.

— Jest gratin Dauphinoise — powiedziała. — To zawsze było jedno z moich ulubionych, jeśli ma pani czosnek. Ziemniaki cienko krojone i zapiekane ze śmietaną i czosnkiem, doprawione pieprzem i gałką muszkatołową.

— Brzmi przepysznie, będzie świetnym dodatkiem do pieczonej gęsi! — Pani Ellwood rozpromieniła się i zrobiła notatkę w notesie, który zawsze nosiła przy sobie. — Wszystkie specjały, o które prosiliśmy z Carlisle, przyjechały wczoraj wozem. Wiem, że był tam czosnek, a pieprz i gałkę już mamy, rzecz jasna.

— Moglibyśmy też zrobić flan Parisien. To zasadniczo tarta budyniowa... — Marie spisała przepis i wręczyła go również ochmistrzyni.

— Wspaniale, panno Baxter, zaniosę to do Kuchni. Cóż, lepiej wezmę się do pracy. — Ochmistrzyni wstała, zbierając tacę z herbatą. — Proszę mieć miły dzień!

— Będę, i pani również — odparła Marie z ciepłym uśmiechem, gdy pani Ellwood wyszła.

Przysunęła biurko bliżej i znów napisała do sióstr, przepraszając, że nie wróci do domu, i wyrażając, jak bardzo za nimi tęskni. Gdy skończyła list, złożyła go i podniosła się z szezlonga, ostrożnie przesiadając się na wózek. Po niemal trzech tygodniach mogła już bardzo ostrożnie postawić trochę ciężaru na stopie. Coraz łatwiej było jej przenosić się z wózka na szezlong czy łóżko, ale nie chciała przyspieszać rekonwalescencji i zbytnio obciążać chorej kostki.

Ułożywszy się wygodnie na wózku i kładąc lewą nogę na podpórce, miała już ruszyć w stronę salonu muzycznego, gdy ruch za oknem przykuł jej wzrok i zatrzymała się, by spojrzeć.

Śnieg wciąż leżał grubą warstwą; nie było odwilży i od jej przyjazdu padało już kilka razy. Sebastian wspominał, że miejscami zaspy sięgają wzrostu mężczyzny, ale i tak każdego ranka wychodził na dwór, mówiąc, że lubi ten rodzaj ruchu.

Przełknęła ślinę z niecierpliwym oczekiwaniem, zastanawiając się, czy zamierza znowu rąbać drewno i się spoci.

Ku swojemu zdumieniu stwierdziła, że aż cieknie jej ślinka na samą myśl.

Kiedy stała się tak wyuzdana?

Czy to od czasu, gdy patrzyła, jak jedzie na swoim wielkim gniadym koniu, Caesarze, do Alston? Albo gdy innym razem pogalopował na Caesarze przez wrzosowiska aż do skraju lasu. Wyciągała szyję, by śledzić jego drogę, ale straciła go z oczu.

Teraz jednak Sebastian nie prowadził przez ośnieżony krajobraz Caesara, lecz ciężkiego konia pociągowego, ciągnącego... czy to były sanie? Zaintrygowana, Marie podsunęła się bliżej okna i wpatrzyła się uważnie. Widziała rysunki sań, ale prawdziwych jeszcze nie! Cokolwiek on wyczyniał?

Towarzyszyło Sebastianowi dwóch masztalerzy i gdy patrzyła, zatrzymali się przy parze ostrokrzewów i zaczęli obcinać gałęzie.

Oczywiście — pojęła Marie. Jutro była Wigilia, kiedy dom przystraja się zielenią! Musieli ciąć ją dziś, żeby zdążyła nieco przeschnąć, zanim wniosą ją do środka.

Opuściwszy ostrokrzewy, trzej mężczyźni zabrali konia i sanie na skraj lasu, gdzie zaczęli ścinać gałęzie jodeł i świerków, układając je wysoko na siedzeniu. Marie patrzyła jak urzeczona i więcej niż w połowie liczyła na to, że Sebastian się przegrzeje i znowu zdejmie płaszcz. Wspomnienie jego silnych ramion, falujących pod cienką koszulą, zakłóciło jej sny już kilka razy w ostatnich tygodniach.

— Panno Baxter! — Pukanie do drzwi ją spłoszyło, a Marie skrzywiła się, pospiesznie odrywając spojrzenie od widoku za oknem.

Cóż ona wyprawiała? Pożerała wzrokiem hrabiego?

— Panno Baxter?

— Tak, panie Martin, proszę wejść — powiedziała, rozpoznając głos lokaja.

Wszedł, złożył pełen szacunku ukłon i podał srebrną tacę. — Przyszedł do pani list, panno. Jego lordowska mość poprosił, bym przyniósł go pani, kiedy pani i pani Ellwood zakończycie rozmowę.

— Och! — sięgnęła po list z zapałem, uradowana, że rozpoznaje piękny charakter pisma Louise na kopercie. — Och, to od moich sióstr! Cudownie. — Miała swój list gotowy do odesłania, ale zapewne dopisze do niego odpowiedź.

— List, na który pani czekała, hm — pan Martin obdarzył ją życzliwym uśmiechem, po czym dyskretnie się wycofał, a Marie wróciła do okna, pospiesznie łamiąc pieczęć. Zaczynała się obawiać, że jej własny list do nich gdzieś się zawieruszył, tak długo czekała na odpowiedź. Już po kilku zdaniach obawa zniknęła: Louise i Bernadette niewątpliwie dostały jej przesyłkę.

Nie martw się o nic, Marie, w księgarni wszystko mamy pod kontrolą. Przyszła kolejna skrzynia książek od Ojca — musiało mu się dobrze powodzić w Tours! — dołączamy spis, gdyby Hrabia Wymagający był zainteresowany niektórymi tomami.

Marie zdusiła chichot. Już dawno nie myślała o Renwicku jako o Hrabi Wymagającym, ale rzecz jasna jej siostry nie znały go tak jak ona. Doda o tym wyjaśnienie w odpowiedzi!

Pismo zmieniło się z ręki Louise na Bernadette, która współczuła z powodu kostki i sugerowała kilka ziołowych specyfików, jeśli miałaby do nich dostęp, a jeśli nie — najlepsze będą odpoczynek i uniesienie nogi.

Mam nadzieję, że dobrze się tobą opiekują w Alston — zakończyła Bernadette. *Ze szkicu wygląda na bardzo wielce okazałe miejsce, a ci dwaj chłopcy są nadzwyczaj uroczy... i Hrabia Wymagający znacznie przystojniejszy, niż którakolwiek z nas przypuszczała!*

Marie uśmiechnęła się, a jej spojrzenie znów powędrowało ku oknu. Sanie były już po brzegi wypełnione zielenią, a Sebastian rzucił na wierzch siekierę, po czym podszedł do łba konia i zawrócił zwierzę w stronę stajni. Patrzyła, jak kroczy przez śnieg, zupełnie zahipnotyzowana, aż dźwięk z salonu muzycznego sprawił, że podskoczyła.

— Panno Baxter, jest pani? — odezwał się młody głos, a George wsunął głowę przez uchylone drzwi. — Tata jest na dworze i jesteśmy gotowi do próby!

— Zaraz przyjadę. Właśnie czytam list od sióstr! — Podniosła go. — Ale już prawie kończę.

W liście zostało tylko kilka wersów pismem Louise.

Otrzymałyśmy środki od prawnika lorda Renwicka, więc mamy pełną kasę. Nie martw się o nas i ciesz się świętami, najdroższa! Całujemy,

Louise i Bernadette.

Z uśmiechem szczęścia Marie złożyła list i dołączoną listę książek, i wsunęła je do kieszeni. Nie mogła nikomu pokazać listu — umarłaby ze wstydu, gdyby ktokolwiek w Alston dowiedział się, że z siostrami przezywały Renwicka Hrabią Wymagającym — ale już o samej liście mogła mu opowiedzieć i pokazać ją osobno.

— Gotowi na próbę? — Zawróciła wózek w stronę salonu muzycznego. — Zostały nam tylko dwa dni, żeby dopracować wszystko do absolutnej perfekcji!

Razem z chłopcami śpiewali i grali piosenki po angielsku i francusku, a ich głosy pięknie się zgrywały. Dołączyła do nich Morag, ale pan Charles dziś nie przyszedł, ku wyraźnej irytacji pokojówki. Po każdej piosence nasłuchiwali odgłosów powrotu hrabiego, po czym przechodzili do następnego utworu. Marie miała też wrażenie, że jej gra poprawiła się dzięki powtarzanym ćwiczeniom, choć jej głos po prostu nie mógł się równać z przejmującym, pięknym śpiewem Morag. Brzmiała jak upadły anioł: nuty były czyste i wysokie, a jednak tlił się w nich jakiś głęboki smutek. Marie szczerze miała nadzieję, że Morag pewnego dnia znajdzie odpowiedniego męża, który będzie kochał jej śpiew i wprowadzi szczęście do jej życia.

ROZDZIAŁ 9

Wigilia w zamku Alston

W Wigilię zamek tętnił życiem. Mrs Ellwood i Morag włożyły rękawice z mankietami, by chronić dłonie i przedramiona, gdy wędrowały z pokoju do pokoju z koszami najeżonej kolcami ostrokrzewu i kłujących gałązek świerku. Wkrótce na każdym kominku pojawiła się urocza aranżacja zielonego ostrokrzewu z czerwonymi jagodami, a także gałązki sosny z zielonymi igłami i brązowymi szyszkami. Na każdym portrecie wił się bluszcz przewieszony przez górną krawędź ramy, a karnisze opleciono pnączami, które zwisały obok podobizn dawno zmarłych przodków Renwicków.

Zapach sosny i świerku wypełnił zamek, wzbudzając w Sebastianie nostalgię za świętami z młodości. Stał w holu, patrząc, jak Mr Martin z niemałą pomocą bliźniaków posuwa się w górę wzdłuż poręczy schodów, przywiązując girlandy i kokardy z czerwonych oraz zielonych wstążek. Kokardy były znacznie bardziej koślawe niż te, które robiła jego matka, ale

Sebastianowi to nie przeszkadzało; serce miał pełne, gdy Alston Castle ożywał jak nie ożywał od wielu lat.

— Te wstążki sprawiają, że hol wygląda tak jasno i uroczo! — odezwała się Marie u jego boku, a on spojrzał w dół i uśmiechnął się do niej szeroko.

— Racja, prawda? Może pora pomyśleć także o odświeżeniu wystroju na resztę roku. Na ogół bywa tu dość ponuro.

— Och, ale ma za to tyle charakteru! No cóż. — Zawahała się, rozejrzała, a potem spojrzała w górę. — Wie Pan, gdyby pomalować sufit na biało, to mogłoby pomóc.

Sebastianowi nigdy by nie przyszło do głowy, żeby malować sufit. Przechylił głowę i spojrzał prosto w górę, na ciemne dębowe belki stanowiące spodnie poszycie podłogi drugiego piętra zamku.

— Wie Pani, sądzę, że ma Pani rację — powiedział zamyślony. — Może być kłopotliwie — trzeba by tu postawić jakieś rusztowanie, żeby robotnicy mogli dojść tak wysoko — ale da się to zrobić. Co za sprytny pomysł, Miss Baxter! Zajmę się tym na wiosnę.

Rozpromieniła się, a oczy błyszczały jej zza okularów. — Żałuję, że nie zobaczę efektu, milordzie. To będzie miła niespodzianka dla chłopców, kiedy wrócą na lato. — Odwróciła się znów ku bliźniakom, którzy chichotali, plącząc się w długiej wstędze, nieświadomi emocji, jakie jej słowa właśnie wzbudziły w Sebastianie.

Nie zobaczy tego. Nie będzie jej tu. Ta myśl przyszła niespodziewanie i szarpnęła nim tak, że uświadomił sobie, jak niezwykle swobodnie czuł się w towarzystwie Marie przez ostatnie tygodnie.

Wpadli w przyjemną rutynę, równie szczęśliwi, gdy rozmawiali, jak i gdy trwali w pogodnym, wspólnym milczeniu, czytając po cichu albo wdając się w ożywione dyskusje o lekturach. Zawsze miała jakąś celną uwagę, jakiś wgląd, który kazał mu spojrzeć na świat inaczej.

Alston Castle zbiednieje bez jej obecności. Będzie mi jej bardzo brakować, kiedy wróci do domu.

Uczucie, które zagotowało mu się w żołądku na tę myśl, tak go zaniepokoiło, że musiał odwrócić się na pięcie, wziąć po dwa stopnie, by wyratować Richarda i George'a z węzła, w jaki zamotali wstążki, zanim biedny Mr Martin zdąży po nich rozpaczać.

Gdy wrócił na dół, do Marie dołączył Mr Charles, który jak zwykle patrzył na nią z niemałym uwielbieniem.

Sebastianowi ścisnęły się wnętrzności od brzydkiego uczucia, którego odmawiał nazwaniu. Może pora porozmawiać z korepetytorem na osobności, rozważył; rozdzieranie sobie serca dla kobiety, której nie może poślubić, nie przyniesie temu biedakowi nic dobrego.

Nie żeby Sebastian miał jakąkolwiek moc, by temu zapobiec! Nie byłby tak małostkowy, by wycofać finansowe wsparcie dla Mr Charlesa przed jego święceniami; i na pewno nie miał żadnej władzy nad Marie, ale nie chciałby za nic w świecie, by poślubiła mężczyznę, który nie byłby w stanie zapewnić żonie godziwego utrzymania. Kobiecie takiej jak ona należy się to, co najlepsze.

W chwili, gdy Sebastian stanął u stóp schodów, z korytarza wyszła Morag i zatrzymał się, widząc wyraz na twarzy rudowłosej służącej. Czysta zazdrość, skierowana... do Marie?

A potem Morag spojrzała na Mr Charlesa i pomknęła prosto ku niemu, więc wszystko stało się jasne.

Co za poplątana sieć — pomyślał Sebastian z przekąsem — *ludzi wzdychających do tych, których mieć nie mogą.* Morag do Mr Charlesa, a Mr Charles do Marie. Siebie samego odmówił włączyć do tej układanki. Wyłączył się z równania wraz z kolejnym oddechem. Oczywiście nigdy więcej się nie ożeni.

Zanim zdołał rozważyć sytuację dalej, do holu wkroczyła Mrs Ellwood, chwyciła służącą za ramię, obróciła ją zręcznie i odprowadziła z powrotem. Gospodyni mamrotała pod nosem i zdecydowanie kręciła głową.

Cóż, przynajmniej jego niezwyciężona gospodyni była świadoma sprawy Morag i najwyraźniej miała ją pod kontrolą. Mr Charles wkrótce wyjedzie, wróci do Cambridge, by dokończyć własne studia i latem przyjąć święcenia, po czym jego wizyty w Alston będą już rzadkie. To oznaczało, że Sebastian będzie musiał znaleźć chłopcom nowego korepetytora. Na samą myśl serce mu nieco zmarkotniało. Mr Charles był dla nich naprawdę dobry. Być może przyszły wikary mógłby polecić jakiegoś znajomego z Cambridge, który byłby zainteresowany posadą? Kogoś młodego, pełnego energii.

Powinien porozmawiać z korepetytorem teraz, póki jest okazja.

— Czy znajdzie Pan chwilę, Mr Charles? — zapytał Sebastian. — W moim gabinecie? Proszę wybaczyć nam, Miss Baxter.

— Ależ oczywiście, milordzie. — Uśmiechnęła się do nich obydwu z krzesła, a panowie ukłonili jej się grzecznie.

Ledwie Sebastian zamknął drzwi gabinetu, Mr Charles zapytał: — W czym mogę służyć, milordzie?

Sebastian usiadł za biurkiem i wskazał nauczycielowi krzesło. — Chciałbym pochwalić Pana za uważność wobec chłopców — powiedział. — Wciąż są pełni werwy, ale nie są już tak bezmyślni i nierozważni jak wtedy, gdy zaczął Pan swoją posadę korepetytora. W Pana kierownictwie wydorośleli i rozkwitli.

Mr Charles rozpromienił się, wyraźnie zadowolony z pochwały. — To dobrzy i bystrzy chłopcy. Wasza duma, milordzie. Nie mam wątpliwości, że świetnie sobie w życiu poradzą.

— Niestety, w następne wakacje nie będą już mieli Pana, bo sam pójdzie Pan dalej, ku większym i lepszym sprawom, na co zresztą w pełni Pan zasługuje. Zastanawiałem się, czy przychodzi Panu na myśl ktoś, kogo mógłby Pan polecić na swoje miejsce?

— Och. — Mr Charles zastukał palcem w wargi, zamyślony. — Może i tak. Proszę pozwolić mi popytać wśród kolegów ze studiów, gdy wrócę do Cambridge, i napiszę do milorda z listą potencjalnych kandydatów.

— Doskonale. — Sebastian zawahał się, ale uznał, że najlepiej będzie podejść do kolejnego tematu wprost. — Nie jestem pewien, czy jest Pan świadom, że służąca Morag chyba nieco się w Panu podkochuje?

— Och. — Mr Charles wyglądał na krańcowo zmieszanego. Policzki mu poczerwieniały i chrząknął. — Mam nadzieję, że milord nie sądzi, iż choćby w najmniejszym stopniu ją zachęcałem!

Miał ochotę roześmiać się z zakłopotania młodzieńca, ale

oszczędził mu dalszego wstydu. — Ani przez moment tak nie pomyślałem. Mrs Ellwood trzyma sprawę w ryzach, ale przestrzegam, by nie zostawiał Pan na noc drzwi na klucz.

Sebastian sam poczuł, jak policzki mu lekko pąsowieją, gdy Mr Charles spłonął rumieńcem i przytaknął.

Obaj skończyli śmiechem nad tym, jak niezręczna to sytuacja.

— Czy było coś jeszcze, milordzie? — zapytał Mr Charles, kiedy już doszedł do siebie.

Sebastian postukał lekko palcami o blat. — Jest jeszcze drobna sprawa. Miss Baxter... — urwał, próbując ująć słowa tak, by nie zabrzmiały oskarżycielsko. Psiakrew, ale to była trudna plątanina. Spróbował podejść do tematu z innej strony.

— Niestety, ponieważ nie dysponuję obecnie beneficjum, które mógłbym Panu nadać, będzie Pan musiał przez pewien czas pracować jako wikary, a taki tryb życia nie pozwoli Panu utrzymać żony.

Był niemal zadowolony z dyplomatycznej formuły, ale nie śmiał się uśmiechnąć.

— Istotnie, milordzie, nawet bym o tym nie pomyślał — zgodził się bezzwłocznie Mr Charles.

Sebastian westchnął z ulgą.

Wtedy wyraz twarzy Mr Charlesa się zmienił, jakby właśnie złożył dwa do dwóch, bo Sebastian przez nieuwagę wymówił na początku zdania imię Marie. — Zaczekaj, milord nie sądzi, że ja... i Miss Baxter... och nie, broń Boże, milordzie! — Znowu oblał się szkarłatem. — Miss Baxter jest pod każdym względem godna podziwu. Nawet gdybym był dziesięć lat starszy i miał własne beneficjum... — plątał się w słowach, wyraźnie w rozpaczliwym pośpiechu, by dowieść swojej szczerości. — Znam swoje miejsce, milordzie! Miss Baxter jest daleko poza moim zasięgiem.

Chciał westchnąć z ulgą, ale się powstrzymał. — Cieszę się, słysząc potwierdzenie, że jest Pan tak rozsądnym człowiekiem, jak zawsze Pana uważałem — powiedział Sebastian, ogarnęło go intensywne szczęście. Wstał i podał korepetytorowi dłoń.

— A ja dziękuję, milordzie, za wiarę we mnie i hojność. Zawsze będę Panu dłużny — odparł gorąco Mr Charles, ściskając mu rękę.

— Już dawno odpłacił się Pan z nawiązką tym, co zrobił Pan dla bliźniaków — zaprzeczył Sebastian.

Dzięki Bogu, że ta niezdarna, miotająca się rozmowa dobiegła końca.

Wrócili razem do holu i zastali Marie u stóp schodów, z chłopcami siedzącymi przed jej krzesłem i zasłuchanymi w jej doskonały francuski.

— Choć jest bezsprzecznie znakomita — odezwał się Mr Charles nieco nieśmiało — wydaje mi się, że Miss Baxter byłaby zmarnowana jako pani na plebanii gdzieś na uboczu.

— Ach tak? — Sebastian poczuł, jak jeży mu się sierść w obronie Marie. Nie podobał mu się kierunek tej rozmowy.

— Istotnie. — Korepetytor posłał mu porozumiewawcze spojrzenie.

Coś złowieszczego przewróciło mu się w żołądku.

Mr Charles dodał wtedy: — Wierzę, że o wiele lepiej pasowałaby na panią znacznie większej posiadłości. Na przykład Alston Castle?

Uszy Sebastiana zapiekły, a w głowie zaszumiało mu lekko.

Wymamrotał coś, sam nie wiedząc co, i czym prędzej poszedł naprzód, rozpaczliwie pragnąc odczepić się od Mr Charlesa i tej rozmowy, która skręciła w krańcowo niewygodnym kierunku.

— Chłopcy, chodźcie! Wstążkami już gotowe, ale chcę zawiesić bluszcz na belkach w salonie i przyda mi się wasza pomoc! — zawołał.

Nie miał pojęcia, skąd wygrzebał ten wątek, ale wdzięczny był, że chłopcy zerwali się chętnie do pomocy. Ruszył za nimi do salonu, uważnie nie patrząc na ich nauczyciela, który stał i przyglądał mu się z miną wszystkowiedzącą.

To było zupełnie nie na miejscu, ale Sebastian pokręcił głową i uznał, że młodzieniec po prostu sobie zażartował, może udzielił mu się świąteczny nastrój. Nie powinien był reagować tak gwałtownie, skoro to musiał być żart.

Skierowanie energii w dekorowanie z chłopcami pomogło mu przezwyciężyć dotkliwe zażenowanie, że korepetytor wyczuł kierunek jego uczuć względem Miss Baxter.

— Kochany chłopcze — zwrócił się do George'a — podniosę cię, żebyś zawiesił gałąź na belce nade mną.

— Tak, Tato — powiedział George, trzymając w jednej dłoni gałąź, a w drugiej grudkę żywicy. — Gotów!

Sebastian podniósł go w pasie, ale do belek wciąż brakowało mu za dużo zasięgu rąk.

To nie miało prawa się udać. — Trzymaj się — powiedział, opuszczając chłopca do siebie na pierś. — Napnij tułów, podniosę cię za uda.

Po kilku stęknięciach i poprawkach Sebastian uniósł go bliżej sufitu, chłopiec dosięgnął belki i przyczepił do niej zieleń.

Rozległy się pomruki triumfu i wysiłku, a Sebastian ostrożnie odstawił go na podłogę.

— Teraz moja kolej — oznajmił Richard.

Serce mu biło od wysiłku, ale był gotów na następną rundę. — Dobrze, Richardzie, gotowy?

Richard skinął i wyciągnął ręce w górę.

Tym razem Sebastian ugiął kolana, chwycił chłopaka znów za uda, żeby dodać mu wzrostu, i uniósł go pod sufit.

— Prawie, prawie, prawie... Jest! — zawołał Richard.

Wszyscy trzej zakrzyknęli z radości.

Sebastian odstawił go z powrotem i potargał mu włosy. — Dobra robota, Richardzie.

Wszedł Mr Martin i z suchym humorem powiedział: — Mamy drabinę, milordzie. Czy mam...

Czy czekał, aż o mało co nadwyręży sobie kręgosłup, zanim złoży propozycję?

— Proszę przynieść, tak, bardzo proszę — zgodził się Sebastian, śmiejąc się z samego siebie. Chłopcy rośli za szybko, sięgali mu już niemal do ramienia, byli prawie młodzieńcami. Naprawdę nie mógł ich podnosić raz za razem bez ryzyka kontuzji. Już miał jedną kontuzjowaną Miss Baxter, nie chciał dokładać kłopotów służbie, robiąc sobie krzywdę.

Najstarszy podszedł z kolejną gałęzią i powiedział: — Gotowy na następną. Podnieś mnie, Tato.

— Spokojnie, chłopcze — Sebastian położył mu dłoń na ramieniu. — Nie muszę robić sobie krzywdy, a rozsądniejsze głowy zwyciężyły. Mr Martin przynosi nam drabinę.

Mr Martin wrócił z drabiną, którą mogli oprzeć o ścianę.

On przytrzymał jedną stronę, Sebastian drugą, po czym wyciągnął dłoń do chłopca.

— No dobrze, młody, hop do góry.

Gdy patrzył, jak chłopiec wspina się po szczeblach, kątem oka dostrzegł Miss Baxter, która podtoczyła się krzesłem do progu. Skinął jej głową, ale zaraz wrócił wzrokiem na dziecko na szczycie drabiny, by dopilnować, żeby nie spadło.

— Spokojnie! — zawołał chłopiec, gdy przyklejał zdobycz do gzymsu. — Mogę już zejść?

— Tak, patrz pod nogi — powiedział Sebastian.

Z pomocą Mr Martina i przy entuzjazmie chłopców wkrótce mieli pokój kipiący zielenią przyklejoną do wszelkich możliwych powierzchni. Czy cokolwiek było równe i do siebie pasowało? Skądże. Troll mógłby kichnąć tu z większą precyzją, ale i tak wyglądało to świątecznie — a o to chodziło.

Co więcej, zapach sosny naprawdę wniósł radość sezonu do środka.

— Dobra robota, chłopaki — powiedział, jeszcze raz tarmosiąc Richarda po włosach. — A teraz marsz na dalsze lekcje, a zobaczymy się przy południowym posiłku.

— Pa, Tato — rzucili, wychodząc z pokoju. — Do zobaczenia wkrótce, Miss Baxter.

Była tam przez cały czas, patrząc, jak dekorują. Nie mógł powstrzymać uśmiechu na widok niej i rumieńców na jej policzkach.

Mr Martin podniósł drabinę i pożegnał ich oboje.

Miss Baxter skryła drobny chichot za dłońmi. — Wykonali... niezwykłą pracę — stwierdziła.

— Też można tak to ująć — roześmiał się Sebastian z samego siebie. — Liczę, że same pospadają, jak żywica wyschnie. W przeciwnym razie ktoś będzie musiał się wspiąć i je zdjąć.

— Nie zrobił Pan sobie krzywdy, podnosząc chłopców tak wysoko?

Potarł dolne plecy. — Mam nadzieję, że nie, ale jutro może przydać się ciepły okład. — Potem spoważniał. — Nie mam jednak na co narzekać. Jak się miewa Pani kostka?

— Goi się w tempie — odparła. Dobrym zdrowym oparła się nogą i wytoczyła krzesło w głąb pokoju.

Sebastian skrócił między nimi dystans. — Pozwoli Pani — powiedział, chwytając za oparcie, by pchnąć ją dalej.

— Dziękuję — skinęła. — Jestem bardzo wdzięczna za to krzesło. Chłopcy na zmianę delikatnie mnie popychają. Obiecali, że jak tylko będę mogła trochę chodzić, oprowadzą mnie po zamku, na co ogromnie czekam.

— Doprawdy?

Ustawił ją na środku pokoju, by mogła lepiej ogarnąć wzrokiem krzywe i przypadkowe dekoracje.

Uśmiechnął się do niej z góry, ale zamiast odpowiedzieć uśmiechem, przygryzła dolną wargę.

— Chciałam o coś zapytać, ale obawiam się, że to może nie być na miejscu — powiedziała.

Usiadł na pobliskim krześle, żeby móc rozmawiać na równym poziomie. Był w świątecznym nastroju. — Proszę pytać.

— Chodzi o Richarda... i George'a.

Usiłował nie drgnąć na to imię i zamiast tego mrugnął.

— O właśnie to chodzi — rzekła.

— O co? — zapytał, nagle zastanawiając się, dokąd zmierza ta rozmowa. Myślał, że poprosi, by mogła uczyć chłopców francuskiego, na co chętnie by przystał. Zamiast tego usiłowała rozchylić stary uraz.

— Traktuje Pan ich bardzo różnie, Richarda i George'a.

Wciągnął powietrze, czując, jak włącza mu się obrona. — Naprawdę?

— Słyszałam i widziałam, i nie chcę wyjść na niewdzięczną gościnę. Zrobił Pan dla mnie tak wiele, a moje siostry już dostały Pańską pokaźną zapłatę. Och, prawie bym zapomniała. — Wyjęła mały mieszek i położyła go na stole. — Chciałam oddać to dużo wcześniej, ale tak dobrze się tu bawię, że ciągle mi umyka. To pieniądze za książki i podróż, których już nie potrzebuję.

Starał się nadążyć za wątkiem. Zaczęła od chłopców, ale zboczyła na pieniądze. — Szczerze mówiąc, zupełnie o tym zapomniałem, więc dziękuję za Pani uczciwość.

— Wracając do tego, o co chciałam zapytać.

Przełknął ślinę, niepewny, czy podoba mu się kierunek rozmowy.

— Zauważyłam... bez wahania zwraca się Pan do Richarda po imieniu, ale gdy chodzi o George'a, to „mój drogi chłopcze" albo coś w tym rodzaju. Jakby była jakaś bariera...

Puls dudnił mu w skroniach. Nie mogła wiedzieć. Nie mogła się domyślić. Jeśli dostrzegła różnicę w sposobie, w jaki mówił do chłopców, cóż, będzie się tego wypierał do końca świata.

W gardle mu stanęło, by w żywe oczy twierdzić, że się myli, ale nie potrafił jej skłamać. Musiał wymyślić coś innego.

— On jest dziedzicem, choćby i o dziesięć minut, ale jednak dziedzicem i zawsze będzie tak traktowany. To nie wina Richarda, że jest drugi. Próbuję, na swój nieudolny sposób, sprawić, by lepiej się z tym czuł, że jest drugim.

Twarz miała tak współczującą. Czy mu uwierzyła?

— Kto jest dziedzicem? — zapytała Marie z naciskiem.

Wnętrzności mu się skręciły na myśl, że ma wypowiedzieć to imię. — George — wycedził. No, powiedział.

Marie skinęła, lecz w wyrazie twarzy czaił się sceptycyzm.

Sebastian poderwał się z miejsca, pragnąc być gdziekolwiek indziej niż tutaj, pod przenikliwym spojrzeniem Marie. — Muszę sprawdzić, czy Kucharz ma wszystkie składniki na jutro — rzucił i umknął z pokoju najszybciej, jak mógł.

Marie nie wróciła do tematu ani przy południowym posiłku, ani po południu, kiedy czytali razem, i do kolacji doszedł z ulgą do wniosku, że nie zamierza. Rozluźnił się, z apetytem zjadł wieczerzę, a potem chwycił za oparcie jej krzesła, by popchnąć je do biblioteki. Coś mignęło mu nad drzwiami i przystanął, zdziwiony. Kto to tam zawiesił?

— Co się stało, milordzie? Zablokowało się któreś kółko... czy mój płaszcz wplątał się w oś? — Marie odwróciła się, zadzierając do niego wzrok.

— Nie... nie o to chodzi. — Spojrzał w górę, na gałązkę zieleni z białymi jagodami przyklejoną nad drzwiami biblioteki.

— Och, to jemioła — powiedziała Marie, od razu rozpoznając. Potem oczy jej bardzo się rozszerzyły, a miękkie usta rozchyliły w zaskoczonym „o".

Jak mógłby nie uczcić zwyczaju tego czasu, zwłaszcza gdy wyglądała tak pięknie? Kładąc dłonie na poręczach krzesła, Sebastian pochylił się i pocałował ją prosto w te słodkie usta.

ROZDZIAŁ 10

Sebastian ma wyrzuty sumienia

Usta Marie były pod jego miękkie i ciepłe, uległe, a jej oddech słodki od cytrynowego puddingu, który właśnie zjedli na deser. Ten dotyk posłał przez niego wstrząsy dawno zapomnianych doznań, budząc go z trwającego dekadę emocjonalnego letargu. Była odpowiedzią na modlitwy, o których nawet nie wiedział, że je zanosił. Sebastian zatracił się w tym wrażeniu, gdy odwzajemniła pocałunek z równą żarliwością, aż poczuł jej gwałtownie wciągnięty, zaskoczony oddech.

Wtedy odskoczył, jakby spoliczkowała go w twarz, przerażony samym sobą.

Co on wyrabiał? Właśnie pocałował damę, która była jego gościem pod jego dachem, w dodatku niewinną, a co najgorsze — taką, która nie mogła nawet ucicc przcd jcgo zalotami! Przejechał drżącą dłonią po włosach.

— Najszczerzej proszę Pannę o wybaczenie, Panno Baxter! Poniosło mnie...

— Niech Pan się nie waży przepraszać — powiedziała surowo.

— Ja... co? — mrugnął, zmieszany. Zrobił rzecz jak najgorszą, ot tak dla własnej rozrywki, i potraktował ją bardzo nieładnie.

— Słyszał mnie Pan, Panie hrabio. — Urocze usta uniosły się zaczepnie w kącikach. — Niech Pan się nie waży przepraszać. Nigdy dotąd nikt mnie nie pocałował, a to było... całkiem miłe. — Uśmiechnęła się do niego spokojnie i odepchnęła się czubkami stóp od podłogi, by przepłynąć obok niego do biblioteki, zostawiając Sebastiana stojącego z ustami rozdziawionymi jak oszołomiony karp.

Myślał, że go spoliczkuje.

Myślał, że powinna go spoliczkować!

— Całkiem... miłe? — wychrypiał wreszcie, odwracając się, by zobaczyć, jak zajmuje swoje zwykłe miejsce przy kominku.

— Istotnie. — Marie podniosła wzrok znad książki, którą właśnie otworzyła. — Bardzo przyjemne pierwsze doświadczenie, dziękuję. — Skinęła głową, najwyraźniej całkiem spokojna i opanowana — zupełne przeciwieństwo tego, jak czuł się w tamtej chwili Sebastian: serce mu łomotało, kolana miał jak z waty.

Rozważał, czy nie wyjść na zewnątrz i nie rzucić się w zaspy, by ugasić rozszalały żar, jaki jej niewinne stwierdzenie nagle w nim rozniecIło. Jakoś zmusił się, by podejść i zająć swoje miejsce.

— Niemniej jednak — powiedział, odzyskując odrobinę równowagi. — Skoro odmawia mi Panna prawa do przeprosin, niech i tak będzie, ale to nie powinno było się wydarzyć. To było piekielnie nie na miejscu i nie powtórzy się.

Czy to było rozczarowanie, które dostrzegł na jej twarzy, gdy zerknęła na niego i szybko skinęła głową, po czym znów spojrzała w książkę? Ona go kiedyś wykończy, naprawdę.

— Czy Pan dziś nie czyta, Panie hrabio? — zapytała Marie kilka minut później, a Sebastian aż podskoczył.

Ostatnie pięć minut spędził po prostu siedząc i wpatrując się w nią. Prawdę mówiąc, przepadł z kretesem. Przymknął oczy ze wstydem. Wyglądało na to, że nie tylko dobre maniery, ale i rozum opuszczały go w jej obecności!

Jak to możliwe, że ona była tak spokojna i równa w usposobieniu, kiedy w nim szalał prawdziwy sztorm?

Zebrał książkę, którą zaczął czytać wcześniej tego dnia, i spróbował się wczytać. Po raz pierwszy od czasów, gdy w szkole zmuszano go do lektury nudnych jak flaki w oleju tekstów, Sebastian nie był w stanie skupić wzroku na słowach przed sobą. Spojrzenie samo mu uciekało, zupełnie poza jego wolą, i zatrzymywało się na spokojnym obliczu Marie, idealnie oświetlonym migotliwym blaskiem ognia.

— Och! — powiedziała, zaskakując go, gdy uniosła wzrok, a Sebastian ze spuszczonym winnie spojrzeniem miał nadzieję, że nie przyłapała go na gapieniu się. — Zupełnie zapomniałam, Panie hrabio! Dostałam list od sióstr.

— Nareszcie! — Wiedział, że zaczynała się już trochę niepokoić, czy jej pierwszy list gdzieś nie przepadł. — Czy u nich wszystko w porządku?

— Tak. — Rozpromieniła się, wyciągając z kieszeni dwie złożone kartki. Uważnie na nie spojrzała, jedną znów złożyła i schowała, po czym podała mu drugą. — Potwierdziły, że otrzymały Pańską wpłatę.

— Ależ nie wypada mi czytać Pani listu. — Natychmiast pokręcił głową i nie przyjął podanej kartki.

— To nie list, Panie hrabio. To spis książek, które dotarły w najnowszej przesyłce od mojego ojca z Francji. — Uśmiechnęła się do niego figlarnie. — Moje siostry doskonale wiedzą, jak bardzo pragnie Pan rzadkich i niezwykłych woluminów. Dołączyły listę, na wypadek gdyby zechciał Pan coś zamówić, zanim wyślemy kolejne ogłoszenie do The Times.

Krew w nim aż zaszumiała z rozkoszy. — Prawo pierwokupu! Jakże to niezwykle hojnie. — Przyjął kartkę, wciąż ledwie mogąc oderwać wzrok od twarzy Marie.

— Już napisałam odpowiedź, ale chętnie wstrzymam się z wysyłką dzień lub dwa, jeśli do tego czasu chciałby Pan na spokojnie się namyślić, co zamówić. Może teraz wreszcie pozwoli Nam Pan wysłać książki pocztą? — droczyła się lekko.

Zarumienił się, bo delikatne ukłucie trafiło w czuły punkt. Lecz zasłużył. — Widząc, jak starannie były zapakowane te, które Panna przywiozła ze sobą, myślę, że tak zrobię. Wiem, że mogę Pannie zaufać — powiedział, niemal sam siebie zaskakując, gdy te słowa spłynęły mu z ust.

Marie skłoniła głowę, lecz nic nie odrzekła, wracając do lektury z zadowolonym, drobnym uśmiechem. Sebastian dusił się we własnym mętliku.

Mógł jej zaufać — i ufał. Nie miał co do tego wątpliwości. Ale jak to możliwe, skoro znał ją zaledwie od kilku tygodni? Zdarzało mu się ufać ludziom, których znał znacznie dłużej, i to zaufanie zwracali mu potem w najgorszy możliwy sposób.

Jeśli chodziło o Marie Baxter, postradał całkiem, doszczętnie, do jasnej cholery zmysły. Tylko do takiego wniosku mógł dojść.

A jednak wciąż siedział i wpatrywał się w jej oblicze w świetle ognia, zapamiętując każdy szczegół. Sposób, w jaki zamyślona przygryzała brzeg wargi, przechylenie głowy, gdy przenosiła wzrok z lewej strony rozkładówki na prawą, łabędzi łuk szyi, cień w zagłębieniu u podstawy gardła.

Spróbował skupić uwagę na liście w dłoni — i nie potrafił z niego nic wyczytać. Na nic się to zdało. Musiał wyjść z jej obecności, jeśli chciał się skupić, inaczej odda jej kartkę i każe zatrzymać wszystkie książki dla siebie — choć zapewne już jedną trzecią z nich miał, a połowy pozostałych nie pragnął.

— Proszę wybaczyć — mruknął, podnosząc się — zabiorę to do gabinetu i poradzę się mojego katalogu odniesień.

— Oczywiście. Dobrego wieczoru, Panie hrabio. — Skinęła mu głową i wróciła do lektury.

Prawic odetchnął z ulgą, że wyszedł z jej towarzystwa, a jednak pragnienie, by wrócić i znów się w nią wpatrywać, było silne. Sebastian uszczypnął się porządnie.

— Ocknij się — mruknął, stanowczo zamykając za sobą drzwi gabinetu. — Zachowywałeś się dziś jak skończony osioł!

Właściwie robił z siebie błazna, odkąd Marie Baxter zjawiła się na jego progu, wyglądając jak zmokły, brązowy wróbelek, przyznał z przekąsem. Nie sądził jednak, by surowa reprymenda miała tu wiele pomóc, ale spróbował mimo wszystko.

Wyobraził sobie, jak pani Ellwood stawia go do pionu za jego zachowanie, ale to nie poskutkowało. Potem przywołał w myślach miażdżącą pogardę pana Sharpe'a, lecz to także nie podziałało.

Usiadłszy przy biurku, rozłożył listę, którą mu dała, i spróbował znów czytać... ale widział tylko parę jasnopiwnych oczu, rozświetlonych śmiechem i światłem, zza okrągłych szkieł.

Przyszedł Martin i chrząknął. — Chłopcy pytają, kiedy mogliby wnieść Polano Godowe.

Co za przytępiec, zupełnie zapomniał o tak ważnym wydarzeniu. I to po takiej harówce! Sebastian wstał i powiedział: — Dziękuję, proszę Pana.

Chłopcy czekali za drzwiami i wpadli do środka, już trzymając płaszcze, gotowi, by włożyć je na mróz i ciemność na dworze. Pan Charles podążył w ich ślad.

Sebastian zwołał więc Martina i Sharpe'a oraz dwóch lokajów do pomocy, a także stajennych, którzy pomagali ścinać drzewo. Za pomocą lin, dobrej koordynacji i niemałego wysiłku ośmiu mężczyzn i dwóch chłopców przetoczyło Polano Godowe ze stajni przed dom. Drzwi były dość szerokie, by wszyscy przeszli, ale przy okazji wpuścili sporo zimnego wiatru i śniegu. Uważając, by nie uszkodzić podłogi ani nie obić ścian, zaciągnęli polano na starym dywanie przez sień do wielkiej sali z największym kominkiem. Pan Martin popędził z powrotem, by zamknąć drzwi frontowe, ku ogólnej uldze.

Wielki ogień w sali już płonął, gotów przyjąć olbrzymie polano, które miało tlić się nieustannie aż do dwunastej nocy. Tylko koniec polana mógł dosięgnąć płomieni; reszta spoczywała na kamiennej posadzce paleniska i każdego dnia miała być nieco dalej dosuwana do ognia. Martin ułożył już grafik służby, która miała dyżurować w sali dwadzieścia cztery godziny na dobę, na wypadek gdyby ogień poszedł za daleko wzdłuż polana.

Przybyły pani Ellwood i Morag, wpychając krzesło panny Baxter do środka, by mogła być świadkiem wydarzenia. Wyczerpani, ale zachwyceni, wszyscy zakrzyknęli, gdy pierwsze języki ognia zajęły korę, tańcząc i wijąc się, jak zaczęła się tlić.

Richard spojrzał na Sebastiana i powiedział: — Czytałem o tradycji, którą moglibyśmy dodać. Każdy zapala świecę od polana i wypowiada życzenie, a jeśli świeca spali się do końca i nie zgaśnie, życzenie się spełnia!

Sebastian przytulił chłopca i roześmiał się. — Brzmi jak znakomita tradycja. — Odwrócił się do George'a, świadom, że ma ogromną publiczność. — A ty, George — zmusił się, by wypowiedzieć imię bez wahania — masz jakąś tradycję, którą powinniśmy kultywować w te święta? Był taki dumny, że ogłosił imię chłopca bez zająknięcia. Da radę.

Chłopiec rozpromienił się. — Tak, my... my musimy jeść pudding co wieczór aż do Dwunastej Nocy, bo... bo inaczej życzenia też się nie spełnią!

Richard zawołał: — Wymyśliłeś to teraz!

— Dobrze! — odparł George. — Zjem twój pudding, jeśli go nie chcesz. Wtedy ty nie dostaniesz swojego życzenia!

Pokój wypełnił się śmiechem i swawolą. Wkrótce pani Ellwood miała już gotowy zestaw świec i lichtarzy.

— Może zacznij ty, Richard, skoro to twoja propozycja? — powiedział Sebastian.

— Dzięki, tato. — Chłopiec uroczyście wybrał świecę i lichtarz, stanął przy ogniu i przytknął knot do płomienia na Polanie Godowym. Gdy knot zaczął żarzyć, cofnął świecę i osadził ją w lichtarzu. Z dłonią osłaniającą płomień postawił ją na stole i zamknął oczy.

Wszyscy w pokoju poszli w jego ślady, łącznie z Morag, która aż paliła się do wypowiedzenia życzenia, przy tym bezwstydnie wpatrując się w pana Charlesa. Biedaczysko wyglądał, jakby miał się schować za Sebastianem dla ochrony.

Wtedy George powiedział: — Panno Baxter, podsunę Pani krzesło bliżej, dobrze?

— Dziękuję — odparła, a Richard chwycił dla niej świecę i szepnął głośno: — Nikomu nie zdradzaj życzenia, bo się nie spełni!

Poważny wyraz jej twarzy pokazał Sebastianowi, że traktuje tę tradycję — i chłopców — serio. George podtoczył jej krzesło bliżej paleniska i ustawił pod kątem, by panna Baxter mogła sięgnąć bokiem i odpalić świecę. Potem i ona osłoniła płomień dłonią, by przetrwał drogę do stołu, podczas gdy chłopcy ostrożnie pchali ją w tamtą stronę.

Sebastian udawał, że podziwia chłopców, ale wzrok wciąż mu uciekał ku twarzy panny Baxter.

Była tak śliczna, że trudno było od niej oderwać oczy.

***

Marie miała ochotę płakać z zachwytu nad tym, jak to wszystko było piękne. To była najdoskonalsza Wigilia, jaką mogła sobie wymarzyć. Zjawili się kolejni członkowie służby, by być świadkami wniesienia Polana Godowego na ogień i wypowiedzieć własne życzenia. Polano paliło się równym żarem, a świece na stole podtrzymywały ich pragnienia płomykiem. Jej życzenie było dość samolubne — by wkrótce znów wróciła do zamku Alston. W sercu wiedziała, że wkrótce będzie musiała wrócić do domu, ale marzyła, by nie minęło wiele czasu, nim znów tu przyjedzie. Było w tym majątku coś tak ciepłego, choć wokół leżały śniegi. Pani Ellwood troszczyła się o nią jak o własne dziecko, chłopcy byli czarujący i psotni, a hrabia pocałował ją tak rozkosznie zaledwie chwilę wcześniej.

Ten pocałunek — pierwszy w jej życiu — wypalił piętno na jej sercu. Kto by pomyślał, że pocałunki mogą mieć taki efekt?

Może trzeba było życzyć sobie kolejnego pocałunku? Świec już zabrakło, więc przegapiła okazję. Nie, uczyniła bardzo mądre życzenie, pragnąc powrócić do Alston. Nikomu też go nie wyjawi. Richard ostrzegł, że jeśli to zrobi, nie spełni się.

A jej naprawdę bardzo zależało, by właśnie to życzenie się spełniło.

Choć kolejny pocałunek również byłby znakomitym obrotem spraw.

ROZDZIAŁ 11

Boże Narodzenie na zamku Alston

M atka Natura nie miała żadnego szacunku dla wagi Bożego Narodzenia, pomyślała Marie, ostrożnie przesuwając się na krzesło na kółkach i odpychając się z prowizorycznej sypialni. Na zewnątrz wyły zimne wiatry, niosąc kolejną porcję śniegu spod ciemnego nieba. Była na parterze, więc blisko wielkiej sali, i wkrótce dotoczyła się do otwartych drzwi.

Polano Yule wciąż płonęło w kominku wspaniałym ogniem, a świece na stole stopiły się przez noc w dziwną warstwową bryłę, wyglądającą jak powierzchnia nieudanego ciasta. Kilka zgasło wcześniej i nadawało się do ponownego użycia, ale reszta wypaliła się do końca. Spojrzała na fragment stołu, gdzie postawiła swoją świecę. Ku swojemu zaskoczeniu i ona wypaliła się do zera. Może jej życzenie — by powrócić tutaj, do Alston — miało się spełnić. Już tęskniła za chłopcami i bardzo chciałaby zobaczyć ich niebawem. Były to urocze dzieci i zasługiwały na jasną, szczęśliwą przyszłość u boku ojca.

Z czasem, miała nadzieję, lord Renwick otrząśnie się z bólu i ponownie się ożeni, dając chłopcom matkę, za którą tak wyraźnie tęsknili.

Na samą myśl o tym, jak całuje swą nową żonę w dniu ślubu, gdzieś w przyszłości, przeszedł ją zimny dreszcz i Marie pokręciła głową, zdumiona sobą.

Nie mogła być zazdrosna. To byłoby nie na miejscu. Żeby zazdrościć, musiałaby nabrać głębokiego przywiązania i może mieć jakąś obietnicę wzajemności. Jakże mogła zazdrościć osobie wyobrażonej?

Ten pocałunek wyraźnie pomieszał jej w głowie. Przeczytała wiele książek Minerva Press i przeżywała pośrednio niejedną taką romansową historię. Lecz rzeczywistość wspaniałego pocałunku to zupełnie co innego.

Zdradliwy gwar dwojga żywych dzieci poniósł się echem w korytarzu. George i Richard wbiegli, żeby sprawdzić swoje świece. — Roztopiła się do końca! — wysapał z zachwytem Richard. — To znaczy...

— ... Nie mów tego na głos! — szturchnął go łokciem George.

Marie żartobliwie zasłoniła uszy, żeby przypadkiem nie usłyszeć sekretnego życzenia.

Richard teatralnie zatkał sobie usta dłonią. Gdy je odjął, powiedział: — Uff! Było blisko.

George wskazał świecę, która wypaliła się tylko do połowy, nim zgasła. — Ta chyba jest moja. Trudno. Wygląda na to, że jednak nie będzie puddingu codziennie.

Marie zachichotała. — Może jeszcze będzie, jeśli będzie się ktoś bardzo, ale to bardzo dobrze sprawował.

Chłopcy odwrócili się, jakby nagle zorientowali się, że nie są sami, i przywitali się. — Dzień dobry, panno Baxter! Wesołych Świąt — zaśpiewali zgodnym tonem.

— Dzień dobry, George'u, dzień dobry, Richardzie. Wesołych Świąt wam obydwu. — Wyciągnęła ramiona, a oni obaj przybiegli, by ją uścisnąć i musnąć policzki.

— Czy trzeba gdzieś pojechać? — zaoferował George. — Możemy popchnąć.

— Dziękuję, chciałabym zajrzeć do biblioteki, jestem w połowie książki.

Wzięli ją pod boki i poprowadzili w stronę pokoju, który stał się jej ulubionym w całym zamku.

George powiedział: — Kiedy noga się zagoi, oprowadzimy po zamku.

— Pokażemy ulubione pokoje — dokończył Richard.

— Byłoby to wielce przyjemne, ogromnie się na to cieszę — odparła, lekko poruszając stopą i czując ledwie niewielki opór. Już niedługo powinna znów móc trochę pochodzić.

Lord Renwick już tam był. Podniósł wzrok, złożył świąteczne życzenia i zapytał, czy jedli już śniadanie.

Chłopcy skinęli głowami i powiedzieli, że dostali więcej miodu do owsianki, ale już znowu czują głód.

Lord Renwick się uśmiechnął. — Ach, bezdenne żołądki rosnących chłopców. Co dziwne, żaden traktat medyczny, jaki kiedykolwiek czytałem, nie potrafił wyjaśnić tego osobliwego zjawiska.

— Moglibyśmy pograć w coś do czasu drugie śniadanie — zaproponowała Marie, po czym zastanowiła się, w co mogłaby grać, nie wstając ani nie poruszając się zbytnio. Zabawa w chowanego odpadała, choć bardzo pragnęła pozwiedzać ten zamek. Zwłaszcza że chłopcy zaoferowali się być przewodnikami.

— Nie znam żadnych — powiedział George.

Marie ściągnęła usta w namyśle. *Buffy Gruffy* mogłoby się udać, ale równie dobrze skończyć kontuzją. A poza tym było ich zbyt mało, by zmieniać głosy i udawać kogoś innego. — A może zagramy w *Konsekwencje*?

— A co to takiego? — zapytał Richard.

Biedne chłopaki, czy naprawdę nie znali żadnych gier salonowych? — To świetna zabawa — wyjaśniła Marie. — Potrzebujemy kartki papieru i ołówka.

George pobiegł do biurka i wziął kartkę.

Marie rozbawiła samą siebie pewnym pomysłem i podzieliła się nim: — Możemy grać po francusku, jeśli chcecie, żeby było edukacyjnie?

— Nie, dziękujemy — powiedzieli chłopcy jednocześnie.

Renwick zachichotał, a jego oczy błyszczały rozbawieniem.

— Słusznie, daruję wam. Dobrze, oto zasady. Napiszę pierwszy element, czyli przymiotnik określający dżentelmena. Nie powiem, jaki, a potem — napisała: Potężny brutal — i złożę kartkę, żeby nikt nie widział. Teraz, George, kolej na ciebie: wpisujesz imię dżentelmena.

— Dobrze — George coś zanotował.

— Teraz złóż to w zygzak i podaj Richardowi — powiedziała.

Richard trzymał kartkę i czekał na wskazówki.

— Richard, teraz trzeba wpisać przymiotnik dla damy.

Koniec jego języka wysunął się w skupieniu, gdy pisał. Potem złożył i spytał: — Mam dać Ojcu?

— Tak. Mój Panie, proszę wpisać imię damy.

Parsknął śmiechem i coś napisał, po czym zrobił zgięcie. Potem kartka i ołówek wróciły do Marie na kolejną turę podpowiedzi. — Teraz zapisuję, gdzie się spotkali — powiedziała — ale nie mam pojęcia, co wpisali pozostali. Pomyślała przez chwilę o tym, by napisać: w zamku, lecz to było za mało fantazyjne. Byli przecież w zamku. Zamiast tego zanotowała: w garnku — tak całkiem na żarty. Potem poszli w następną rundę. Kolejne elementy, jeśli dobrze pamiętała, brzmiały: co on miał na sobie, co ona miała na sobie i co on jej powiedział. Gdy znowu przyszła kolej na nią, rzekła: — A teraz muszę wpisać, co ona odpowiedziała jemu! — Wracając myślą do wcześniejszego chichotu, zanotowała: stoisz mi na stopie i zgięła kartkę. — George, teraz masz najzabawniejszą część: wpisujesz, jaki był skutek, a ty, Richardzie, będziesz miał ostatnie słowo, czyli co powiedział świat.

Gdy wszystko było gotowe, Richard podał kartkę Marie, lecz ona wręczyła ją lordowi Renwickowi, który odczytał całość z głęboką powagą.

— Potężny brutal, imieniem Oliver Flint, ognistoruda praczka, Flora... och, widzę, *o imieniu Flora*. W garnku?

Zachichotali.

Marie powiedziała: — Tam się spotkali.

— Rozumiem, poznali się w garnku. Musiał być olbrzymi. On miał na sobie nauczycielską togę, ona miała czepek... z boczku?

To wywołało u nich atak niepohamowanego śmiechu i chwilę trwało, nim doszli do siebie.

Lord Renwick nie był w stanie czytać dalej, więc podał kartkę Marie, która rozwinęła harmonijkę. — On powiedział do niej: świeci słońce, ona powiedziała do niego: stoisz mi na stopie. Skutkiem było to, że musieli spać w stajniach, a świat rzekł, że on powinien zostać premierem!

Obaj chłopcy leżeli na podłodze, wyjąc ze śmiechu, a głębokie rechoty Renwicka brzmiały nad tym jak wesoła muzyka. Zachwycona powodzeniem zabawy, Marie chichotała razem z nimi.

— Jeszcze raz! — wydyszał George, podnosząc się z podłogi. — Zróbmy kolejną rundę!

Zagrali po raz drugi, jeszcze bardziej absurdalnie, bo wszyscy załapali już zasady i próbowali się prześcignąć w niedorzecznych pomysłach.

To wywołało kolejną falę zaraźliwych chichotów, po której jeszcze dłużej dochodzili do siebie. Marie musiała ocierać łzy. Chłopcy śmiali się tak, że aż przestali wydawać dźwięki. Przez moment wyglądali, jakby aż ich bolało od tego śmiechu.

Słuchali i śmiali się z wyników trzeciej rundy, które czytała Marie, gdy wszedł do nich pan Charles, uśmiechając się szeroko na ich wesołość.

— Gramy w gry? Co za świetna zabawa!

— Czy pan zna jakieś dobre gry salonowe, w które moglibyśmy zagrać, panie Charles? — zapytała Marie.

— Cóż. — Spojrzał na chłopców, a na jego twarzy wykwitł uśmiech. — Gdy dorastałem, ulubione było zawsze *bullet pudding*.

— Ha! — zachichotał Renwick. — Pamiętam to. Mama nie pozwalała nam używać kuli, więc używaliśmy monety. O, mam przy sobie pół korony, wystarczy. George, zadzwoń dzwonkiem i sprawdźmy, czy pani Ellwood przyniesie nam talerz mąki.

Zauważyła, że tego ranka już dwa razy użył imienia George'a. A z rozpromienionego uśmiechu chłopca było widać, że syn docenił to wyróżnienie.

Pani Ellwood posłusznie przyniosła kopczyk mąki na półmisku, po czym stanęła z tyłu sali, uśmiechając się do pana Martina, podczas gdy wszyscy po kolei odcinali nożykiem do listów plasterki z kopca tak, by moneta ułożona na szczycie nie spadła. Stosik robił się coraz cieńszy — niemal jak iglica — a Marie odetchnęła z ulgą, gdy udało jej się odciąć kawałek bez strącenia monety. To niemożliwe, by przetrwała jeszcze jedną pełną rundę!

Kolej na Renwicka, a potem na George'a i Richarda. Obaj chłopcy przygryzali wargi, patrząc z przejęciem, i Marie zobaczyła, jak Renwick zerkł na nich, potem spojrzał na nią z drobnym uśmiechem, nim wziął nożyk do listów i zrobił celowo niezgrabne cięcie.

Moneta spadła, a Renwick zawołał: — Och, nie! — z wielką przesadą, po czym wzruszył ramionami i zanurzył twarz w mącznym kopcu, by wydobyć monetę zębami.

Zrobił to celowo, żeby żaden z chłopców nie musiał. Czuła dobroć tego gestu — hrabia gotów znieść taką kompromitację dla dobra swoich dzieci — rozczuliła Marie do głębi. Bliźniacy może nie mieli matki, ale byli mimo to głęboko kochani.

Renwick wynurzył się ze śmiechem, cały w mące, z monetą zaciśniętą między zębami, i przeprosił, że idzie się umyć i przebrać, mówiąc, że ma nadzieję, iż jego kamerdyner ma dziś dobry humor. Pani Ellwood zabrała półmisek z mąką, zanim chłopcy zdążyli narobić bałaganu, a pan Charles zaproponował grę w *bierki*, na co chłopcy przystali z wielką radością.

Renwick wrócił po chwili czysty i schludny, choć z ledwo dostrzegalną bielą znaczącą wciąż przód jego ciemnych włosów, i przyniósł pudełko pięknie rzeźbionych, kościanych domina.

To było jedno z najpiękniejszych świątecznych poranków, jakie Marie pamiętała, pełne radości i śmiechu, a potem pan Martin zaprosił ich na nuncheon. Renwick postanowił, że świąteczną ucztę zjedzą właśnie na nuncheon, by chłopcy mogli dołączyć, i towarzyszyło temu mnóstwo okrzyków zachwytu, gdy Renwick wprowadził Marie do jadalni, chłopcy podążali za nimi, a oni ujrzeli ucztę zastawioną na długim stole.

W centrum pyszniła się upieczona na złoto gęś, a wokół stały najrozmaitsze półmiski: cały łosoś zapiekany w śmietanie z pietruszką, zapiekanka gołębia, pieczone ziemniaki, pieczarki smażone na maśle, zielona fasolka z migdałami, marchew pieczona w miodzie i wiele więcej.

— Nie zjedlibyśmy tego wszystkiego w tydzień! — roześmiała się półgłosem Marie.

Renwick odparł: — Och, służba będzie ucztować po nas, a potem resztki spakujemy na tradycję Boxing Day. Rozwozimy je do kilku dzierżawców — wyjaśnił, podwożąc ją na jej stałe miejsce przy stole.

Na jednym z końców stała duża teryna z zupą; pani

Ellwood powiedziała, że to przepis na ziemniaczano-porową, który podała Marie. Na ten gest poczuła niemal ukłucie tęsknoty za domem.

— Ale nie ma puddingu! — zawołał nagle z przerażeniem George. — Same wytrawne dania.

— Oczywiście, że będzie dalszy ciąg — uspokoił chłopców Renwick.

— Jest i pudding śliwkowy, i melasowy, młody panie — rzekła pani Ellwood z czułością, czochrając George'owi włosy, gdy przechodziła. — A do tego wymyślny placek z kremem, którego przepis dała nam panna Baxter, oraz pieczone jabłka nadziewane rodzynkami!

— Hurra! — zakrzyknęli chórem George i Richard, zajmując miejsca.

— A cóż to takiego? — zainteresował się pan Charles, oglądając półmisek w pobliżu.

— To chyba ziemniaki dauphinoise — odparła Marie. — Przysmak, który robiła moja mama.

— Cudownie! — ucieszył się. — I to mi przypomina, że powinniśmy mówić po francusku, prawda?

Chłopcy nieco posmutnieli, a Marie posłała Renwickowi błagalne spojrzenie.

— Sądzę, że na Boże Narodzenie możemy zrobić wyjątek — rzekł Renwick z czułym uśmiechem do synów. — Zwłaszcza że bardzo pilnie pracujecie nad francuskim. Czy panna Baxter się zgodzi?

Zrobili ogromne postępy, odkąd jadała z nimi nuncheon, i Marie przytaknęła bez wahania, nagrodzona radosnymi uśmiechami.

— Sprawia pani, że francuski jest świetną zabawą, panno Baxter. Chciałbym, żeby była pani jedną z naszych nauczycielek w Eton — powiedział George, podając talerz, gdy Renwick zaczął kroić pieczoną gęś.

— To dla mnie wielki zaszczyt, George'u, ale podejrzewam, że Eton nie zatrudnia kobiet — odparła Marie. Przemknęła jej nagle tęskna myśl, by może przyjechać do nich latem i udzielać korepetycji... ale przecież tak naprawdę mogłaby uczyć jedynie francuskiego i matematyki, a oni potrzebowali dużo więcej. To było nierozsądne. Jakby hrabia miał zatrudnić guwernantkę dla chłopców! Kto słyszał o takim pomyśle? Równie niedorzeczne jak nauczycielka w Eton!

Obaj chłopcy skinęli zgodnie głowami, chichocząc na samą myśl.

Posiłek był radosny, choć nieco przesadny. Po nim chłopcy wyglądali na sennych i pan Charles zabrał ich, by mieli chwilę ciszy — i, jak sądziła Marie, zapewne sam uciął sobie drzemkę. Ona także na moment położyła się na szezlongu w swoim pokoju, ale wkrótce wybiła czwarta, pora, którą uzgodnili na koncert kolęd.

Richard zastukał do drzwi, twarz rozpromieniona radością. — Wszyscy są gotowi, a George poszedł po Ojca! Ale się zdziwi! — zawołał, pchając krzesło Marie do salonu muzycznego i pomagając jej usiąść przy fortepianie.

Wniesiono kilka dodatkowych krzeseł, zobaczyła Marie, a cała służba była obecna, siedziała uśmiechnięta i czekała na początek koncertu. Morag stała przy fortepianie, wpatrzona z uwielbieniem w pana Charlesa, który jak zwykle skrzętnie ją ignorował.

— Cóż to takiego? — zawołał Renwick z progu.

Wszyscy w pokoju poza bliźniakami dobrze wiedzieli, że Renwick doskonale zdaje sobie sprawę z koncertu, lecz nikt nie zgadłby, jak znakomicie odegra swoją rolę, okazując zdumienie i zachwyt, gdy George poprowadził go na zarezerwowane miejsce obok pani Ellwood w pierwszym rzędzie.

Koncert był niczym innym jak gromkim sukcesem. Chłopcy śpiewali z całego serca, głos Morag wzlatywał niczym ptak, a Marie czuła, że twarz pęknie jej od uśmiechu. Ku powszechnemu zdumieniu trafiła się jedna prawdziwa niespodzianka — na zakończenie koncertu pan Martin wydobył skrzypce i akompaniował Marie przy ostatniej kolędzie, porywającym wykonaniu *Hark! The aniołowie zwiastujący śpiewają*.

Gdy chłopcy kłaniali się na ponaglenie pana Charlesa po zakończeniu koncertu, Renwick wstał i klaskał tak mocno, że Marie obawiała się, iż aż go rozbolą dłonie. Potem rozłożył ramiona, a dwaj chłopcy natychmiast do niego podbiegli, by utonąć w serdecznym uścisku.

Marie musiała dyskretnie otrzeć łzę szczęścia.

— To były najlepsze Święta w życiu! — krzyknął uradowany George.

— Naprawdę — zgodził się Renwick. — I wierzę, że zawdzięczamy to pannie Baxter.

— Tak! — Obaj chłopcy energicznie przytaknęli, po czym Richard spojrzał na ojca i powiedział: — Tato, powinieneś poślubić pannę Baxter. Jest wspaniała!

Gorący rumieniec buchnął na policzki Marie. — Richardzie! — jęknęła, przerażona. — Na litość, nie wolno tak mówić! To skrajnie niestosowne! — Naprawdę nie wiedziała, gdzie się podziać. W dodatku przy całej służbie — cóż za okropność!

Renwick, dzięki niebiosom, wyglądał raczej na rozbawionego niż urażonego i potargał synowi włosy.

— Richardzie, wprawiasz pannę Baxter w zakłopotanie. Dziękuję wam obojgu za tę niespodziankę — to najwspanialszy świąteczny prezent, jaki kiedykolwiek dostałem. Jestem szczęściarzem, mając tak zacnych chłopców. Na górze czeka na was dodatkowa kolacja, jeśli tylko macie jeszcze miejsce.

Obaj wrócili do fortepianu, by uściskać także Marie, a Richard wyszeptał jej skruszone: — Przepraszam!

— Już dawno wybaczone — odparła czule Marie, a on popędził za bratem z szerokim uśmiechem, krzycząc do George'a, żeby nie zjadł wszystkich bułeczek.

— Jak oni mogą myśleć o jedzeniu po tej południowej uczcie, nie pojmuję — powiedział Renwick, gdy sala opustoszała, opadając znów na krzesło i klepiąc się po brzuchu. — Może jakaś mała miseczka zupy przed snem, ale już na pewno nic więcej.

— Ja nawet zupy nie dam rady. Może filiżanka herbaty — przytaknęła Marie.

— Dziękuję za to wszystko. — Skinął głową w stronę fortepianu. — Poświęciła pani wiele godzin dla zabawy i nauki chłopców.

— Było warto, i to z nawiązką, gdy zobaczyłam radość na ich twarzach — odparła po prostu Marie.

— Tak. — Jakby się na coś zdobył, nim uniósł głowę i po

raz pierwszy spojrzał na ścianę, na której wisiał portret ostatniej hrabiny. — Tego tutaj było niewiele przez ostatnie lata, obawiam się.

— Jak dawno odeszła hrabina? — zapytała ostrożnie.

— Cztery lata temu, niemal co do dnia. Kilka dni przed Bożym Narodzeniem. Wieści dotarły do mnie w Londynie dopiero po Nowym Roku. Chłopcy spędzili Święta w Eton, jakby nic się nie zmieniło. Nic dziwnego, że Boże Narodzenie było dla nich odtąd trudnym czasem, dlatego nie chciałem, by kiedykolwiek znów spędzali je w Eton. — Oderwał wzrok od portretu i spojrzał na Marie. — Sprawiła pani, że Święta znów stały się w tym domu czasem radości, i nigdy nie zdołam dość pani podziękować, panno Baxter.

Zawstydzona, spuściła wzrok na dłonie, wciąż spoczywające na klawiszach, i niemal mimochodem zagrała znów, delikatne nokturno. — To była dla mnie przyjemność, mój Panie — powiedziała w końcu. — Choć to pierwsze Święta, jakie spędziłam z dala od rodziny, dzieląc je z pańską, zabiorę ze sobą szczęśliwe wspomnienia na całe życie.

Milczał, słuchając, a ona grała dalej, kilka utworów z pamięci, aż dłonie jej się znużyły; wreszcie skończyła i opuściła klapę fortepianu.

— Dziękuję — powiedział cicho. — Minęło wiele czasu, odkąd po prostu cieszyłem się muzyką, ale słuchanie pani było prawdziwą przyjemnością. — Zawahał się na moment, po czym rzekł: — Jestem pani dłużnikiem, panno Baxter, za wszystko, co uczyniła pani dla moich synów. Jeśli kiedykolwiek będę mógł coś dla pani zrobić, wystarczy słowo.

Pokręciła z uśmiechem głową, po raz kolejny mówiąc, że to

była przyjemność, a on przytaknął, jakby właśnie tego się spodziewał, po czym wstał, skłonił się i pożegnał.

Pozostawszy sama w salonie muzycznym, Marie spojrzała w mrok za oknem, z uśmiechem na twarzy.

To naprawdę były cudowne Święta.

ROZDZIAŁ 12

Prezenty na drugi dzień świąt

Marie skrzywiła się w oczekiwaniu, gdy położyła minimalny nacisk na kontuzjowaną kostkę. Utrzymała, choć była tkliwa. Nic a nic nie przypominało to palącego bólu sprzed kilku tygodni. Jeśli będzie ostrożna, zdoła się trochę poruszać. Najlepiej było trzymać się wewnętrznych ścian, bo mogła wyciągnąć rękę i oprzeć na nich ciężar.

To nie był całkiem cudowny powrót do zdrowia, na jaki liczyła, ale postęp był wyraźny. Wystarczający, by mogła dołączyć do pani Ellwood i Morag, kiedy odwiedzały dzierżawców z pudełkami podarków na cały rok.

Powóz był gotowy i ku jej zaskoczeniu miał im towarzyszyć również pan Charles. Pomógł Marie wsiąść, a pani Ellwood pociągnęła ją od środka i posadziła na siedzeniu.

Morag była zachwycona, widząc, że obiekt jej uczuć jedzie z nimi, i Marie zaczęła się zastanawiać, czy przypadkiem coś między nimi nie zaszło.

Oczywiście przypomniała sobie po chwili, że on był synem jednego z farmerów, dlatego lord Renwick go sponsorował.

W powozie pan Charles uśmiechał się i z grzecznością znosił, jak Morag obsypywała go pytaniami o to, jakie prezenty przywiózł dla rodziny. Morag dziś bardzo starała się mówić zrozumiale. Może brała lekcje dykcji u pani Ellwood?

Marie odwróciła się do pani Ellwood, która teatralnie przewróciła oczami na popisy Morag.

Dopiero gdy dojechali do farmy, przy której na szyldzie przy głównej bramie wisiało nazwisko „Charles", pojęła, czemu korepetytor im towarzyszył.

— Oto jesteśmy — powiedział pan Charles, gdy tylko powóz stanął.

Jechało się powoli, bo na drogi świeżo spadła gruba warstwa śniegu. Pan Charles wysiadł pierwszy i poprosił woźnicę, by zaprowadził konie do stodoły, żeby nie zziębły, stojąc na mrozie.

Marie ostrożnie zeszła o jeden stopień na zdrową nogę, ale musiała oprzeć więcej ciężaru na tę chorą. Pan Charles wyciągnął do niej ręce i powiedział: — Podniosę Panią, jeśli Pani sobie życzy?

— Dziękuję, to z Pana wielka galanteria.

Ujął ją w pasie i łagodnie postawił na ziemi, gdzie jej buciki zapadły się w śnieg. Może nawet będzie musiała trochę śniegu napakować wokół kostki, jeśli zrobi coś nierozsądnego.

— Mnie też weź na ręce — powiedziała Morag, stając na górnym stopniu.

Pan Charles serdecznie się roześmiał i rzekł: — Ależ oczywiście. — Podniósł ją tak samo jak Marie, a Morag szczerzyła zęby przez cały czas, gdy jego dłonie ją obejmowały.

Pani Ellwood podała wszystkim pakunki, po czym sama zamierzała zejść. Pan Charles i jej zaoferował pomoc.

— Phi, zejdę sama jak trza. — Gospodyni roześmiała się do niego, a w kącikach oczu pojawiły się zmarszczki. — Nie trzeba się nade mną wysilać, młody człowieku!

Gdy byli gotowi, woźnica odprowadził konie do stodoły, a oni weszli do domu.

W kominku huczał ogień, a z paleniska wystawał polano bożonarodzeniowe. Powietrze wypełniały aromaty palącej się sosny, miodu i pieczonych warzyw. Starszy mężczyzna przyjął pudła od pana Charlesa i rozpromienił się, rozkładając ramiona do uścisku.

— John, miło popatrzeć! — Obaj mężczyźni się objęli i Marie pojęła, że starszy pan musi być ojcem pana Charlesa.

Wbiegła kobieta, jeszcze ze świeżymi łzami na twarzy. — Mój kochany Johnie, no chodź! — Przytuliła syna i kołysała go na boki, niemal wytrącając go z równowagi.

Wtedy wszedł znacznie wyższy mężczyzna, schylając głowę w progu. Zbudowany jak dąb, nogi miał grube jak pnie. — Braciszku! — zawołał olbrzym.

— Andrew! — krzyknął pan Charles. Kiedy objął brata, różnica wzrostu była uderzająca. Najwyraźniej starszemu nigdy nie brakowało jedzenia!

Morag sapnęła: — No patrzaj! Popatrz no na siebie!

Czy Marie była już tak długo w tym domu, że naprawdę rozumiała tę zadziorną dziewczynę?

Pani Ellwood wyciągnęła rękę, by skarcić młodą służącą,

lecz zatrzymała się, bo starszy syn natychmiast wypalił: — Odwdzięczę się, śliczna panienko! — Wzrok miał utkwiony w ognistych lokach szkockiej dziewczyny.

Co tu się przed chwilą wydarzyło? Marie spojrzała na pokojówkę, której oczy niemal zamieniały się w serduszka. Potem uniosła wzrok na brata pana Charlesa, który odpowiadał jej szerokim jak od ucha do ucha uśmiechem.

— Morag Campbell, wielmożny panie — powiedziała dziewczyna i szybko mu się skłoniła.

— O raju! — mruknął olbrzym. — Mówią, że z Campbellami lepiej nie zaczynać. Nie twoja to wina, rzecz jasna.

— A toż to — Morag zakręciła spódnicą, flirtując jak wicher — jakże nazwisko ci się nie widzi, to się ze mną ożeń, a przyjmę twoje!

Rodzice ryknęli śmiechem. Ojciec powiedział: — Przejrzała cię na wylot, chłopie. — A potem zwrócił się do Morag: — Chodź, siadaj przy ogniu i ogrzej się, dziewczyno. Andrew? Daj jej coś do picia. John? Opowiadaj, jak tam idą twoje nauki?

Spędzili cudowną, choć nieco chaotyczną godzinę w domu państwa Charles. Gdy przyszło do wyjazdu, niemal musieli odciągać Morag od starszego brata.

— A może wstąpisz po mnie później, jak będziecie wracać? — zaproponowała.

— Morag! — oburzyła się pani Ellwood. — Będziesz robiła, co ci każą.

Wracając do powozu, Morag zrugała pana Charlesa: — Czemuś mi nie rzekł, że twój brat taki urodny i jeszcze gospodarstwo przejmie! Pomyśleć, że traciłam czas na takiego jak ty!

Marie musiała przygryźć policzek od środka, żeby nie

wybuchnąć spazmatycznym śmiechem. To była doprawdy błyskawiczna zmiana uczuć u młodej służącej. Pan Charles śmiał się i nagle wyglądał na rozluźnionego. Zmiana romantycznego celu Morag szybko rozwiązała dość klejącą się sytuację, w której wzdychała do korepetytora skazanego na stan duchowny.

Pozostałe wizyty na farmach były krótkie i wesołe. Przy ostatniej Marie została w powozie, żeby dać odpocząć kostce. Jedna z gospodarzyń wyszła do niej i poczęstowała ją małym jabłecznikiem. Taka życzliwość odebrała jej mowę. Przy matczynej spódnicy trzymała się mała dziewczynka. — Mogę wejść? Ale tu pięknie — błagała, patrząc z zachwytem.

— Skarbie, nie... — zaczęła matka.

— Proszę bardzo — powiedziała Marie i skinęła gospodyni, by i ona weszła na stopień. W środku będzie cieplej niż na zewnątrz.

— To naprawdę powóz hrabiego? — spytała dziewczynka, oczy miała okrągłe jak spodki. — Jest Pani księżniczką?

— Bardzo daleko mi do tego — odparła Marie — ale w tym powozie rzeczywiście czuję się jak księżniczka. Należy do hrabiego Renwicka.

— A będzie Pani nową panią na zamku? — dopytała dziewczynka.

— Cicho, dziecko — rzekła matka. — Proszę o wybaczenie, moja pani, jest w tym wieku, że ma same pytania! Nie chciała urazić.

— Wszystko w porządku, nic mnie nie uraziło, dziecku wolno marzyć — powiedziała Marie, ulegając własnym fantazjom. Jeżdżenie powozem hrabiego to coś, do czego łatwo byłoby się przyzwyczaić. Choć nie powinna, i nawet nie pozwoli sobie wierzyć, że to możliwe. Właściwie nie powinna się tak rozmarzać, bo nim się obejrzy, obudzi się i znów będzie w zwyczajnym Hatfield.

— I nie jestem żadną lady. — Marie przełamała jabłecznik i podała połowę dziewczynce, której usta utworzyły zaskoczone „O".

— Dziękuję! — pisnęła mała. — Proszę przyjechać znowu, mama upiecze więcej.

Matka roześmiała się na widok zapału córki. — No już, maleńka, muszą wracać do dworu, zanim się ściemni.

Śnieg sypał tak mocno w drodze powrotnej, że Marie zaczęła się zastanawiać, czy nie będą musieli poszukać jakiejś pobliskiej stodoły na noc, bo okrucieństwem byłoby trzymać konie w takich warunkach na zewnątrz. Woźnica też pewnie był zasypany lodowatą, białą kołdrą.

Kiedy zmienili kierunek, było po to, by wrócić do zamku Alston. Konie przebijały się przez śnieg i bezpiecznie wciągnęły ich do stajni.

Stajenni szybko podali im owies i zaczęli je czyścić, dbając o to, by rozgrzać im dolne partie nóg.

Marie również uważała, by nie pędzić z powrotem do zamku, wiedząc, że zły krok mógłby cofnąć jej rekonwalescencję. Ku najwyższemu zdumieniu, lord Renwick pojawił się w drzwiach stajni z kocem. Owinął ją nim, po czym podniósł i zaniósł z powrotem do zamku. Zaniósł ją aż do biblioteki, gdzie George i Richard siedzieli przy kominku i trzymali nad żarem żelazną łopatę pełną kasztanów.

— Czy znów zrobiła sobie Pani krzywdę? — zapytał George.

— Mieliśmy nadzieję wkrótce pokazać Pani zamek — dodał Richard.

— Nie, nic mi nie jest. Pański ojciec postanowił być rycerski — odparła. — Ale wycieczkę trzeba będzie przełożyć o dzień. Jestem dość zmęczona, obawiam się.

— Nie powinienem był pozwalać Pani wyjeżdżać w taką pogodę — mruknął Renwick, jakby karcił samego siebie, sadzając ją w fotelu. — Okropne ryzyko.

— Spędziłam wspaniały czas — zaprzeczyła stanowczo Marie. — Nie wychodziłam na dwór, odkąd tu przyjechałam, bardzo mi się podobało świeże powietrze, a także poznanie rodziny pana Charlesa.

Na to nieco się zamyślił.

— A młoda Morag też bawiła się wybornie — dodała. Na tym poprzestała i opowie resztę Renwickowi później, kiedy nie będą mieli publiczności.

— My też chcielibyśmy wyjść — westchnął George, gdy pierwsze kasztany zaczęły pękać. — Jeszcze nie zdążyliśmy ulepić bałwana!

— To trzeba koniecznie naprawić — zaśmiał się Renwick. — Zobaczę, co da się zrobić.

***

Nazajutrz rano pani Ellwood wpadła, by pomóc Marie się ubrać, promiennie się uśmiechając. — Najcieplejsze halki dziś, moja droga!

— A to dlaczego? — zapytała Marie z ciekawością. Mimo zrujnowanych zabudowań przyległych do zamku Alston, odnowiona część była ciepła i wygodna, w każdym pokoju palił się ogień i mało gdzie wiało. Nie wyobrażała sobie, by musiała ubrać się cieplej, nawet gdyby pogoda się pogorszyła, a dziś wyglądało lepiej; słońce wyszło i oślepiająco lśniło na ośnieżonym krajobrazie.

— Jego lordowska mość zaplanował dla Pani i młodych panów wyjazd — oznajmiła wesoło pani Ellwood, ale nie chciała zdradzić nic więcej, teatralnie przekręcając przy ustach „kluczyk", gdy Marie naciskała.

Pani Ellwood podała jej ramię i powoli ruszyły do frontowych drzwi. Kostka była dziś jeszcze lepsza i jeśli tylko będzie uważna, już wkrótce będzie mogła przyjąć obietnicę chłopców i zwiedzić zamek.

Pan Martin uśmiechnął się i otworzył przed nią drzwi, a Marie aż krzyknęła z zaskoczenia na widok tego, co czekało u stóp schodów: lord Renwick z dwoma synami w saniach zaprzężonych w konia!

— Widziałam, jak ładował Pan zieleń do tych sań w wigilię — powiedziała Marie, kiedy Renwick na chwilę powierzył lejce George'owi i wszedł po schodach, by ją odebrać.

— Bardzo użyteczne, gdy śniegu po pas — i nie musimy trzymać się dróg. — Renwick bez trudu zniósł ją po schodach i usadził w saniach. Były tam dwie ławki, z tyłu i z przodu. Marie usiadła z tyłu z Richardem, a George z przodu z ojcem, który ku uciesze chłopców strzelił z lejc i zawołał do konia: — Ho!

Nie ruszyli jednak z kopyta, koń stawiał miarowe kroki,

chrzęszcząc śniegiem. Był to duży koń pociągowy, o gęstych szczotkach nad kopytami i grubym ogonie oraz grzywie, które ogrzewały go w mrozie. Mimo potężnej postury wielkie kopyta jakby mniej się zapadały niż smukłe nogi koni do powozu, a sanie były o wiele gładsze od karety, sunęły, a kryształki śniegu skrzyły się wokół od uderzeń końskich kopyt i od śmiechu chłopców, który niósł się za nimi. Marie nie mogła przestać się uśmiechać, choć musiała zdjąć okulary i włożyć je do kieszeni, bo od razu zaparowały od śnieżynek.

Po mniej więcej dwudziestu minutach Renwick zatrzymał konia w zawietrznej strony wielkiego głazu i zarzucił na jego szeroki grzbiet duży koc, żeby go ogrzać.

— Tu będzie wyśmienite miejsce na waszego bałwana, chłopcy — powiedział, robiąc szeroki gest. — Stąd będzie patrzył na zamek jak anioł stróż!

George i Richard zawyli z radości, zeskoczyli z sań i pobiegli naprzód. Dobrze okutani w ciężkie płaszcze, dzianinowe czapki i rękawiczki, wkrótce turlali ogromną kulę śniegu na podstawę bałwana i wesoło sprzeczali się o to, gdzie dokładnie ją postawić.

To było znakomite miejsce, pomyślała Marie. Nie odjechali daleko od zamku, Renwick poprowadził sanie szerokim, płytkim półłukiem pod górę, by uniknąć ostrego wzniesienia, ale mieli stąd cudny widok na Alston Castle poniżej. Z tej perspektywy widziała, jak niewielka część faktycznie była zrujnowana; to naprawdę tylko mały fragment frontu. Zastanawiała się, ile lat Renwick i jego przodkowie już ją odbudowują i kiedy pierwotnie ją wzniesiono.

— Czy jest Pani wystarczająco ciepło? — spytał Renwick.

— Za jakieś pół godziny powinni skończyć... pod ławką ma Pani koc, może go Pani rozłożyć na kolanach, jeśli Pani chce.

— Jest mi całkiem ciepło, dziękuję uprzejmie! — Byli osłonięci od wiatru w miejscu postoju. Słońce co chwila wyglądało i Marie było wręcz ciepło. Postanowiła wstać, bo ławka była trochę twarda, a Renwick podał jej rękę, by pomóc wysiąść. Oparła się o burty sań, ciesząc się słońcem na twarzy, póki trwało.

Przez chwilę patrzyli na chłopców, a Renwick wspierał się o bok sań obok niej.

— Przejrzałem tę listę — powiedział, a Marie potrzebowała paru chwil, by sobie przypomnieć, o jakiej liście mowa.

— Ach, listę od moich sióstr?

— Właśnie. — Wyjął z kieszeni grubego płaszcza złożoną kartkę i podał jej.

Marie rozłożyła listę i rzuciła na nią okiem, po czym parsknęła śmiechem. — Mój panie, odhaczył Pan niemal połowę! Jest Pan pewien?

— Całkowicie. A ponieważ postanowiłem odwieźć Panią do Hatfield osobiście, zanim zabiorę chłopców do Eton, sam mogę je odebrać, nie fatygując Pani wysyłką. — Uśmiechnął się z zadowoleniem. — Wreszcie z przyjemnością przejrzę półki w waszej księgarni osobiście!

— Doskonale. — Pokręciła głową, wciąż się śmiejąc. Będzie im towarzyszył z powrotem do Hatfield? Jakże cudownie! Miała ochotę krzyknąć z radości, ale się powstrzymała i odparła statecznie: — Odeślę to do moich sióstr i poproszę, by odłożyły dla Pana te tomy... i mam nadzieję, że nikt ich jeszcze nie kupił.

— Lepiej, żeby nie! — Prawie się obruszył, po czym z politowaniem pokręcił głową. — No proszę, znowu jestem roszczeniowy. Jakże Pani siostry mogłyby trzymać te wszystkie książki na wypadek, że może będę ich chciał?

Marie przygryzła wargę, przez moment wahając się, czy nie zdradzić mu, że z siostrami przezywały go Hrabia Wymagający. Nie, lepiej nie.

— Nie ma Pani okularów — zauważył — a jednak całkiem sprawnie Pani tę listę odczytała?

— Co nieco potrafię bez nich — przyznała — ale to bardzo niewygodne. Mrużę oczy i jeśli spróbuję czytać dłużej niż stronę, dostanę straszliwego bólu głowy. Na dworze jest lepiej, dobrze widzę rzeczy daleko. — Spojrzała na niego. — Pan, tak blisko, jest trochę rozmazany. Wciąż przystojny jednak.

Gdy tylko słowa opuściły jej usta, Marie zapragnęła je cofnąć. Choć Renwick wydawał się lekko rozmyty bez jej okularów, zdołała rozpoznać malujące się na jego twarzy zdumienie.

— Pani... uważa, że jestem przystojny? — powiedział powoli.

Och, mogłaby się teraz ze wstydu odwrócić na lewą stronę. — No cóż, jest Pan... wysoki, ciemnowłosy, ma Pan bardzo szlachetne kości policzkowe, klasyczny nos i tak długie rzęsy, że aż szkoda, iż mężczyźnie się trafiły.

Gadam jak najęta. O nie. Zamknij się, Marie Baxter!

Renwick się uśmiechał, tyle dostrzegała. Pochylił się ku niej i bardzo delikatnie przesunął czubkiem rękawiczki po grzbiecie jej nosa.

Wstrzymała oddech na ten gest.

— Mówi Pani o moich rzęsach? — szepnął. — Pani są tak długie, że często muskają od środka szkła okularów.

— Jakże Pan to zauważył? — zdumiała się.

— Bo patrzę na Panią znacznie częściej, niż pewnie powinienem, panno Baxter.

— Och. — Oddech jej przyspieszył, gdy pochylił się bliżej.

On mnie znowu pocałuje. Tym razem nie pozwolę mu tak szybko się odsunąć...

— Tato! Chodź popatrzeć! — krzyk George'a przerwał napięcie i Renwick odwrócił głowę.

Marie mogłaby w tamtej chwili z radością udusić George'a za tę przeszkodę. Westchnęła żałośnie, gdy Renwick odszedł, i prawie miała wrażenie, że rzucone przez ramię spojrzenie pełne było równie wielkiego żalu za przegapioną chwilą.

ROZDZIAŁ 13

Gdy koła nie ma

Może to stanie w śniegu, gdy chłopcy lepili bałwana, wreszcie nastawiło jej kostkę jak trzeba, bo kiedy wracali do zamku, Marie czuła się pewniej niż kiedykolwiek.

Twarze George'a i Richarda rozjaśniły się, kiedy powiedziała, że może chwilę pochodzić i chętnie wybierze się na obiecywaną od dawna przechadzkę po zamku.

— I tak pomożemy ci wejść po schodach — przechwalał się Richard — bo każdy dżentelmen tak by postąpił.

Czy mogła ich uwielbiać jeszcze bardziej niż już uwielbiała? — Byłabym bardzo wdzięczna — odparła.

U stóp schodów oparła jedną dłoń na poręczy dla równowagi, a drugą podała Richardowi, aż dotarli na półpiętro. Kostka trzymała, choć niemal nie kładła na niej ciężaru.

— Teraz ja — oznajmił George i chłopcy zamienili się miejscami, by George mógł prowadzić ją za rękę na kolejne piętro.

Jej kostka spisywała się zadziwiająco dobrze. Następną godzinę spędzili, uroczyście oprowadzając ją po komnatach.

Niektóre miejsca nie były odnowione i klamki do tych pokojów były lodowate w dotyku.

— W tym straszy — stwierdził George.

— To dawny pokój dziadka — oznajmił Richard. — Pewnie właśnie tu wydał ostatnie tchnienie.

— Może jednak wyjdźmy? — zaproponowała Marie, niechętnie przyjmując spadek temperatury. Chłód nie brał się jednak z żadnej upiornej obecności. W szybie okna z ołowianymi szprosami pękła jedna szybka, wpuszczając zimno do środka. Wątpiła, by w tym palenisku płonął ogień przez dobre dziesięć lat.

— Patrzcie na to — powiedział George, znajdując w ścianie panel na zawiasach. Richard podbiegł, lecz nie zdołali go otworzyć. Może był jakoś zaryglowany od drugiej strony. Ciekawe, czy Renwick wiedział, jak go otworzyć i dokąd prowadził. To wszystko było bardzo gotyckie; jak wyjęte z powieści Minerva Press, ale Marie była zbyt rozsądna, by wymyślać straszne historie o szkieletach i łotrach kryjących się w tajnych przejściach.

Meble były przykryte pokrowcami z holenderskiego płótna, podobnie jak w sali muzycznej na dole. Ślady stóp, jakie zostawiali w kurzu, mówiły Marie, że nikt tu nie zaglądał od lat.

— Chodźmy zobaczyć wasze miejsca — czy macie bawialnię? — zapytała.

Richard zmarszczył nos. — Cóż, mieliśmy dawniej dziecinny pokój, ale jesteśmy na to stanowczo za duzi — oznajmił z powagą, jak tylko jedenastolatek potrafi.

Marie powstrzymała śmiech.

Zwiedzili kolejne używane pokoje, w których wesoło trzaskał ogień w kominkach, a zużyte meble pamiętały lepsze czasy. Może służba korzystała z nich, by odpocząć między obowiązkami?

Inne skrzydło na tym piętrze było całkowicie zamknięte. George i Richard pokazali Marie przez okno, co się tam znajdowało — starą wieżę, rozpaczliwie potrzebującą naprawy. Uczynienie jej znów solidną i nadającą się do zamieszkania byłoby nie lada zadaniem, i na pewno nie na zimę.

— To nasza klasa — powiedział George, prowadząc Marie do pokoju, który pod wieloma względami naśladował bibliotekę na parterze. Tylko że był znacznie mniejszy. Na środku stał szeroki stół z krzesłami wokół. Przy oknie, z książką w dłoni, siedział pan Charles.

— Hallo! — zawołał. Potem dostrzegł Marie i wstał, by wykonać uprzejmy ukłon. — Dobrze Panią widzieć na dwóch nogach, panno Baxter.

— Czuję się dziś dużo silniejsza. Chłopcy i hrabia zabrali mnie na przejażdżkę saniami, a ja stałam w śniegu, gdy lepili bałwana. Niezwykle dobrze zrobiło to mojej nodze.

— Myślałem, że mamy dziś wolne? — zapytał George. — Dlaczego pan tu jest, nie czeka pan na nas, prawda?

— Macie wolne — potwierdził Mr Charles. — A nie; po prostu czytam sobie książkę w wygodnym fotelu, przy dobrym świetle.

Chłopcy odetchnęli z ulgą.

— Nie jestem aż tak straszny, prawda? — westchnął teatralnie Mr Charles.

To wywołało zawstydzone miny na twarzach chłopców, a Marie szeroko się uśmiechnęła.

— Myślę, że w gruncie rzeczy bardzo pana lubią — powiedziała półgłosem, gdy chłopcy znaleźli na stole miskę jabłek i po jednym zabrali na przekąskę.

— Zapewniam, że ja ich również — uśmiechnął się czule Mr Charles.

— Jest jeszcze tyle do odkrycia — oznajmił George, kiedy skończył jabłko.

— Pobawmy się w chowanego — zaproponował Richard.

— Dobrze, to ja liczę — powiedział Mr Charles, odkładając książkę.

— Po francusku! — droczył się George.

— Nie fair! — roześmiał się ich nauczyciel. — Ale myślę, że zdołałbym doliczyć do pięćdziesięciu po doskonałych lekcjach panny Baxter. Pewnie zajmie mi to tyle, co policzenie do stu po angielsku... więc lepiej się sprężcie! — Odwrócił się, zasłonił oczy i zaczął liczyć.

Marie nie pobiegła, ale podążyła za chłopcami do kolejnego nieużywanego pokoju, gdzie mogła wpełznąć pod stół nakryty dużą płachtą.

Chłopcy pogalopowali, a ona została sama ze swoimi myślami, które natychmiast pobiegły ku Lordowi Renwickowi. Kiedy chłopcy lepili bałwana, była tak gotowa na jego pocałunek, a jednak do niego nie doszło! Była pewna, że następny, kiedy już do niego dojdzie, będzie jeszcze lepszy niż poprzedni. Może powinna zwabić go pod jemiołę.

Usłyszała, jak Mr Charles znajduje Richarda głośnym: — Mam cię! — a niedługo potem znalazł George'a. Chłopcy pomogli mu potem znaleźć jej kryjówkę, co wydawało się trochę oszustwem.

— Wygrałaś — powiedział George. — Teraz ty liczysz.

— Mam liczyć po francusku? — zapytała.

Mr Charles roześmiał się i zasugerował, że to byłoby dla niej zbyt łatwe, i że powinna spróbować po łacinie.

Marie usiadła do liczenia, żeby dać odpocząć nodze, i świetnie się bawiła, tropiąc swoją zwierzynę.

Zabawa była tak udana, że chłopcom udało się nawet zagonić do krótkiej rozgrywki panią Ellwood — po długich prośbach i obietnicach, że pomogą jej przy wszelkich wymyślonych zajęciach. Richard wygrał następną rundę, więc liczył. Marie znalazła przytulne miejsce przy oknie, gdzie mogła usiąść na krześle. Po drugiej stronie pokoju stał parawan i przez chwilę myślała, by skryć się właśnie tam. Nie musiała, bo Richard tak ociągał się z szukaniem, że w ogóle jej nie niepokoił i mogła podziwiać widok za oknem. Obejmował wzgórze, po którym jeździli saniami, wraz z ogromnym bałwanem, którego ulepili. Jego postrzępiony brązowy szalik wyróżniał się na tle bieli. W końcu pani Ellwood musiała przyprowadzić Richarda, by jej poszukał. — A tu jesteś! — zawołał z rezygnacją.

— Dziękuję, że mnie znalazłeś! — Ulżyło jej, bo w tej części zamku nie palono w kominkach i zaczynała się trząść z zimna.

Jeśli miała dalej bawić się z chłopcami i zwiedzać kolejne zakamarki, może powinna wydziergać sobie szalik.

Uderzyła ją myśl. Od jakiegoś czasu zastanawiała się, co

podarować ludziom na Wieczór Trzech Króli, który nadejdzie, nim się obejrzy.

— Pani Elwood, czy wie Pani, gdzie mogłabym zdobyć wełnę odpowiednią do dziergania?

Kobieta szeroko się uśmiechnęła i kazała chłopcom umyć się przed południowym posiłkiem, żeby mogły porozmawiać na osobności. — Myśli Panna o zrobieniu czegoś?

— Tak, pomyślałam, że mogłabym wydziergać chłopcom szaliki. Mam trochę wełny w kufrze podróżnym, ale tylko w jednym kolorze i pewnie niewystarczająco.

— To w końcu Kumbria, tu wełna jest najobfitszą rzeczą, jaką można sobie wyobrazić! Bez trudu zdobędę Pannie, ile trzeba. Zostawię kosz w Pani pokoju.

Słowa dotrzymała: późnym wieczorem, kiedy Marie wróciła po kolacji do swego pokoju, czekał na nią zestaw pięknej, miękkiej wełny. Niech Bóg błogosławi panią Ellwood, dla tej niezwyciężonej gospodyni nic nie było zbyt wielkim kłopotem.

Marie nie traciła czasu: nabrała oczka i przerobiła kilka rzędów. Gdy wpadła w rytm, nie potrzebowała nawet okularów i wkrótce z drutów zwisało już kilka cali szalika. Zadowolona z postępów i zmęczona po większym wysiłku niż przez całe ostatnie tygodnie, postanowiła spróbować zasnąć.

W zamku panowała cisza, gdy odłożyła druty na noc i pochyliła się, by zdmuchnąć świecę. Nagle coś przemknęło wzdłuż listew przypodłogowych tak szybko, że aż zaparło jej dech. Mgnienie oka — i wślizgnęło się pod szparę w drzwiach.

Pokręciła głową. Gdyby to było w księgarni, rano musiałaby wypatrywać za ladą resztek tej myszy.

Szybko wstała z łóżka i sprawdziła kostkę. Co prawda spędziła sporą część dnia na nogach, ale korzystała z każdej okazji, by odpocząć, kiedy mogła.

Noga trzymała, więc narzuciła szlafrok i udała się do holu, gdzie leżał kosz z korespondencją gotową do wysłania rano do Alston. Wzięła list, który niedawno napisała do sióstr, i zaniosła go do biblioteki.

Lord Renwick siedział w swoim ulubionym fotelu i czytał.

— Przepraszam, że niepokoję tak późno, milordzie.

— Wcale mnie Pani nie niepokoi — odparł, podnosząc wzrok znad książki. — Coś się stało?

— Dopiszę kilka słów na odwrocie tego listu. Wie Pan, ach, jak to ująć, Pan... ach... zobaczyłam mysz.

— Ach tak? Nie słyszałem krzyku.

— Mysz nie wywołuje u mnie pisku, chyba że wdepnę w pół myszy. Crafty zostawia takie w księgarni.

— Crafty?

— Nasza kotka i znakomita pogromczyni myszy. Niedawno miała kocięta, więc jeśli jakieś zostały, możemy Panu jedno podarować, żeby zamek był wolny od gryzoni.

— Nie musi Pani dopisywać do tego postscriptum. Może Pani napisać nowy, osobny list, a ja z przyjemnością wyślę go do Alston, gdy skończy Pani pisać.

Marie całe życie była oszczędna w użyciu papieru. Myśl, że może napisać kolejny, oddzielny list, wydała się prawdziwym luksusem.

Cichy łoskot w korytarzu oznajmił kolejną upadłą ozdobę. Oboje się zaśmiali. Marie ostrożnie podeszła do progu i ujrzała na deskach rozsypane gałązki sosny. Przez chwilę stała, opierając się o futrynę, odciążając chorą kostkę. Mysz, być może ta sama, co w jej pokoju, przemknęła przez podłogę ku gałązkom. Przebiegła po zieleni i skubała miękką korę, która trzymała igły.

— To przez te dekoracje — powiedziała. W chwili, gdy się odezwała, mysz umknęła w bezpieczne miejsce. — Dlatego weszły myszy. Przypadkiem wnieśliśmy im gotową stołówkę!

Ostrokrzew byłby dla nich pewnie zbyt twardy, ale miękka kora sosnowych łodyżek stanowiła idealny pokarm.

Marie wiedziała, że gdyby koty mieszkające w stajniach w Alston były choć w połowie tak dobre jak Crafty, żadnej żywej myszy w zamku by nie było. Choć jeśli byłyby jak Crafty, zostawiałyby też porozrzucane, wypatroszone niespodzianki, na które łatwo nadepnąć!

Kolejną rzeczą, którą myszy by pokochały, były jagody jemioły. Może podczas dekorowania spadły gdzieś te białe kuleczki, kusząc myszy przysmakami. Nie mogła się wspinać po drabinach ani dosięgnąć wyższych ozdób. Podskakiwanie nie wchodziło w grę.

— O rety! — powiedział Renwick, rozglądając się po pozostałych dekoracjach, łącznie z jemiołą i jagodami ostrokrzewu.

Marie skinęła głową. Zwabiła go pod jemiołę zupełnie przypadkiem — ale cóż za szczęśliwy przypadek.

— Lepiej to zdejmę — rzekł, sięgając, by zdjąć pobliską wiszącą jemiołę.

Marie pozostała nieruchoma, gotowa na pocałunek.

— Czy po to mnie Pani tu wyciągnęła? — Ale w jego głosie brzmiał uśmiech, a oczy złagodniały, kreskując się zmarszczkami.

— To był szczęśliwy zbieg okoliczności — powiedziała, a serce zabiło jej odrobinę szybciej w oczekiwaniu.

Wreszcie, wreszcie jego usta spłynęły na jej usta — i znalazła się w niebie.

Wydawało się niemożliwe, a jednak ten pocałunek był jeszcze lepszy niż pierwszy. Jego wargi przycisnęły się do jej tak łagodnie i ciepło. Był to pieszczotliwy gest najpiękniejszej intymności. Jej usta rozchyliły się w westchnieniu i przywarła do niego, pogłębiając kontakt. Coś rozkosznie zafalowało pod jej żebrami pod naciskiem tej cudowności.

— Jest Pani niebezpieczna dla mojego spokoju ducha, panno Baxter — powiedział cicho po kilku chwilach. — To nie jest rozsądne.

— Nie będę tego żałować — odparła z zamkniętymi jeszcze oczami i uśmiechem na ustach. Sięgnęła w górę i skradła mu pocałunek, a iskry rozkoszy przepłynęły przez jej ciało na jego odpowiedź.

Usłyszała, jak cicho się śmieje. — Ja też nie będę żałował, ale to nie może stać się nawykiem.

Och, nie. To byłby cudowny nawyk!

Jego usta musnęły bardzo delikatnie jej czoło i usłyszała, jak się cofa. Otworzywszy oczy, patrzyła, jak wraca do biblioteki.

Z piersi Marie wyrwało się ciche westchnienie, ale uśmiech nie schodził jej z twarzy, gdy wróciła do pokoju i wsunęła się z powrotem do łóżka. Renwick był poza jej zasięgiem — mogłaby równie dobrze zapragnąć księżyca! — ale to było naprawdę cudowne dać się przez niego pocałować i oddać pocałunek.

— A pomyśleć, że robiłam wszystko, byle tylko nie jechać do Kumbrii! — zachichotała, wtulając się w ciepłe, wygodne łóżko. — Dziwne to były tygodnie, ale nazbierałam wspomnień na całe życie.

Nazajutrz rano Marie usiadła przy biurku do pisania, by skreślić kolejny list do sióstr. Drapnięcie w drzwi sprawiło, że roztargniona zawołała: — Proszę!

— To tylko my, panno Baxter. — George i Richard wsunęli się do środka. — Możemy z Panną posiedzieć?

— Oczywiście, ale gdzie jest Mr Charles?

— Ma katar — wyjaśnił z powagą Richard. — Mówi, że to tylko przeziębienie, ale pani Ellwood powiada, że ma siedzieć w swoim pokoju, bo inaczej cały dom się pozaraża, a ona do tego nie dopuści.

Marie uśmiechnęła się na myśl o drobnej gospodyni przeganiającej Mr Charlesa z powrotem do pokoju, być może z miotłą w dłoni. — Biedny Mr Charles! Obawiam się, że będę marną zastępczynią nauczyciela, poza francuskim...

— Och, nie musi Panna — zapewnił szczerze George. — Przysłał nam liścik i zadał wypracowania z historii. Ja mam pisać o wojnach róż, a Richard o... o czym to było?

— O Henryku Szóstym i jego ośmiu żonach — oznajmił Richard.

— Chyba chodzi ci o Henryka Ósmego i jego sześć żon — poprawiła go z rozbawieniem Marie. — Lepiej przeczytaj jeszcze raz ten rozdział w podręczniku, Richard. No dobrze, przysuńcie krzesła do tamtego stołu i do pracy. Ja muszę napisać list, więc nie będę z wami rozmawiać aż do południowego posiłku i naszej lekcji francuskiego!

Obaj chłopcy zgodzili się z radością i wkrótce rozsiedli się przy stole: Richard z nosem w książce, sprawdzając fakty, a George z wysuniętym czubkiem języka, mozolnie kreśląc wypracowanie. Byli tacy grzeczni, pomyślała Marie, i naprawdę bardzo cisi i pilni.

Wkrótce skończyła list, bo był to właściwie tylko bilecik do sióstr, by zatrzymały jedno z kociąt Crafty, jeśli wszystkie nie znalazły jeszcze domów. Postanowiła dołączyć bardziej szczegółowe szkice obu chłopców. Wzięła świeże kartki i starannie narysowała każdego z nich, a potem naszkicowała z pamięci Renwicka — siedzącego w bibliotece w fotelu, z głową pochyloną nad książką.

Poranek przeleciał niepostrzeżenie i wkrótce pani Ellwood weszła z tacą z herbatą i jedzeniem: gorącymi pasztecikami, świeżym pieczywem, plastrami szynki i sera oraz jabłkami.

— Jego lordostwo do was nie dołączy. Wezwano go do jednej z dzierżaw — od tego śniegu zawalił się dach stodoły.

— Och, mam nadzieję, że nikomu nic się nie stało? — spytała Marie.

— Nie, ale owce najadły się strachu, założę się — uśmiechnęła się pani Ellwood czule do chłopców, którym już pełne były usta pasztecika. — Dziękuję, że Panna ich pilnuje, panno Baxter. Jeśli Panna ma z nimi kłopot, to mogłabym...

— Wcale nie przeszkadzają, to bardzo miłe towarzystwo. Jak się miewa Mr Charles?

— Dojdzie do siebie za dzień, dwa — odparła z przekonaniem pani Ellwood. — Będę miała na niego oko. Ucieszy się, że ma Panna chłopców w garści.

— Proszę mu powiedzieć, żeby się o nic nie martwił — dopilnuję, by nie zalegali z nauką.

Pani Ellwood z szacunkiem skinęła głową i zostawiła ich, a Marie przeszła na francuski. Chłopcy naprawdę robili postępy milowymi krokami: ich słownictwo było znakomite, a gramatyka na tyle dobra, że potrafili już prowadzić proste rozmowy, nie zatrzymując się co chwilę na namysł.

— Zagrajmy w grę: jesteśmy nieznajomymi, którzy spotykają się po raz pierwszy — zaproponowała. — Poćwiczycie rozmowy, które moglibyście prowadzić, poznając Francuza.

Chłopcy skinęli ochoczo, a Marie zaczęła, podając swoje imię i pytając o ich.

— D'où venez-vous? — zapytał Richard, poprawnie używając formy grzecznościowej, jakiej używa się, pytając obcego, skąd pochodzi.

Marie skinęła z aprobatą, po czym odpowiedziała: — Je vis en Hatfield, en Hertfordshire.

— Och! — Obydwaj chłopcy wyglądali na zaskoczonych, a potem George powoli wyjaśnił, z zaledwie jedną czy dwiema pomyłkami gramatycznymi, że przejeżdżali przez Hatfield w drodze z Eton do domu.

— Spaliśmy w gospodzie, Pod Czerwonym Lwem — dodał Richard.

— Ale to tuż obok księgarni! Byliście tuż obok! — zawołała po francusku Marie, po czym musiała powtórzyć wolniej, żeby ją zrozumieli.

Może jeszcze ich zobaczę — pomyślała nagle, promiennie

szczęśliwa, jeśli Hatfield zdarzało im się odwiedzać regularnie w drodze do i z Eton.

Potem zmarszczyła brwi, przypominając sobie mapy, które studiowała, jadąc do Alston. — Czy Eton nie leży koło Windsoru? — Trasa stamtąd do Kumbrii raczej nie wiodłaby przez Hatfield. Zmrużyła oczy, próbując wyobrazić sobie większą mapę południowej Anglii. Nie, pewnie pojechaliby przez Oksford, a stamtąd do Birmingham.

— Tak, ale jeden z nauczycieli pojechał z nami do Cambridge, gdzie spotkaliśmy się z Mr Charlesem — wyjaśnił George.

Teraz trasa miała sens i skinęła ze zrozumieniem, po czym znów zmarszczyła brwi w zadumie. — Ojciec musiał wiedzieć, którą drogą pojedziecie. Ciekawe, czemu nie kazał wam odebrać książek i przywieźć ich do domu?

— I dobrze, że nie kazał — powiedział Richard. — Bo wtedy nigdy nie przyjechałabyś do Alston!

Marie uśmiechnęła się do niego czule. — Prawdę mówiąc, za nic w świecie nie chciałabym tego wyjazdu przegapić. Spotkanie z wami było wspaniałe, a jeśli jeszcze kiedyś będziecie przejeżdżać przez Hatfield, koniecznie wpadnijcie do naszej księgarni!

Chłopcy przytaknęli z entuzjazmem i zaczęli ją prosić o więcej opowieści o księgarni i o psotach Crafty. Marie z ochotą opowiadała, jednocześnie wciąż głowiąc się, czemu Renwick nie zaufał własnym synom w kwestii odbioru książek. Podróżowali przecież jego karetą, miejsca byłoby aż nadto! Nie mogła tego pojąć.

ROZDZIAŁ 14

Objawienia

Pan Charles pozostawał niedomagający aż do Nowego Roku, a Marie z chęcią zajmowała się bliźniakami, dopóki korepetytor nie mógł wznowić swoich obowiązków. Przynajmniej mogła już więcej chodzić i wręcz lubiła zwiedzać z nimi kolejne zakamarki zamku. George i Richard z dumą pokazywali następne komnaty swego domu, opowiadając, że ich pradziadek rozpoczął przebudowę jakieś osiemdziesiąt lat temu, a każde kolejne pokolenie dobudowywało następną część zamku.

— Ja zajmę się Północną Wieżą, kiedy przyjdzie moja kolej — oznajmił dumnie George. — Bardzo lubię tam wchodzić, to najwyższa wieża, ale teraz nie ma w niej żadnych okien, a schody trochę się chwieją. Nie sądzę, żeby to było dla Pani bezpieczne, panno Baxter. Może przyjedzie Pani do nas latem, to Pani pokażę!

Uśmiechnęła się, uznając to za mało prawdopodobne. Rzeczywiście, cudownie byłoby spędzić tu lato. Miło z jego strony, że to zaproponował. — Nie sądzę, by ktokolwiek powinien wchodzić na wieżę bez okien w taką lodowatą pogodę — upomniała łagodnie. — Nawet mając zdrowe obie kostki. Byłoby bardzo ślisko.

Obaj zrobili skruszone miny, po czym przyznali, że próbowali kilka dni wcześniej, ale Richard poślizgnął się na trzecim stopniu i pociągnął George'a za sobą w dół.

— Tylko kilka siniaków! — uspokoił Marie Richard, gdy ta aż zamarła z przerażenia. — Ale ma Pani rację i obiecujemy, że już nie spróbujemy. Prosimy, niech Pani nie mówi Ojcu, w ogóle się nie poobijaliśmy!

Marie była pewna, że ich ojciec byłby wściekły. Mogli zrobić sobie poważną krzywdę. — Obiecajcie mi, że nie będzie już żadnego wspinania — powiedziała.

— Nie wcześniej niż latem — wtrącił szybko George.

— I nie bez dorosłego — dodała stanowczo Marie. — Korepetytora albo Ojca, ewentualnie któregoś ze stajennych. Na wypadek, gdybyście znowu spadli. Obiecajcie.

Obiecali i miała nadzieję, że dotrzymają słowa, gdy nadejdzie lato.

— Latem może Pani iść z nami — powiedział bezczelnie Geroge. — Będzie Pani już wtedy żoną Taty!

Policzki Marie zapłonęły na taką sugestię.

— Dlaczego Pani się rumieni? — spytał Richard. — Tacie Pani się bardzo podoba, od razu to widać.

— Proszę chłopców, to bardzo miłe, ale to nie tak.

Nie chciała robić im nadziei. Kogo ona oszukiwała — nie chciała robić nadziei samej sobie.

— A tak, wiem, to jest sprawa dla dorosłych, prawda? —

dodał George. — Zawsze kiedy powiemy komuś coś oczywistego, to czerwienieje jak burak i mówi, że to sprawa dla dorosłych i nie zrozumiemy.

— Tak jak wtedy, kiedy powiedzieliśmy panu Charlesowi, że Morag bardzo go lubi — rzucił Richard.

— Zarumienił się po same uszy i stwierdził, że to pomyłka, ale myśmy widzieli swoje.

— Pan Charles nie ma się czego obawiać — sprostowała ich łagodnie Marie — Morag przeniosła swoje uczucia na kogoś innego.

— Ooo! — Oczy im się zaokrągliły i natychmiast chcieli wiedzieć więcej.

Na litość boską! Marie miała ochotę znowu się zarumienić. — Nie powinnam plotkować.

— Dlatego jest chory? — spytał Richard. — To nie przeziębienie, tylko złamane serce.

Boże, czy to możliwe? Pan Charles spędził cały dzień z nią, z Morag i panią Ellwood, rozwożąc pudła do dzierżawców, a jednak tylko on się przeziębił, nie pozostali. Nie, to na pewno zbieg okoliczności. Pan Charles przecież odetchnął z ulgą, że Morag tak bardzo polubiła jego brata!

Marie była tak zmęczona po całym dniu z chłopcami, że zaraz po odprowadzeniu ich do łóżek sama marzyła o swoim, więc nie miała niemal wcale czasu na prywatną rozmowę z Renwickiem. Niezależnie od zmęczenia, co wieczór udawało jej się jeszcze trochę podziergać, uśmiechając się, gdy drugi szalik rósł już niemal do długości pierwszego. Oba miały być gotowe na święto Trzech Króli.

Gdy pan Charles wrócił do obowiązków, dziękując Marie

z całego serca za wyręczenie go, ona z ulgą wróciła do miłego rytmu dnia, dołączając po kolacji do Renwicka w bibliotece.

— Miała Pani mało czasu na lekturę tej książki — zauważył Renwick, widząc, że od kilku dni nie posunęła się daleko w tomie. — Dziękuję, że poświęciła Pani tyle czasu bliźniakom.

— To była przyjemność — odparła Marie — ale szczerze mówiąc, dość męcząca. Nie wiem, jak matki dają radę dzień w dzień!

— A w tym wieku są mniej męczący niż jako maluchy — zwrócił uwagę Renwick.

— Tak. — Marie skrzywiła się lekko. — Małych niemowląt szczególnie nie lubię — przyznała. — Nie da się z nimi odbyć porządnej rozmowy.

Renwick jakby powstrzymywał śmiech, ale przytaknął jej z całkowitą powagą.

— Oprowadzają mnie po zamku — podjęła Marie — a George wspomniał o planach odnowienia Północnej Wieży, gdy już będzie jej opiekunem.

— Doprawdy! — Renwick wcale nie wyglądał na niezadowolonego na tę myśl.

Marie chciała zachować zaufanie chłopców, ale jednocześnie bardzo martwiła się o ich bezpieczeństwo. — Pomyślałam, że powinnam Pana ostrzec, bo najwyraźniej już tam wchodzili i przyznali, że w tej chwili to dość niebezpieczne.

Spojrzał na nią z twarzą pełną troski. — Proszę mówić dalej.

— Obiecali, że nie będą próbować aż do lata i nigdy sami, ale...

— Ach, tak. Dziękuję za ostrzeżenie. — Zamyślił się. —

Zamontuję kratę u stóp wieży, na klucz. Dam im znać, że mogą wchodzić, kiedy poproszą, ale będą musieli prosić o klucz, co powinno uniemożliwić niebezpieczne samotne wyprawy.

— Znakomity pomysł, mój panie! — Sprytne rozwiązanie i nietrudne do wprowadzenia, zanim chłopcy znowu wrócą do domu. Marie przypomniało się jeszcze coś, o co od dawna chciała go zapytać. — Mój panie, chłopcy wspomnieli, że zatrzymali się na noc w Hatfield w drodze z Eton do Cambridge. Musiał Pan wiedzieć, że będą przejeżdżać przez to miejsce albo całkiem blisko — dlaczego więc nie kazał Pan woźnicy podjechać do księgarni po odbiór zamówienia?

Reakcja Renwicka była dziwnie obronna. — Nie przyszło mi do głowy, by powierzać im tak cenny ładunek — odparł z lekką ostrością w głosie. — Richard i Renwick Junior to wciąż tylko dzieci.

— A Pan wciąż ma kłopot, żeby mówić do niego George — zauważyła Marie. — Co Panu przeszkadza w tym imieniu? Nie mógłby Pan zwracać się do niego drugim imieniem, jeśli George tak Panu ciąży?

Warknął: — Bo Francis jest gorsze!

Był to wybuch, który mocno zszokował Marie. Siedziała, wpatrując się w Renwicka, który położył dłoń na oczach.

Dotknęła bolesnego miejsca i nie wiedziała, co ze sobą zrobić. Odejść czy zostać?

— To nie wina chłopca — odezwał się w końcu Renwick. — Wiem o tym i się staram, ale prawie go nie znam, ich obu prawie nie znam.

— A czyja to wina? — spytała sucho Marie. Z rozmów z chłopcami jasno wynikało, że choć całe dzieciństwo spędzili w Alston z matką, aż do wysłania do Eton w wieku sześciu lat — co uważała za oburzająco wczesne, choć im wydawało się zupełnie normalne — ojca nie znali wcale aż do śmierci matki cztery lata wcześniej. On mieszkał w Londynie, w separacji z żoną.

— Oskarża mnie Pani? — Opuścił dłoń i spojrzał na nią z jawnym oburzeniem. — Gdyby miała Pani choć blade pojęcie...

Mógłby spróbować choć w zarysie to pojąć — wtedy może łatwiej byłoby go zrozumieć. Ale ten człowiek był jak zamknięta księga.

⁂

W Sebastianie kipiały gniew, rozczarowanie, ból. Że panna Baxter mogła pomyśleć, iż bezdusznie wyciął chłopców ze swojego życia bez ważnego powodu! Nie przyszło mu do głowy, by to chłopcy odebrali jego książki, bo... nie zaufałby im. Wciąż znał ich słabo i to była po części jego wina, ale nie tylko.

Sam nie wiedział, co mówi, gdy słowa zaczęły się z niego wylewać — słowa, których nigdy dotąd nie wypowiedział na głos do żadnej żywej duszy.

— Ja nawet nie wiem, czy oni są moi.

Zamiast współczucia panna Baxter prychnęła bezceremonialnie. — Mój panie, jeśli Pan nie widzi, że są Pana, to jest Pan ślepszy niż ja bez okularów! Richard to Pana żywe odbicie, a choć George ma jaśniejszą karnację, również jest do Pana bardzo podobny!

Naprawdę nie miała pojęcia, o czym mówi. W pewien sposób dobrze, że nie potrafiła rozpoznać prawdy. Nikt jej nie rozpoznawał i nikt się nigdy nie dowie. Podobieństwo do niego było pod wieloma względami wygodne, a zarazem nieznośne.

Będzie musiał powiedzieć jej wszystko, to najgorsze, inaczej wciąż będzie myślała o nim źle. Tego nie mógł znieść.

— Mogą być moimi braćmi.

Mrugnęła lekko zdezorientowana. — Nie wiedziałam, że miał Pan brata, mój panie. Och — teraz w jej spojrzeniu pojawiło się współczucie — czy on zmarł? Był może zaręczony z hrabiną i poczuł się Pan zobowiązany...

Wciąż nie rozumiała. Każde słowo było jak nóż wbijany w duszę, gdy wyjaśniał: — Nigdy nie miałem brata, panno Baxter. Oni mogą być *moimi braćmi* — powtórzył, a tym razem doprecyzował, by nie pozostawić cienia wątpliwości — moimi braćmi, to jest synami mojego ojca.

— Och — urwała i zamrugała kilkakrotnie. — Rozumiem.

Bardzo wyraźnie nie rozumiała, a z wielu min, które przebiegały teraz po jej twarzy, wynikało, że próbuje dociec, czy on wciąż jest czarnym charakterem w tej historii.

Sebastian westchnął i zaczął tłumaczyć: — Francesca miała piętnaście lat, kiedy przyjechała tu mieszkać. Jej rodzice zmarli, a ojciec powierzył jej opiekę mojemu ojcu, który był szkolnym kolegą jej ojca. Wtedy wydała mi się najpiękniejszą dziewczyną, jaką kiedykolwiek widziałem. Była wnuczką księcia, choć bez tytułu, i miała znaczny posag. Ojciec uznał za stosowne nas zaręczyć. Miałem tylko osiemnaście lat, ale bardzo mi to odpowiadało. Oczywiście następne lata spędziłem na studiach w Cambridge, a kiedy je ukończyłem i wróciłem do domu, pobraliśmy się z Francescą. — Usta wykrzywiły mu się gorzko, gdy wróciły bolesne wspomnienia. — Byłem nią owładnięty. Zaledwie kilka miesięcy później powiedziała mi, że zostanę ojcem; wszyscy byliśmy zachwyceni. A potem, tydzień później, wróciłem wcześniej z polowania, bo koń mi się potknął i okulał...

Wspomnienia paliły go jak kwas w żołądku i wykrztusił: — Zastałem moją żonę... i mojego ojca...

Nie potrafił tego wypowiedzieć. Myśl o tamtym strasznym dniu dławiła go w gardle. Chciał coś rozwalić, roztrzaskać. Za chwilę mógł to zrobić.

Marie wpatrywała się w niego długo bez zrozumienia, aż wreszcie jej usta powoli się rozchyliły, a oczy zrobiły bardzo wielkie i okrągłe. — *Nie* — wyszeptała z grozą.

— A gdyby przyszło Pani do głowy, że mój ojciec dopuścił się jakiejś nikczemności i ją zmusił, to zdecydowanie tak nie było — dodał. — Francesca była... — ugryzł się w język, bo miał już na końcu języka pikantne szczegóły. Łatwiej byłoby rozpłatać sobie brzuch i wylać wnętrzności, niż to powiedzieć. To nie były słowa dla uszu panny Baxter. Złagodził cios eufemizmem: — Najwyraźniej była entuzjastycznie chętna.

— Och, Renwick. — Marie zasłoniła usta dłonią, a w oczach zebrały jej się współczujące łzy. — Jak straszne to musiało być dla Pana!

Sebastian skinął krótko głową. Nadal nie wierzył, że tak obnaża przed panną Baxter duszę. — Staram się do tego nie wracać, co zapewne Pani rozumie. Skonfrontowałem ich, zażądałem, by powiedzieli, od kiedy to trwa. Oboje milczeli, ale ostatecznie zrozumiałem, *że romans* zaczął się przed ślubem.

Odmówiłem spędzenia choć jednej nocy pod dachem Alston, dopóki któreś z nich tu jest; wyjechałem tego samego dnia. Ojciec zapewnił mi utrzymanie i wyjechałem do Londynu, gdzie starałem się być pożyteczny. Pracowałem trochę dla Ministerstwa Wojny. Przysłali wiadomość, gdy urodzili się bliźniacy, ale imiona George'a były policzkiem. George, rozumie Pani, to było imię mojego ojca, a Francis — od Franceski.

— Och — powiedziała, a pełne zrozumienie wreszcie rozjaśniło jej twarz. — Och, *rozumiem*.

Całe jego ciało zapiekło, gdy na nowo przeżywał tamte obrazy. — Odmówiłem powrotu nawet wtedy, gdy mój ojciec zmarł. Chłopcy mieli wtedy jakieś trzy lata. Gdybym wyrzucił Francescę, byłby skandal, którego wolałem nie rozgłaszać. Chłopcy straszliwie by na tym ucierpieli. Kiedy jednak zmarła cztery lata temu, uświadomiłem sobie, że jestem ich jedyną rodziną, więc wróciłem. A kiedy patrzę na George'a... — wciąż z trudem wypowiadał jego imię. Marie była tu aż nadto spostrzegawcza. — Ma jej oczy. Mogą być moi, ale nie mam jak się o tym dowiedzieć. Tak czy inaczej, on jest prawnie moim dziedzicem.

— A Pan wciąż karze jego za grzechy jego matki i własnego ojca — powiedziała Marie, bez okrucieństwa, ale trafnie, aż do bólu. — Niezależnie od tego, jak faktycznie jest z pochodzeniem bliźniaków, to niewinne dzieci, mój panie, i nie jest Pan wobec nich sprawiedliwy.

Nagle, irracjonalnie rozjuszony, Sebastian cisnął książką, na którą od kilku minut nie patrzył, i zerwał się na równe nogi. — *Wiem!* — krzyknął. — Myśli Pani, że nie wiem? Myśli Pani, że nie próbuję? Jak śmie Pani przychodzić tu i wysuwać takie oskarżenia, Pani, która nic nie wie o tym, co przeszedłem? Niech Pani na mnie nie patrzy z litością, proszę, nie chcę i nie potrzebuję Pani litości!

Oczy mu zapiekły i zmąciły się łzami. Serce biło jak oszalałe, z lęku i gniewu. Musiał wyjść, zanim rozklei się i rozpłacze przy niej. Zrobiwszy w tył zwrot, wybiegł z biblioteki, przemykając korytarzem obok zaskoczonego pana Martina. Szarpnął drzwi frontowe i wybiegł w ciemną, śnieżną noc, dysząc ciężko, aż do bólu.

ROZDZIAŁ 15

Pani Ellwood ujawnia wszystko

Marie siedziała osłupiała w fotelu, niepewna, co zrobić. Renwick wypadł z pokoju jak burza i wydawało jej się, że usłyszała, jak otwierają się i zamykają drzwi frontowe. Nie powinna tu być, kiedy wróci; musiała ulotnić się z oczu.

Szybko pobiegła do swojego pokoju, by nie musieć widzieć go tej nocy ponownie. Co za głupota, że przynagliła go do wyjawienia prawdy o tych kochanych chłopcach. To nie do niej należało zadawanie tak osobistych pytań. Odpowiedzi ją wstrząsnęły, a z jego reakcji wynikało, że może i jego zszokowało, iż je wypowiedział.

Było jasne, że dusił w sobie tę prawdę latami; może była pierwszą osobą, której kiedykolwiek to powiedział. A chłopcy nawet o tym nie wiedzieli! Serce bolało ją za nich po tych absolutnie szokujących rewelacjach Renwicka.

Szybko przebrała się do snu, starając się nie obciążać chorej stopy. Chwilę później usłyszała jego głos w korytarzu, gdy rozmawiał z panem Martinem, po czym ciężkie kroki powędrowały po schodach w górę.

Kostka zaczynała pulsować, lecz to nie ból trzymał ją na jawie, tylko wyrzuty sumienia. Nie mogła uwierzyć, że tak go przycisnęła. Myślała, że jest okrutny dla tych cudnych chłopców, a on przez cały czas ich chronił. Leżała, wpatrzona w sufit, nie mogąc przestać myśleć o agonii na jego twarzy, gdy ujawniał szokującą skalę przewrotności swojej żony i ojca. I o tym, że musiał tak wiele tłumaczyć, nim poukładało jej się to w głowie. Ale któż by zdołał wyobrazić sobie, że ktoś dopuści się czegoś tak strasznego? Ona nawet nie potrafiła pojąć, co musiał czuć, widząc swoją żonę i własnego ojca... Marie zadrżała. Nie była w stanie tego nawet zgadnąć.

Przy tylu myślach zderzających się w głowie sen był daleko, więc w końcu usiadła i zabrała robótkę do wielkiej sali, by spróbować pracować przy świetle polana yule. Trudno było się skupić i opuściła oczko. Chłopcy pokochają swoje prezenty, ale nie, jeśli będą byle jak zrobione. Została tam jeszcze chwilę, dziergając i dodając kolejne rzędy do szalika. Oczy miała suche, gdy mrużyła powieki, a głowa i serce bolały.

Wróciwszy do łóżka, znów próbowała zasnąć, a kostka na nowo bolała po całym tym lataniu z pokoju do pokoju.

Przez cały ten czas sądziła, że jego zachowanie jest zachowaniem człowieka rozdzieranego żałobą po pięknej zmarłej żonie. A była od prawdy tak daleko — to wspomnienia o żonie i ojcu wyżerały mu duszę. Sam fakt, że zmarła żona nazwała dziedzica imieniem ojca Sebastiana i swoim, był aż nadto wymowny. Nic dziwnego, że z trudem wypowiadał imię dziecka! Za każdym razem, gdy patrzył na chłopca, musiała go nawiedzać zdrada i nielojalność żony. U George'a uroda była znacznie bardziej po matce niż u Sebastiana czy nawet u starego lorda, jeśli o to chodzi.

Marie przeniosła się na swój fotel na kółkach — i tak nie mogła zasnąć — i uniosła kostkę, korzystając z tego wspaniałego wynalazku. Zawdzięczała tę pomysłową konstrukcję Sebastianowi, a odwdzięczyła się za tę życzliwość, drażniąc go tak długo, aż zmusiła go do przeżycia na nowo najboleśniejszego epizodu w jego życiu.

Ta nowa wiedza wyjaśniała tak wiele, a jednak pragnienie, by dowiedzieć się więcej, nadal ją drążyło.

Nie zmrużyła oka przez całą noc.

Gdy gospodyni przyszła z tacą śniadaniową, Marie postanowiła wykorzystać okazję.

— Mrs Elwood, proszę mi opowiedzieć o ostatniej hrabinie.

Gospodyni zacisnęła usta z irytacją i prychnęła cicho, odstawiając tacę na stolik.

— Niewiele jest do powiedzenia — odparła, krzątając się i poprawiając poduszki Marie, jakby nadawała sobie bezsensowne zajęcie, byle zająć czas.

— Proszę? Zasmuciłam jego lordowską mość i muszę to naprawić.

— Zasmuciła Pani? — Ręce pani Ellwood znieruchomiały, po czym odłożyła poduszki. — W jaki sposób?

— Wspomniałam o zmarłej hrabinie — pominęła resztę, na wypadek gdyby pani Ellwood nie znała szczegółów. Zapewne wiedziała znacznie więcej, niż kiedykolwiek dawała po sobie poznać, bo została w Alston, gdy działy się te straszne rzeczy. — Wybiegł jak burza. Wiem, że powiedziałam coś nie tak i chcę to naprawić, ale niewiele o niej wiem. — To było najbliżej, jak kiedykolwiek znalazła się prostej, otwartej nieprawdy, pomijając tak wiele istotnych informacji.

Pani Ellwood splótła dłonie na fartuchu i rzekła: — Nie wypada źle mówić o zmarłych. Proszę zadzwonić, jeśli będzie Pani czegoś jeszcze potrzebować.

Zamierzała opuścić pokój Marie, lecz ta podsunęła się w tył i zablokowała otwarte drzwi. Gospodyni mogła, oczywiście, wyjść przez salon muzyczny, ale znów zacisnęła usta i westchnęła z rezygnacją.

— Cóż Pani słyszała?

— Całkiem sporo — odparła Marie, czując, jak policzki oblewa jej rumieniec. — Historia tak szokująca, że wiele tłumaczy.

— I mogę zapytać, od kogo Pani to usłyszała? Morag wie, że nie wolno jej szerzyć opowieści, o których coś tam zasłyszała.

— To nie była Morag — Marie pokręciła głową. Narobiła strasznego bałaganu i nie mogła już dłużej kłamać kobiecie, która od pierwszej chwili była dla niej taka życzliwa. — To sam lord Renwick. Ja... przyznaję, że wytknęłam mu, iż pozwala, by żałoba po zmarłej żonie wpływała na to, jak traktuje chłopców, zwłaszcza George'a.

— Pani go — wyzwała? — Brwi pani Ellwood uniosły się wysoko w zdumieniu.

Marie westchnęła przeciągle, pogodzona z losem. — Owszem, i teraz widzę, jak bardzo się myliłam. Zauważyłam przez ostatnie tygodnie, że jest bardziej zdystansowany wobec

George'a niż Richarda, i tak długo naciskałam, aż powiedział mi dlaczego.

— No to — pani Ellwood rozejrzała się za kolejnym zajęciem i zdecydowała się nalać herbaty. Jakby musiała nieustannie czymś się zająć. — Wie Pani już wszystko?

W tym był problem — tak naprawdę nie wiedziała. Chciała pomóc Renwickowi i chłopcom, ale nie chciała pogorszyć sprawy, mówiąc coś niewłaściwego i ich raniąc. A przynajmniej Renwicka, bo jego skrzywdziła zeszłej nocy dotkliwie. Gdyby znała więcej szczegółów, nigdy by go tak nie przycisnęła. Zostawiłaby to w spokoju. — Wiem część, ale z tego, co rozumiem, Pani jest tu od czasów sprzed ślubu. On mógł wyjechać do Londynu, ale Pani tu została... z jego ojcem i hrabiną. — Zawahała się, po czym dodała ostatnie, znaczące słowo. — *Razem.*

Pani Ellwood westchnęła, po czym usiadła przy stoliku i nalała sobie herbaty, jakby miała się nią pokrzepić.

— To, co powiedział jego lordowska mość, jest prawdą. Trzymałam to w sobie, bo to nie była moja opowieść do snucia. Od początku krążyły pogłoski i podejrzenia, ale brałam je za plotki. Wie Pani, jak to bywa — służba czasem sama się bawi takimi historyjkami. Wyobrażałam sobie, że wielu się tu nudzi, więc wymyślali niestworzone rzeczy, by umilić sobie czas w tym odludziu. Nie chciałam wierzyć, że to prawda, ale... — westchnęła, jakby zrzucając ciężar z serca. — Biedne chłopaki, nic z tego nie wiedziały, a są takie słodziaki. I nadal nie wiedzą. Pomagałam wychowywać te maleństwa, bo uznałam, że lepiej trzymać je z daleka, żeby nie usłyszały żadnych plotek.

Mary podsunęła się bliżej, by mogły mówić ciszej.

Urocza pani westchnęła raz jeszcze i powiedziała: — Ta dziewczyna. Wiedziałam, że nic dobrego z niej nie będzie od pierwszej chwili, gdy tu przyjechała i zalotnie zerkała na jego lordowską mość. Powinien był pojąć ją za żonę sam, ale uparł się, żeby zrobił to lord Sebastian, i wyszedł na tym jak Zabłocki na mydle!

— To mogło się wydawać najlepszym rozwiązaniem — przyznała Marie, zastanawiając się, czemu stary earl nie postąpił właśnie tak.

— To była ladacznica, ta jedna. — Rozkręcając się, pani Ellwood ścisnęła usta na gorzkie wspomnienia. — Romansowali na długo przed ślubem — lord Sebastian nie powinien był się z nią żenić, ale któż śmiałby mu to powiedzieć? Trzymaliśmy to w tajemnicy ze względu na obecnego lorda, lecz przez to uszło im to płazem. Kiedy lord Sebastian wyjechał do Londynu, gdy dowiedział się, co oni wyprawiali, cóż — earl i Francesca uznali, że nie ma sensu dłużej się kryć. Praktycznie żyli tu na zamku jak mąż i żona, a ja ledwie gryzłam się w język. Trzymali się za ręce przy śniadaniu i nie zachowywali przyzwoitego dystansu w bibliotece. Dzielili sypialnię! Po tym, jak on na nią patrzył, widać było wszystko. Prawdę rzekłszy, odetchnęłam, gdy stary lord zniknął nam z oczu, a potem i ona, kiedy odeszła. Pewnie pójdę za te słowa do piekła, że tak mówię o swoich zwierzchnikach, ale tak właśnie było.

A Marie wpakowała się w to samo emocjonalne siedlisko pokrzyw i wciągnęła w nie Renwicka. — Przydałaby mi się herbata — powiedziała.

— Przyniosę Pani jeszcze filiżankę — odparła pani Ellwood, podnosząc się.

— Nie, proszę, ta sama mi wystarczy. Lepiej to wszystko wypowiedzieć, zanim ktoś nam przerwie.

Pani Ellwood dolała herbaty, dodała odrobinę mleka i podała spodkiem z filiżanką. Potem dokończyła swoją opowieść.

— Stary earl zmarł, gdy chłopcy mieli ledwie trzy lata. Myślałam, że nowy lord zaraz wróci do domu, ale nie, wciąż nie chciał. Był tak zraniony, że wolał siedzieć w Londynie niż wrócić do niemowląt, byle nie oglądać żony. Choć nigdy szczególnie nie lubił miasta. Pisałam, prosząc, żeby wrócił ze względu na chłopców, ale odparł, że nie może stawić jej czoła — i któż mógłby go winić? Zasiedział się w tym śmierdzącym mieście na lata.

Marie zdjęła okulary, położyła je na stoliku i potarła nasadę nosa, próbując przyswoić tę straszną prawdę. *Biedny Renwick. Biedne chłopaki*. Dzięki Bogu, że o niczym nie wiedziały.

Pani Ellwood ciągnęła dalej: — Gdy hrabina zmarła, cóż, lord Renwick wrócił i robił, co mógł, ale... chłopcy byli już w takim wieku, że zostawali w szkole i nie wracali do domu aż do lata. Podobno chłopcy z Eton przeważnie nie wracają na Boże Narodzenie, co według mnie brzmi okrutnie. Odkąd jego lordowska mość wrócił, dba, by ich przywozić do domu, żeby wynagrodzić te przegapione święta. Ale mały George — on ma oczy po matce i... nie dziwi mnie, że jego lordowska mość z trudem wymawia imię chłopca, bo to imię jego ojca.

Zachłystnięty oddech w progu sprawił, że obie odwróciły się w przerażeniu, by zobaczyć, kto je podsłuchał.

W drzwiach stali Richard i George, z twarzami pobladłymi z szoku.

Marie miała wrażenie, że zaraz zwróci herbatę. Przełknęła

ślinę i spróbowała udawać, że wszystko w porządku. — Chłopcy, cóż za miła niespodzianka! — Serce waliło jej jak młot, a puls dudnił w uszach. *Ile usłyszeli? Jak długo tam stali?*

— Nie, wcale nie! — niemal wykrzyczał George, wchodząc do pokoju.

Richard podążył za nim.

Żołądek Marie przewrócił się na lewą stronę na to odkrycie — czuła się okropnie i winna zadania kolejnego bólu. Chłopcy nie powinni byli tego słyszeć. Czemu nie była ostrożniejsza? Czemu nie zatrzasnęła, na litość boską, drzwi?

Pani Ellwood westchnęła głęboko: — Nie dobrze podsłuchiwać cudzych rozmów, nic dobrego z tego nie wynika.

— Wystarczająco dużo usłyszałem — rzucił George. Mała szczęka zaciśnięta w furii — nigdy jeszcze nie był bardziej podobny do Renwicka. — Powiedzcie mi resztę.

Marie przełknęła ślinę; w ustach jej zaschło. — Nie jestem pewna, co—

— Powiedzcie! — George walnął pięścią w stolik. Źle wymierzył i uderzył tak mocno, że zrzucił jej okulary na podłogę.

Marie była pewna, że coś trzasnęło — może jakaś kość w dłoni George'a.

— George, zraniłeś się, przyniesiemy śniegu, to szybciej się zagoi.

Richard podszedł, by pomóc bratu i obejrzeć obolałą rękę. — Co miały znaczyć te słowa, że George jest nazwany po swoim ojcu? Nasz ojciec ma na imię Sebastian!

— Powiedziały więcej niż to — odparł George, a Marie

z przerażeniem pojęła, że George musiał stanąć w progu wcześniej niż Richard i usłyszał może coś o swojej matce...

Marie zrobiło się niedobrze. Ze wszystkich głupstw — nalegać, by pani Ellwood wszystko wyjawiła, nie upewniwszy się, że nikt ich nie może podsłuchać — to było najdurniejsze, najgłupsze, co mogła kiedykolwiek...

TRZASK!

Chłopcy zastygli w bezruchu.

— Co to było? — zapytała pani Ellwood, kręcąc głową zdezorientowana.

Umysł Marie, spowity mgłą stresu, nie pojmował, co wydało ten dźwięk.

Richard i George cofnęli się, a Richard spojrzał pod nogi. — Ojej.

Zrobili jeszcze krok w tył, po czym obaj rzucili się do drzwi i uciekli, jak najdalej od nich.

Gdy pani Ellwood podniosła się z krzesła, odsłoniła widok dla Marie.

Jeden z chłopców nadepnął na jej okulary, które teraz leżały potrzaskane na podłodze.

Marie ukryła twarz w dłoniach. — To poszło tak fatalnie!

— Panno Baxter, mamy większe kłopoty niż Pani okulary. — Gospodyni podbiegła do progu, by sprawdzić, czy nikt inny nie jest w pobliżu. Potem rzuciła się z powrotem. — Chyba droga wolna. — Zaczęła pakować nietknięte śniadanie na tacę. Ręce trzęsły jej się tak, że filiżanka dzwoniła o spodek. — Ci ze służby, co wiedzieli, no cóż, wiedzieli, ale wszyscy obiecywaliśmy milczeć. A teraz chłopcy i tak wiedzą i ja oberwę. To źle. To bardzo źle.

— Dopilnuję, żeby Pani nazwisko nie padło — powiedziała. Sama Marie była w panice, ale gospodyni miotała się jak uwięziona gołębica.

— Wyrzucą mnie bez referencji! — zapłakała pani Ellwood, poddając się emocjom.

— Nie wyrzucą — uspokoiła ją Marie. — Wezmę winę na siebie. To moja wina. I nie mówię tego na wyrost. To naprawdę moja wina. Wszystko zepsułam.

Jej własne ostatnie słowa dudniły jej w głowie niczym werble.

Wszystko zepsułam.

Zepsułam *wszystko*.

Miecz Damoklesa

Mrs Ellwood wybiegła z pokoju, a porcelana na tacy zagrzechotała głośno od pośpiechu. Marie ukryła twarz w dłoniach, czując, jak jej świat się wali, i ogarnęła ją panika. Była skończoną głupią gęsią, że chciała wiedzieć więcej, a teraz jej ciekawość zraniła tych kochanych, niewinnych chłopców. Lord Renwick powiedział jej dość, by zrozumiała prawdziwy powód jego nieufnej natury i kiepskiego ojcostwa wobec chłopców. A jednak zrujnowała dobrą nić porozumienia z Mrs Ellwood i być może naraziła tę drogą kobietę na utratę utrzymania.

I skrzywdziła George'a i Richarda nie do naprawienia!

Bardzo źle, Marie. Bardzo źle! zgromiła się w myślach. Czemu nie potrafiła zostawić sprawy w spokoju? Mrs Ellwood dopowiedziała kilka szczegółów, potwierdzając wersję Renwicka, ale Marie i tak nie wątpiła, że Renwick mówił prawdę. Zresztą wcale w niego nie wątpiła. Jaki mężczyzna przyznałby się do takiej ruiny, gdyby nie była prawdziwa? Powinna była na tym poprzestać!

To absolutne poczucie zdrady na twarzach młodych chłopców paliło ją w gardle jak kwas.

Musiała wyjechać. Nie mogła zostać tu ani chwili dłużej, oddając tę rodzinę nieuprzejmością i niewdzięcznością.

Rujnowała wszystko.

— Co się stało? — to był Renwick w progu.

Marie wciągnęła gwałtownie powietrze, ale słowa nie chciały przejść przez gardło.

Ukryła twarz, by nie musieć na niego patrzeć, i usłyszała, jak jego kroki zbliżają się do niej.

— Jestem taka głupia — wydusiła w dłonie, a słowa potoczyły się łkającym potokiem.

— Nie obwiniaj się — odparł. — Jak do tego doszło?

Brzmiał zaskakująco spokojnie i, ośmieliłaby się mieć nadzieję, nawet pogodnie wobec całego zajścia. To było całkowite przeciwieństwo tego, czego się spodziewała. Spodziewała się, że chwyci ją i wyrzuci przez frontowe schody.

Przetarła twarz dłonią i spojrzała na niego. Czekał na odpowiedź, a ona żadnej nie miała.

Wskazał na podłogę, na jej rozbite okulary. — Ktoś ci je zniszczył?

Na jego przypuszczenie puściły nowe łzy. Myślał, że rozpacza przez okulary, a nie przez prawdziwy powód.

— Jestem taka niemądra — powiedziała, naprędce wymyślając wymówkę. Cokolwiek, by oszczędzić chłopcom dalszej udręki. — Nie zauważyłam ich i... najechałam na nie.

Musiała skłamać, i bardzo jej to ciążyło. Musiała, bo przyznanie prawdy przyniosłoby wszystkim tylko jeszcze więcej bólu. Wciągnęłoby też w to Mrs Ellwood, a na to pozwolić nie mogła. Co za okropny bałagan narobiła!

— No tak, hmm. — Wyjął chusteczkę z kieszeni, po czym schylił się, by pozbierać odłamki i schować je. Sprawiał wrażenie zamyślonego, jakby miał na sercu coś, o czym chciał porozmawiać. Potem uśmiechnął się uroczo, życzył jej miłego poranka i wyszedł.

Marie była potwornie zdezorientowana, co tylko pogłębiło jej przygnębienie. Musiała odnaleźć chłopców i wszystko im wyjaśnić, ale wiedząc, jakiego bigosu narobiła, mogła sprawę tylko pogorszyć.

Musiała czymś się zająć, inaczej oszaleje. Tylko że, rzecz jasna, nie mogła nic czytać, bo rozbiła okulary.

W ostatnich dniach za dużo chodziła i kostka znów ją bolała. Psiakrew, musiała znaleźć chłopców i z nimi porozmawiać. Musiała się dowiedzieć, ile dokładnie usłyszeli.

Podniosła się i spróbowała dojść do drzwi. W chwili, gdy obciążyła chorą kostkę, ból przeszył nogę. Zaklęła po francusku, jakby to miało odpędzić niewidzialne noże.

Kuśtykając, sięgnęła z powrotem po krzesło na kółkach i oparła się na nim.

Robótki. Robótki pomogą. Nawet bez okularów mogła trzymać szalik na wyciągnięcie ręki i ocenić postępy, a resztę robiła z zamkniętymi oczami.

Zdrową nogą odepchnęła krzesło na kółkach w stronę okna, żeby mieć lepsze światło. Wtedy zobaczyła lorda Renwicka, jak kłusem odjeżdża na Caesarze. Z tej odległości widziała go wyraźnie i zdawał się uśmiechać do siebie, co tylko zwiększyło jej mętlik w głowie.

Następne kilka godzin spędziła na zawziętym dzierganiu, jako pokucie za to, że stała się zwiastunką tak strasznych wieści dla chłopców.

Nadszedł obiad, ale chłopcy się nie zjawili. Marie rozpaczliwie pragnęła z nimi porozmawiać i przeprosić, lecz to było niemożliwe, skoro nie przyszli. Przybył pan Charles i wyjaśnił, że obaj chyba się przeziębili. Potem zaczął przepraszać, bo uznał, że musieli zarazić się od niego.

Jeśli przez przeziębienie miał na myśli ból emocjonalny, to może miał rację, ale tym zarazili się od niej, nie od swojego guwernera.

— Mają czerwone twarze i strasznie zapchane nosy — powiedział, gdy weszła Mrs Ellwood.

— Zaraz do nich zajrzę — oznajmiła gospodyni, łapiąc spojrzenie Marie. — Trzeba im porządnego jedzenia, żeby nabrać sił.

— Biedactwa — powiedziała Marie szczerze, mając jednak na myśli zupełnie co innego niż katar. To ona im to zrobiła i apetyt zniknął jej szybciej, niż zdążyłaby powiedzieć wyrzuty sumienia. Może Mrs Ellwood zdoła im przynieść odrobinę ukojenia? Bardzo na to liczyła.

Po obiedzie odsunęła się z powrotem do swojego pokoju i podjęła robótkę, dodając wściekle kolejne rzędy. Światło w oknie pociemniało, gdy nadciągnęła gwałtowna burza, a niebo zrobiło się równie ponure co jej nastrój.

Gdyby tylko zadowoliła się wersją wydarzeń Renwicka, nie czułaby się teraz tak.

Owszem, czułaby się podle, ale tylko z powodu hrabiego, a nie przez ból, jaki zadała George'owi i Richardowi.

Co za podłość ze strony hrabiny nazwać pierworodnego imieniem kochanka i własnym, zostawiając trwałą pamiątkę niewierności i zapewne stałą drzazgę w sercu Renwicka.

Rozbolała ją głowa, gdy próbowała skupić wzrok na drutach. Trzymanie robótki dalej nie pomagało już wcale. Jeśli nie odłoży szalika, zrobi w nim totalny bałagan.

Usłyszała, bardziej niż zobaczyła, że nadciąga koń. Zsunęła się na kolana, by spojrzeć przez okno, i zobaczyła lorda Renwicka pędzącego do domu na Caesarze.

Uśmiechał się, wyglądał na niebywale zadowolonego z siebie. Jakby jazda w śnieżycy była przyjemnością.

Po chwili zjawiła się Mrs Ellwood i powiedziała: — Jego lordowska mość prosi, żebym cię zaprowadziła do biblioteki.

Gospodyni wciąż wyglądała na spiętą i zmartwioną.

Marie czuła to samo. — Nic nie powiedziałam i nic nie powiem — wyszeptała. — Jak chłopcy?

— Wcale nie gadają — skrzywiła się Mrs Ellwood. — Będę ich karmić, ile wlezie, ale to chyba wszystko, co teraz mogę. — Chwyciła oparcie krzesła Marie i wyprowadziła ją z pokoju.

W bibliotece Mrs Ellwood dygnęła szybko i umknęła jak oparzona.

— Pojechałem do Carlisle — powiedział Renwick z przyklejonym uśmiechem.

— Doprawdy? — zdziwiła się Marie, zastanawiając się, co go wysłało tak daleko. — To daleka droga, i to w taką pogodę.

— Burza przyszła dopiero późno, a Caesar zna drogę do

domu. To silny koń i zna te wzgórza. Kupiłem ci nowe okulary — oznajmił.

Oniemiała z wdzięczności i zdezorientowana, wpatrywała się w niego. — Naprawdę? — Jakże to z jego strony hojnie!

— Cóż, tak, ale... — zaczął i urwał — nie wiedziałem, jakie, więc kupiłem kilka par i mam nadzieję, że któraś ci choć trochę pomoże.

Wyrwał jej się wielki szloch wdzięczności i znów ukryła twarz w dłoniach. Czy ona kiedyś przestanie płakać? Wina wciągała ją w otchłań wstydu, a Renwick był tak nieprawdopodobnie rycerski.

— Zrobiłem coś nie tak? — zapytał. — Po prostu widziałem, jaka byłaś przybita, że bez nich nie możesz czytać. Chciałem znów zobaczyć cię szczęśliwą.

Czy mógł być jeszcze cudowniejszy? Czy miał pojęcie, jak podle go zdradziła w ciągu jednego dnia od chwili, gdy odsłonił przed nią duszę?

— Przymierz — ponaglił, podając jej parę.

Założyła, lecz łzy natychmiast je zaparowały. Podał chusteczkę, otarła twarz i spróbowała ponownie. O, nie, w tych wszystko pływało. Odłożyła je.

Następna para była niezła i widziała więcej detali w jego twarzy. Chwyciła leżącą obok książkę i mogła odczytać tekst, jeśli trzymała ją dalej. Te mogłyby się sprawdzić, gdyby inne się nie nadały.

Trzecia para była idealna, może nawet odrobinę lepsza niż rozbita, i znów zebrało jej się na płacz nad tym niezwykłym gestem. Jego twarz lśniła szczęściem przed nią, piękna w każdym szczególe. Widok jego dobrego oblicza tylko pogłębił jej poczucie winy. Czy powinna się teraz przyznać i mieć to z głowy? Ale złamałaby mu ducha i zniszczyła ten najpiękniejszy moment.

— Te są doskonałe — zdołała wychrypieć, a jego promienny uśmiech sprawił, że świeże łzy spłynęły jej po policzkach.

— Doprawdy, panno Baxter — zganił łagodnie — nie jechałbym tak daleko, gdybym wiedział, że mój prezent zamieni cię w fontannę!

Całkiem mylnie to odczytywał, ale skoro był szczęśliwy, trzeba mu pozwolić cieszyć się tą chwilą. Wyznanie teraz unieszczęśliwiłoby i jego. Mogła tylko pokręcić głową i osuszyć oczy jego chusteczką.

Pokręcił życzliwie głową i powiedział, że chyba i ją bierze przeziębienie, powinna więc wieczorem porządnie odpocząć zamiast mu dotrzymywać towarzystwa.

O tak, te słynne przeziębienia krążące po zamku Alston. Okropnie zaraźliwe, wmawiała sobie ponuro.

— W końcu do Nocy Trzech Króli musisz być zdrówka, a to już niemal jutro — rzekł.

Teraz już całkiem ją zbił z tropu. — Nocy Trzech Króli? Dlaczego?

— Ach, zapominam, że nie jesteś stąd — odparł z promiennym uśmiechem. — Mamy wielką tradycję Nocy Trzech Króli: przy stole ma być dokładnie dwunastu gości, ani więcej, ani mniej, a ja zaplanowałem, byś była jedną z dwunastu.

Uśmiechnęła się blado, zastanawiając się, jakim cudem do tego czasu opanuje zamęt w sercu. — To dla mnie zaszczyt — wyszeptała.

— To przyjemność gościć cię tutaj. Chodź, panno Baxter, odprowadzę cię do pokoju i zawołam Mrs Ellwood, nie wyglądasz najlepiej. Czy zbyt się przemęczyłaś na schodach? Dlatego wróciłaś na krzesło?

— Tak, niestety, za dobrze się bawiliśmy, grając na górze. George i Richard byli tacy troskliwi, pomagali mi zejść po schodach. Musiałam się przeforsować.

Lekko się zmarszczył. — Trzeba ci lodu? Tego akurat pełno tuż za progiem.

— Może i tak — odparła.

— Odstawię cię do pokoju i zawołam Mrs Ellwood — co też bezzwłocznie uczynił.

Przyszła Mrs Ellwood z Morag, którą natychmiast wysłano po wiadro śniegu. Mrs Ellwood krzątała się i gdakała jak kwoka, a potem urządziła całe przedstawienie, wypraszając jego lordowską mość, bo miały wszystko pod kontrolą.

Gdy tylko hrabia wyszedł, Mrs Ellwood spytała: — Wszystko w porządku?

— Nic nie powiedziałam — wyszeptała Marie.

— Dziękuję — odparła cicho gospodyni.

Gdy wróciła Morag, zabrały się za okładanie kostki lodem i zimno bardzo pomogło.

Mrs Ellwood znów wyjęła buteleczkę z laudanum i uniosła pytająco brew.

— Już jest o wiele lepiej. Wstrzymam się.

Morag nuciła cicho pod nosem, nieświadoma niepokoju towarzyszek. Marie była niemal zazdrosna.

Kiedy zdjęły lód, kostka naprawdę czuła się lepiej. Mrs

Ellwood i Morag pomogły jej się przebrać do snu i Marie była wdzięczna, że znów została sama.

Teraz mogła się już porządnie potaplać w samonakręconej niedoli.

W następnych dniach kostka poprawiła się na tyle, że podeszła pod drzwi bliźniaków, by z nimi porozmawiać, lecz żaden nie chciał z nią mówić. Ledwie odzywali się do pana Charlesa, który z niepokojem mruknął, że mówią tylko do siebie jakimś dziwnym, wymyślonym językiem, który nazwał „mową bliźniaków".

— Nie używali jej od śmierci matki — mruknęła ponuro Mrs Ellwood, z ukosa zerkając na Marie.

— Czy z tobą już rozmawiają? — spytała Marie gospodynię, gdy pan Charles wyszedł.

— Nie. — Mrs Ellwood opadła na krzesło, z głęboką troską na twarzy. — Nie wiem, co robić, panno Baxter! Przynajmniej znowu zaczęli jeść, to dobry znak, nieźle mnie wystraszyli, jak przez pierwszy dzień czy dwa nic nie tknęli! Ale słowa nie powiedzieli ani panu Charlesowi, ani lordowi Renwickowi.

— Myślę — powiedziała Marie powoli, gorąco licząc, że ma rację — że oni to przepracowują między sobą. Mają siebie, a mówi się, że bliźnięta mają dziwną więź. Może siebie nawzajem im wystarczy.

— Niech Bóg ma w opiece, panno Baxter, oby tak było. — Gospodyni otarła kącik oka fartuchem.   Ci chłopcy są dla mnie wszystkim. A ja nie chcę stracić posady, gdzież ja pójdę w moim wieku?

— Przyjedziesz do mnie — powiedziała stanowczo Marie. — Podam ci mój adres i jeśli kiedykolwiek będziesz w potrzebie, napiszesz do mnie, a ja zapłacę ci za podróż do Hertfordshire. Moje siostry i ja damy ci referencje i znajdziemy ci zacną posadę u porządnej rodziny.

Mrs Ellwood zdołała się uśmiechnąć. — To bardzo miło z twojej strony, panno.

— To najmniej, co mogę zrobić! — nalegała Marie, doskonale wiedząc, że gospodyni nie byłaby w takiej opałowej sytuacji, gdyby to ona nie dociskała o szczegóły. — Ale już mówiłam: wezmę winę na siebie. Jego lordowska mość mnie nie zwolni, bo nie jestem w jego służbie. A to naprawdę wszystko moja wina.

— I tak nie powinnam była nic mówić. Ale wiesz, to była niemal ulga po tylu latach to z siebie wyrzucić. — Mrs Ellwood pokręciła głową. — Za wielki sekret, żeby go trzymać na zawsze, tak my zawsze z panem Martinem mówili. Chłopcy i tak kiedyś musieliby się dowiedzieć. Może lepiej teraz, póki młodzi i odporni.

Odporni czy nie, Marie sądziła raczej, że wcale nie musieliby, ale nie zaprzeczyła, rozumiejąc, że Mrs Ellwood dźwiga niemal tyle samo winy co ona sama.

— No dobrze. — Mrs Ellwood klasnęła w dłonie, ucinając temat. — Morag i ja wybrałyśmy ci inną suknię na dzisiejszą Noc Trzech Króli. Pomóc ci się ubrać?

— Jest różowa?

— Nie i pogadam z jego lordowską mością, żeby się pozbyć

z tego domu każdego śladu tego cholernego koloru, możesz mi wierzyć! — Mrs Ellwood przytaknęła z zapałem. — Zniosę te suknie do Carlisle i sprzedam, tak zrobię. Ani odrobiny różu nie zostawię!

Jej zacięta mina rozśmieszyła Marie, a potem Mrs Ellwood wyjęła suknię tak piękną, że Marie aż z wrażenia sapnęła. Była z miękkiej, srebrzystej szarości, z ciemniejszym szarym haftem na całej spódnicy i cudowną białą koronką brukselską przy mankietach.

— O mój Boże — Marie dotknęła z czcią koronki. — Jaka piękna! — Założy tę suknię i będzie delektować się każdą chwilą. To może być ostatni raz, gdy dane jej będzie nosić takie stroje.

— Przymierzmy ją, panno.

Suknia leżała bardzo dobrze, jak i poprzednie, wymagała jedynie tu i ówdzie drobnego podłożenia igłą Mrs Ellwood, by była na Marie idealna. Zakręciła się, a jedwab i atłas zaszeleściły kosztownie wokół nóg. — Dziękuję ci, Mrs Ellwood. — Pochwyciła gospodynię w porywie serca. — Byłaś dla mnie tak dobra od pierwszej chwili. Wspaniale było znaleźć tu taką przyjaciółkę.

— Ach! — Mrs Ellwood odwzajemniła uścisk, rumieniąc się. — To przyjemność cię tu mieć, panno Baxter. Wywołałaś na twarzy jego lordowskiej mości więcej uśmiechów przez te tygodnie, niż widziałam u niego od chłopięcych lat, mówię ci szczerze.

Marie trudno było w to uwierzyć, ale i tak przytuliła te słowa do serca. Ostrożnie, z ledwie wyczuwalnym utykaniem, udała się do wielkiej sali. Polano bożonarodzeniowe miało już ostatnie kilka cali, ale wciąż się tliło — dobry znak na nadchodzący rok.

Wchodząc, ucieszyła się, widząc rodzinę państwa Charlesów; starsi państwo Charlesowie ze swoim wysokim starszym synem rozmawiali z Renwickiem. Na szezlongu siedziały dwie starsze panie, a Renwick podszedł, by przywitać Marie, i zaprowadził ją, by przedstawić damy jako panny Tully, siostry mieszkające w Alston.

— Były niegdyś bliskimi przyjaciółkami mojej matki — powiedział Renwick, uśmiechając się do obu pań.

— I to jak! — panna Agnes Tully, starsza z sióstr, rozpromieniła się do Marie. — A Renwick opowiadał nam o twojej księgarni, moja droga! Usiądź i opowiedz wszystko.

Oczarowana i mile przypomniana o drogiej pannie Yates z Hatfield, Marie przyjęła miejsce między siostrami i z radością pogrążyła się w rozmowie o książkach. Miało to ten uroczy skutek, że czuła się tylko odrobinę mniej winna za krzywdę wyrządzoną George'owi i Richardowi.

Młodszy pan Charles zjawił się i został entuzjastycznie przywitany przez rodziców i brata; Morag wsunęła się, by roznosić napoje, i bezceremonialnie wpatrzyła się w starszego z braci, Andrew, który z uśmiechem wpatrywał się w nią tak samo. Obserwowanie tej pary zapowiadało się całkiem zabawnie, pomyślała Marie, a panny Tully też bynajmniej nie zignorowały młodziutkiej pary.

Wkrótce ogłoszono przybycie ostatniej czwórki gości do kompletu dwunastu na kolację: rodziny Stamfordów, o których panna Elsie Tully szepnęła, że to najbliższa okoliczna rodzina ziemiańska. Przystojne małżeństwo w średnim wieku,

sir Malcolm i lady Stamford, młodzieniec może osiemnasto-
letni i bardzo śliczna młoda dama około dwudziestki. Jedno
spojrzenie na jasne loczki, błękitne oczy i różową suknię panny
Stamford sprawiło, że Marie się skrzywiła; nieprzyjemnie przy-
pominała ostatnią hrabinę, pomyślała.

Renwick jednak nie zdawał się dostrzegać podobieństwa,
kłaniając się uprzejmie nad dłonią panny Stamford.

Przy stole Marie usadowiono między młodym panem
Stamfordem, który zdawał się całkiem oniemiały i skupiał się
wyłącznie na jedzeniu, a panem Andrew Charlesem, który
spędził wieczór, gapiąc się na Morag, ilekroć służąca była w pokoju. Przed nudą ratowała Marie tylko panna Agnes Tully
naprzeciwko, która nie trzymała się konwenansu rozmowy
wyłącznie z sąsiadami, lecz prowadziła ją do całego stołu.

Na czele stołu po obu stronach lorda Renwicka siedziały
panna Stamford i lady Stamford, a Marie nie mogła się
powstrzymać od zerknięć w tamtą stronę, zwłaszcza że głośne
chichoty panny Stamford regularnie rozbrzmiewały. Renwick
wydawał się świetnie bawić w towarzystwie młodej damy. Ona
z pewnością była zachwycona jego uwagą, sądząc po uśmie-
chach oplatających jej śliczną twarz.

Co ty wyprawiasz, Renwick? Powielasz ten sam błąd!

Zaraz potem Marie zganiła się w duchu. Skrajnie mało
prawdopodobne, by panna Stamford miała cokolwiek wspólnego z poprzednią hrabiną poza blond urodą i upodobaniem
do różu, a Marie byłoby nieładnie tak przypuszczać.

Jednak wyglądało na to, że Renwick ma słabość do bardzo
konkretnego rodzaju piękna, z którym Marie sama miała
niewiele wspólnego. Czuła się przy pannie Stamford jak bure

wróbelki przy łabędziu, a do tego młodsza dziewczyna zdawała się lubić być w centrum uwagi.

A potem, rzecz jasna, to panna Stamford trafiła na ziarno bobu w cieście i została ogłoszona królową wieczoru. Marie zaczęła czuć się zupełnie niewidzialna. Nie tylko dlatego, że śliczna blondynka ledwie raczyła ją zauważyć przy przedstawieniu, a potem już nawet na nią nie spojrzała. Nie patrzyła na nikogo poza Renwickiem, a on był jak najbardziej skory odwzajemniać uwagę.

Starszych państwa Stamfordów wyraźnie to zachwycało; wymieniali spojrzenia pełne zadowolenia i zmówione uśmieszki. Jasne jak słońce, że liczyli na to, iż ich córka zostanie następną hrabiną.

Po kolacji, zamiast rozdzielenia pań i panów, Renwick zaprosił wszystkich do salonu muzycznego, gdzie bliźnięta miały zejść i dać krótki bis swojego koncertu kolęd. Marie zajęła miejsce przy fortepianie z lekką obawą — nie ćwiczyli od dni, odkąd chłopcy podsłuchali jej rozmowę z Mrs Ellwood — ale niepotrzebnie. Bliźnięta wykonały swoje partie idealnie, a na koniec obaj obdarzyli ją małym uśmiechem.

Panna Stamford próbowała zrobić wokół chłopców wielkie zamieszanie, ale było widać, że nie czują się dobrze z takim zainteresowaniem ze strony obcej osoby, której nigdy nie poznali, i szybko schowali się za fortepianem.

— Kto to jest? — wyszeptał z niepokojem George do Marie.

Dzięki Bogu, George znów do niej mówił, choćby tak.

— Sąsiadka, panna Stamford.

— Wygląda jak... — Richard spuścił wzrok, po czym zerknął na Marie ukradkiem. — Wiesz.

Richard też mówił — cud Nocy Trzech Króli. — Czy to źle? — zapytała Marie łagodnie, postanowiwszy nie nastawiać chłopców przeciw pannie Stamford. Jeśli będzie dla nich miła i przypomni im matkę, może ślub Renwicka z panną Stamford byłby dobrym wyjściem?

— Tak — odparł George.

Ojej. Szeptem spytała: — Przepraszam? — Mrugnęła i rozejrzała się. Nikt nie stał dość blisko, by usłyszeć. — Dlaczego to byłoby złe?

George i Richard spojrzeli po sobie, a George powiedział cicho: — Mama się nami nie przejmowała! Obchodziło ją tylko, żeby być piękną i podziwianą. Prawie jej nie znaliśmy! Zawsze zajmowały się nami guwernantki, a potem, jak mieliśmy sześć lat, wysłała nas do szkoły, żeby się nas pozbyć!

Marie naprawdę nie wiedziała, co powiedzieć. Spojrzała na dwóch młodych chłopców przed sobą, niemal równych jej wzrostem mimo wieku, i zrobiło jej się ich rozpaczliwie żal. Matka, która ich nie chciała, ojciec, który nie wiedział, czy w ogóle jest ich ojcem — jak na całe ich przywileje i wysokie urodzenie, byli postaciami tragicznymi.

— Pójdziecie ze mną? — spytała cicho.

Skinęli i poczuła, jak lody między nimi topnieją niemal namacalnie. Ujęła ich za ręce i zaprowadziła do sąsiedniego pokoju, do swojej sypialni-salonu. — Mam dla was prezenty na Noc Trzech Króli.

Ale jak? — Oczy Richarda zrobiły się okrągłe, gdy wyjęła dwa pakunki, owinięte w brązowy papier, o który wybłagała Mrs Ellwood. — Przecież nie mogłaś chodzić po sklepach!

— Zrobiłam je. — Podała paczki, a chłopcy spojrzeli po sobie i z zapałem zabrali się do rozpakowywania.

W środku każdy z nich znalazł szalik, nad którym Marie spędziła długie godziny.

— Są cudowne — powiedział cicho George, patrząc na swój — niebieski, pod kolor oczu — po czym rzucił go na szezlong, pobiegł, objął Marie i mocno przytulił. — Dziękuję ci bardzo.

— Cała przyjemność po mojej stronie. — Odwzajemniła uścisk, szczęśliwa, że napięcie między nimi jakby pękło. Znów byli przyjaciółmi i świat wrócił na właściwe tory. Richard owinął szyję rdzawym szalikiem i dołączył do uścisku, uśmiechając się od ucha do ucha.

— My nie mamy nic dla ciebie — powiedział Richard.

— Daliście mi wspaniałe prezenty: wasze towarzystwo, to, że podzieliliście się ze mną domem, i wasze piękne piosenki na nasz koncert. Niczego więcej bym nie chciała. — Marie potargała jego ciemne włosy. Zawahała się. — Co do tego, co słyszeliście tamtego dnia... — zaczęła.

Natychmiast obaj się wycofali i odsunęli.

— Nic nie słyszeliśmy — powiedział Richard.

— Ani słowa — przytaknął George.

— Ale...

Ich twarze stężały i spoważniały i wyglądali dokładnie jak Renwick, gdy coś go zirytowało. Coś podpowiedziało Marie, że na ten temat nie wydobędzie z nich już ani słowa.

— Dobrze — powiedziała. — Życzę wam obu szczęśliwej Nocy Trzech Króli... a teraz hyc do łóżek.

Znów się rozpromienili, przytulili ją i pomknęli, zostawiając Marie z myślą, czy zamierzają dochować tajemnicy na zawsze. Jeśli tak, Mrs Ellwood będzie bezpieczna, dzięki Bogu... a ona sama może zachowa dobrą opinię Renwicka — przynajmniej na tyle, by dalej zamawiał w księgarni po jej powrocie do domu. I tego jedynie może oczekiwać, zganiła się surowo, gdy wróciła do salonu muzycznego i zobaczyła pannę Stamford, jak śmieje się do Renwicka, opierając dłoń na jego ramieniu.

Resztę wieczoru Marie spędziła dość nieszczęśliwie, patrząc, jak panna Stamford monopolizuje uwagę Renwicka, osładzane tylko tym, że pan Andrew Charles podszedł do Renwicka całkiem śmiało i poprosił o pozwolenie na zaloty do służącej Morag Campbell — podczas gdy Morag była w pokoju!

Renwick wyglądał na wielce rozbawionego i odparł, że oczywiście może, na co Morag głośno oznajmiła, że nie ma potrzeby żadnych zalotów, niech natychmiast każą wikaremu ogłosić zapowiedzi.

Marie była już wystarczająco osłuchana z mową Morag, by pojąć większą część, i zachichotała w dłoń. Panna Stamford wyglądała na osłupiałą i zagubioną.

— Chyba że zechcesz odwiedzić moich krewnych za granicą i wziąć ślub na kowadle, a wtedy nie trzeba by czekać na zapowiedzi wcale? — promiennie zwróciła się Morag do Andrew.

Stamfordowic wyglądali na zgorszonych i skołowanych, ale

panny Tully zdawały się chwytać o wiele więcej i były zachwycone, widząc taki wartki romans na własne oczy. Pan John Charles w szczególności wyglądał na szczęśliwego za starszego brata, unosząc bez słów kielich z gratulacjami.

Renwick spotkał spojrzenie Marie w chwili wspólnego rozbawienia i odwzajemniła mu uśmiech, ale zaraz potem jego uwaga znów przylgnęła do panny Stamford, która, jako królowa wieczoru, oświadczyła, że nic nie sprawi jej większej przyjemności, niż jeśli zagrają w karty, a Renwick ma być jej partnerem.

Dopiero gdy wszyscy się pożegnali i rozeszli, a Marie rozbierała się i kładła do łóżka, uświadomiła sobie, co to za uczucie dręczy ją od momentu, gdy śliczna, jasnowłosa panna Stamford weszła i pomknęła prosto do Renwicka.

— Jestem zazdrosna — wyszeptała do siebie, przerażona. — O nie. O nie, nie, nie... — bo przeczytała dość powieści, by rozumieć, że zazdrość o mężczyznę znaczy, iż serce jest bardzo zamieszane.

Nie mogę być w nim zakochana. Absolutnie i na pewno nie mogę!

— Za bardzo protestuję, jakby to ujął poeta — mamrotała nieszczęśliwie do siebie.

On nigdy się z kimś takim jak ja nie ożeni. No i co z tego, że pocałował mnie dwa razy? Pewnie całował setki dam. Ożeni się z kimś ładnym, bogatym, najlepiej z tytułem, a nie z córką właściciela księgarni!

Łzy zaczęły spływać po policzkach Marie i naciągnęła kołdrę na głowę.

Przynajmniej kostka już nie bolała, w przeciwieństwie do serca.

ROZDZIAŁ 17

Pożegnanie z Alston

A tak samopotępienia u Marie nie trwał długo. Nie dlatego, że sama sobie wygłosiła surową przemowę ani że zwierzeniami ulżyła duszy, lecz dlatego, że przybył list niosący o wiele bardziej druzgocące wieści, które ustawiły jej introspekcję we właściwej perspektywie.

Ktoś próbował podpalić księgarnię! Przeczytała list jeszcze raz, za drugim razem czując jeszcze większy niepokój i strach.

— Muszę wracać do domu — powiedziała do lorda Renwicka, pokazując mu list. Byli w bibliotece, a on siedział wygodnie. Marie usiłowała usiąść, lecz nie mogła usiedzieć w miejscu. Wstała, opierając ciężar ciała na zdrowej nodze, i spleściła dłonie. Potem podwinęła spódnice i znów usiadła, a tkanina drażniła jej skórę.

Potrzebę ucieczki potęgowało także jej własne niestosowne zachowanie, lecz przede wszystkim była śmiertelnie zaniepokojona o siostry. Odległość między Kumbrią a Hertfordshire nigdy nie wydawała się tak wielka.

Znowu wstała i nagły ból przeszył kostkę, więc znów usiadła.

— Widzę, że jest pani niespokojna — powiedział, czytając list, który mu podała.

Ogarnęła ją panika, że list może zawierać wzmiankę o nim jako o Hrabim Wymagającym; nie przeczytała go uważnie, była zbyt roztrzęsiona, by to sprawdzić, zanim mu go wręczyła. Czas płynął powoli, gdy śledziła jego twarz, wypatrując oznak urażenia.

Dzięki niebiosom, nie dostrzegła żadnych.

Podniósł wzrok i wyglądał na bardziej zatroskanego o nią niż o treść listu. — Śniegu jest tyle, że niepodobna byłoby ruszyć się pani samej. I choć bardzo się pani stara to ukryć, kostka wciąż nie jest całkiem wyleczona.

— Jestem dość zdrowa, by podróżować — odparła, wiercąc się i podciągając okulary na nosie.

— Niewątpliwie — rzekł, zerkając na nią od stóp do głów. — Ale wsiadanie i wysiadanie z powozów oraz wchodzenie po schodach, nawet w najlepszych zajazdach, zniweczy całe moje dobre dzieło.

Uprzejmie parsknęła śmiechem. — Całe *pańskie* dobre dzieło. Rozumiem.

— Wiem, że te wieści są przykre. — Jego twarz wypełniła troska o nią, co wywołało ciepłe trzepoty gdzieś pod żebrami. — Ale dyliżans pocztowy będzie stanowczo zbyt wyboisty. Już postanowiłem odwieźć chłopców do Eton osobiście. Możemy wszyscy jechać moim powozem.

— To będzie wygodne, dziękuję — zdołała powiedzieć. Wspominał już wcześniej, że mogliby wszyscy podróżować

razem. Teraz to potwierdził i był zdecydowany, by jechała
z nimi, a nie wyjeżdżała natychmiast.

— Zatem postanowione. Planuję też spotkać się w Londynie z moim rządcą interesów. Możemy jechać przez Hatfield,
a przyznaję, mam ku temu pobudki własne.

Te ciepłe trzepoty ogarnęły ją do głębi, a usta jej zaschły.

Uśmiechnął się i powiedział: — Chciałbym samemu przejrzeć Baxter's Fine Books, tyle dobrego o niej słyszałem.

Był w tym taki miły, że tylko przypomniało to Marie, jak
bardzo jest winna, iż zdradziła go George'owi i Richardowi.

— Podróż pańskim powozem będzie o wiele wygodniejsza
i jestem za to wdzięczna.

— Proszę odpisać pannie Louise, a ja nadam list niezwłocz-
nie; powinien dotrzeć kilka dni przed nami, więc przynajmniej
zapewni ją pani, że jest już pani w drodze.

Uczyniła tak właśnie, po ponownym przeczytaniu listu.

Skoro jego lordowska mość uspokoił ją co do komfortu
podróży, przeczytała list z nieco innego punktu widzenia. Nie
był tak alarmujący, jak sądziła na początku, choć wciąż głęboko
niepokojący.

*W Hatfield wszystko w porządku, choć ktoś istotnie próbował
podpalić sklep. Pan Jackson uważa, że sprawcą może być żołnierz
po powrocie z służby, i zamierza to zbadać. Został nam jeden
kociak, istny łobuz, który pod każdym względem przypomina
Crafty'ego, z wyjątkiem białych łat. Wkrótce wytępi myszy
w Alston, a śmiem rzec, że i w całej Kumbrii, szybciej niż Szczu-
rołap. Zaczęłyśmy wołać na niego Pie.*

Marie przez chwilę wytężała pamięć, próbując dociec, kim

może być ów pan Jackson. Zastanawiała się, czy Louise nie miała na myśli pana Johnsona, który pracował w drukarni. Lecz dlaczego miałby cokolwiek badać, wykraczało poza jej pojęcie. Tak czy inaczej, szybko napisała odpowiedź, by dać Louise i Bernadette znać, że wkrótce wróci powozem lorda Renwicka, a jeśli w międzyczasie dotrą nowe książki, niech je odłożą, by mógł je kupić, zanim zamieszczą kolejne ogłoszenie w *The Times*.

Podczas południowego posiłku chłopcy byli podekscytowani tym, że Marie będzie z nimi jechała powozem, i przeszli z francuskiego na angielski, by wyrazić radość. Przeszli też na jakąś inną gadaninę, której Marie nie rozumiała. To zapewne ten tajny język, o którym wspominał pan Charles.

— Ja również pojadę — oznajmił lord Renwick.

— Och, tato! Cudownie! — zawołali. Wyskoczyli z miejsc i rzucili mu się w ramiona w miażdżącym uścisku.

— Uff! — mruknął Renwick, po czym się roześmiał. — Spokojnie, chłopcy, panna Baxter nadal będzie wymagać, żebyście po drodze mówili po francusku.

Marie zachichotała, zasłaniając usta dłonią.

— C'est bien dommage — powiedział George. *To doprawdy szkoda.*

Między nią a chłopcami panowało jakby niewypowiedziane porozumienie. Próbowała jeszcze raz porozmawiać z nimi o okropnych wieściach, które podsłuchali, ale nic chcieli. W powozie miał z nimi jechać również pan Charles i wątpiła, by poruszyli ten temat otwarcie w jego obecności.

Marie odparła: — Vous l'avez très bien dit. *Ładnie to ująłeś.*

Niespodziewanie ścisnęło ją w piersi na myśl, że może już nie zobaczy chłopców, gdy tylko wróci do Hatfield. Na samą myśl czuła nadciągający ból głowy. Będzie tęsknić za Georgem i Richardem jak za własną rodziną.

Będzie tęsknić za wszystkimi.

Dzień wyjazdu nadszedł stanowczo zbyt prędko jak na upodobanie Marie. Powinna skakać z radości, że wreszcie jedzie do domu, lecz gdy powoli składała swoje rzeczy do neseseru, odkładając pożyczone suknie do zwrotu, z trudem powstrzymywała łzy.

— Proszę pozwolić, panno, że ja to zrobię — odezwała się za nią pani Ellwood.

— Och, potrafię spakować się sama — odparła Marie.

Chciała się wypłakać w ten cudowny, gołębi sukienny cud, który miała na sobie w Noc Trzech Króli, ale nie mogła znieść myśli, że by go uszkodziła.

— To żaden kłopot, panno. A dlaczego te suknie leżą na osobno? Chyba nie zamierza ich pani zostawić? — Pani Ellwood wsparła ręce na biodrach i zmarszczyła brwi na Marie.

— Przecież były tylko pożyczone...

— Pragnę, by wiedziała pani, że jego lordowska mość polecił mi rozdysponować garderobę jej ladyship wedle mego uznania, a wedle mego uznania te suknie są teraz pani. Są dużo cieplejsze i bardziej odpowiednie do podróży zimą niż ta cienka rzecz, w której pani przyjechała! — Pani Ellwood fuknęła wspaniale.

Wobec tak stanowczego odparcia argumentów Marie była przymuszona ustąpić i pozwoliła pani Ellwood pomóc sobie włożyć suknię w kolorze rdzy, która stała się jej ulubioną, a na ramiona zarzucić pelerynę podszytą króliczym futrem.

— Oto i gotowe — rzekła pani Ellwood, sprawnie składając pozostałe trzy suknie i wkładając je do neseseru. — Wygląda pani prześlicznie, panno Baxter.

Ku zdumieniu Marie wargi gospodyni zadrżały, a oczy zalśniły łzami.

— Będzie nam pani brakowało — wychrypiała pani Ellwood.

Oczy Marie zapiekły. — Och, pani Ellwood! — Sama mając ściśnięte gardło, rzuciła się gospodyni na szyję i mocno ją uścisnęła. — Mnie też będzie państwa brak, i to bardzo. Będę pisać regularnie, a pani musi mi obiecać — rzuciła szybkie spojrzenie ku otwartym drzwiom i ściszyła głos — że jeśli Renwick kiedykolwiek zrzuci na panią winę za to, co chłopcy podsłuchali, niech mi pani natychmiast da znać, a zrobię wszystko, co w mojej mocy.

— Obiecuję, panno Baxter — zapewniła pani Ellwood, odwzajemniając uścisk.

— Jest pani gotowa? — Pan Martin stanął w drzwiach i lekko chrząknął, widząc obejmujące się kobiety. — Ach, wybaczyć paniom.

— Jestem gotowa, panie Martin. — Marie puściła panią

Ellwood i uśmiechnęła się do lokaja, kiwając głową, gdy podszedł, by podnieść jej bagaż. — Chciałam panu także podziękować. Był pan dla mnie niezwykle uprzejmy, a mój pobyt w zamku Alston dzięki panu będzie wspomnieniem, które zawsze będę pielęgnować.

Pan Martin wyglądał na poruszonego i wyjąkał coś o zaszczycie z powodu jej uznania, rumieniąc się całkiem mocno. Gdy wyprzedzała go, wychodząc na korytarz, Marie byłaby przysięgała, że usłyszała, jak mówi do pani Ellwood: — Jego lordowska mość to skończony idiota, jeśli pani mnie pyta — ale to chyba niemożliwe; tak bardzo formalny, żeby nie powiedzieć wyniosły pan Martin nigdy by czegoś takiego nie powiedział!

Renwick, bliźniacy i pan Charles czekali na nią w holu, powóz stał u stóp schodów na zewnątrz i już po chwili Marie znalazła się na siedzeniu przodem do kierunku jazdy, z Richardem po jednej stronie, Georgem po drugiej, a naprzeciwko siedzieli Renwick i pan Charles.

— Och, patrzcie, wszyscy wyszli, żeby wam pomachać, patrzcie — powiedziała Marie do Richarda i George'a, gdy cała służba zamku Alston zaczęła ustawiać się na schodach, a woźnica zarzucił lejce i konie pochyliły się w uprząż.

— Nigdy wcześniej tak nie robili — zdziwił się George.

— Choć kochają was jak własne, jestem prawie pewien, że nie wam tu przyszli machać, synu — rzekł Renwick, z ustami wygiętymi w rozbawieniu. — I nie mnie również. To hołd dla panny Baxter.

Marie wpatrzyła się w niego z otwartymi ustami, a potem znów w niemal dwudziestoosobowy tłum na schodach, machający i uśmiechnięty. — Do widzenia, panno Baxter! Powodzenia, panno Baxter! — doleciały ją odległe okrzyki, gdy powóz ruszył.

— Lepiej proszę pomachać — powiedział Renwick, więc pomachała, niemal odruchowo, odwracając się, by patrzeć przez tylne okno, aż minęli zrujnowany łuk i tłum zniknął z oczu.

— Ale dlaczego... — zaczęła.

— Zrobiła pani większe wrażenie, niż pani sądzi — odparł łagodnie Renwick.

Naprawdę nie wiedziała, co powiedzieć, lecz na szczęście chłopcy wypełnili ciszę, trajkocząc i wskazując to czy owo w krajobrazie, który mijali.

Marie zdziwiło, że powóz od razu skręcił na południe, a nie na północ, nie kierując się na Alston ani Carlisle, skąd przyjechała. George szybko wyjaśnił, że choć Carlisle jest najbliższym dużym miastem, jechanie tamtędy, gdy właściwie chce się jechać na południe, dodaje do podróży jakieś dwadzieścia mil.

— Bardzo trafne wyjaśnienie — pochwalił lord Renwick. — A teraz proszę to powtórzyć pannie Baxter po francusku.

Marie ukryła uśmiech, gdy George westchnął przesadnie, ale całkiem nieźle wyraził się po francusku, a ona podziękowała mu za objaśnienie.

Zimowe dni były tak krótkie, że nie mogli w świetle dziennym przebywać wielkich odległości, ale dwa razy dziennie zmieniali konie i parli naprzód. Lord Renwick wysłał gońców z wyprzedzeniem i uprzednio zarezerwował konie oraz noclegi w najlepszych zajazdach i hotelach każdego wieczoru, wymagając wszelkich dostępnych wygód, i choć podróż na południe trwała dłużej niż tamta na północ dyliżansem pocztowym, Marie podobała się o wiele bardziej. Może jednak decydowało towarzystwo — pomyślała z uśmiechem, gdy Richard zasnął oparty o jedno jej ramię, a wkrótce potem George o drugie.

— Co to pani dzierga? — zapytał lord Renwick po chwili kojącej ciszy, gdy pan Charles drzemał z głową opartą o wyściełaną burtę powozu.

— Och — Marie spojrzała na dłonie, które od dłuższego czasu nieświadomie przebierały drutami. — To mój własny projekt, mój panie. — Odkładając jeden drut na końcu rzędu, rozwiązała wstążkę od bonetu i uniosła go z jednej strony, odsłaniając okrągłą, dzierganą podkładkę na ucho. — Nazywam je ocieplaczami na uszy. Trzymają uszy w cieple zimą, a przy okazji lekko wyciszają dźwięki. Choć bardzo lubię pańskich synów, nieustanna gadanina bywa męcząca. Te naprawdę pomagają.

⁂

Sebastian wpatrywał się z zachwytem w ten pomysłowy wynalazek. — Cóż za znakomity pomysł, panno Baxter! Powinna pani sprzedać wzór na dzierganie czegoś takiego. Jestem pewien, że któraś z kobiecych gazet byłaby bardzo rada go mieć.

— Nigdy o tym nie pomyślałam! Być może tak zrobię. — Uśmiechnęła się do niego, po czym wróciła do robótki; miękki stukot drutów ledwie przebijał się przez turkot kół i tętent końskich kopyt na zewnątrz.

Zmierzch zapadał, gdy wjeżdżali tego wieczoru do Lincoln

w dobrym czasie i zatrzymali się przed Castle Hotel, gdzie Renwick zawsze się zatrzymywał, przejeżdżając przez miasto. Jutro była niedziela i nie podróżował w niedziele, chyba że sprawa była niezwykle pilna, więc mieli spędzić tu dwie noce i ruszyć dalej w poniedziałek.

Po południu padał deszcz i między miejscem, gdzie stanął powóz, a schodami do drzwi hotelu była kałuża, więc nie wahał się podnieść panny Baxter z powozu, gdy już miała wysiadać, i zanieść jej po schodach.

— Była kałuża — przeprosił, gdy wydała z siebie zabawne, ciche piszczenie. — Nie chciałem, żeby się pani poślizgnęła i może odnowiła uraz kostki; za nic w świecie nie odwiózłbym pani do domu z nową kontuzją!

Nie zaprotestowała, a on ostrożnie postawił ją znów na nogach, gdy znaleźli się w środku. Zaraz podszedł do nich służalczy kierownik hotelu.

— Lord Renwick? Oczywiście, spodziewamy się pana. I rzecz jasna mamy pokojówkę, która będzie asystować pańskiej kuzynce, pannie Baxter...

Dla wygody podróży pozwoliła mu na grzecznościową fikcję pokrewieństwa, choć zaśmiała się też, mówiąc, że nie sądzi, by groził jej uszczerbek na reputacji. Mimo to napisał z wyprzedzeniem do każdego zajazdu i hotelu na trasie, by zapewnili nie tylko pokojówkę, ale i najlepszy oraz najbezpieczniejszy pokój, jaki mogą dać pannie Baxter. Dwa razy inspekcjonował jej pokoje tylko po to, by zażądać zamiany z własnym, bo obsługa była święcie przekonana, że parze w królestwie należy się najlepszy pokój dla siebie.

Jedli w prywatnym pokoju, rzecz jasna, nie tylko po to, by

oszczędzić pannie Baxter spojrzeń pospólstwa, ale i jego synów — oraz jego samego. Nigdy nie lubił tłumów i towarzyszącego im hałasu. Cóż po bogactwie i przywilejach, jeśli nie może dzięki nim oszczędzić sobie sytuacji, których nie znosi? Odprowadzając jednak pannę Baxter bezpiecznie pod drzwi jej pokoju, zaprosił ją do jedynej sytuacji, w której dobrowolnie zniesie tłum.

— Czy zechciałaby pani pójść jutro z nami do kościoła? Katedra w Lincoln jest o kilka kroków stąd i warta odwiedzenia.

— Byłabym zachwycona! — Jej entuzjazm wydawał się zupełnie szczery.

Spędzili uroczy dzień odpoczynku, uczestnicząc w nabożeństwie w olśniewającej katedrze, a potem przechadzając się po mieście, by trochę pozwiedzać. Podziwiali średniowieczny pałac biskupi w cieniu wielkiej katedry, weszli na miejskie mury, a nawet obejrzeli świeżo odsłonięte rzymskie ruiny.

— To fascynujące — powiedziała Marie, z twarzą rozpromienioną, gdy studiowała tabliczkę informacyjną umieszczoną obok fragmentu ruin. — Dziękuję panu za to, panie Renwick. W drodze na północ nic z Lincoln nie zobaczyłam.

— Wielka szkoda. — Pragnął, by mogli zostać dłużej, spędzić więcej czasu na zwiedzaniu miast, przez które mieli przejeżdżać, zwłaszcza Cambridge, gdzie mieli zostawić pana Charlesa, ale musiał dowieźć bliźniaków do Eton na rozpoczęcie semestru.

Starał się nie myśleć o innym powodzie, dla którego chciałby się ociągać i krążyć; o tym, że każda mila przebyta na południe była kolejną milą bliżej rozstania z panną Baxter.

Nazajutrz rano w powozie, gdy znów ruszyli, podała mu coś.

— Co to jest? — zmarszczył brwi na widok granatowego, wełnianego zawiniątka.

— Ocieplacze na uszy. — Wskazała na własne. — Zrobiłam dla pana parę. Proszę przymierzyć.

Sebastian nie umiał do końca wyjaśnić uczuć, które go w tej chwili ogarnęły, gdy uniósł dziergane zawiniątko i zobaczył grube, okrągłe poduszki z wełny oraz pasek, który miał przechodzić przez czubek głowy i pod brodą.

Był hrabią. Ludzie zabiegali o jego względy, odkąd był małym chłopcem, ale nie wydaje mu się, by kiedykolwiek dostał tak osobisty, ręcznie wykonany podarunek, złożony z czystej myśli, że może mu się przydać.

— Dziękuję — powiedział, z sercem pełnym, zdjął kapelusz i włożył ocieplacze, zachwycony, że idealnie pasują na jego głowę. I rzeczywiście nieco wyciszały dźwięki, co szybko stwierdził, gdy George i Richard głośno rozpływali się nad kunsztem panny Baxter.

— Nie miałam okazji dać panu prezentu na Noc Trzech Króli — rzekła Marie, a on znieruchomiał z nagłym przerażeniem.

— Ja pani też miał

— Ależ oczywiście, że tak! — rozcśmiała się i uniosła palec, by postukać w swoje nowe okulary. — I to bardzo użyteczny prezent. Mam wrażenie, że są odrobinę mocniejsze niż moje stare; zdecydowanie łatwiej mi czytać drobny druk.

Pan Charles krył uśmiech i wyglądał przez okno. Z czegoż to się ten jegomość podśmiewał? To Sebastian dostał prezent od panny Baxter, wykonany jej własnymi rękami. Jego własny uśmiech był tak szeroki, że mógłby pęknąć mu od niego policzek. Włożył znów kapelusz i rozparł się na siedzeniu, by resztę dnia spędzić, patrząc na jej twarz, gdy świat brzmiał wokół odrobinę ciszej.

ROZDZIAŁ 18

Powrót do domu

P rzybyli do Cambridge, by odwieźć pana Charlesa, który był w doskonałym nastroju. Nie szczędził podziękowań i pochwał za podróż, która była nie tylko wygodna, ale i nadzwyczaj zabawna. Nie rozwinął jednak tematu, a Sebastian nie dopytywał. Potem pożegnał chłopców i życzył im wszystkiego najlepszego na nowy trymestr.

To dobry człowiek, rozmyślał Sebastian. Przerażające było to, że jedynym sposobem zapewnienia mu utrzymania byłby zgon któregoś z pozostałych wikariuszy. Odpowiedzieć na powołanie Boga — kiedy człowiek tak na to spojrzy — bywało zajęciem okrutnym.

Potem guwerner zwrócił się do panny Baxter i powiedział — Mam szczerą nadzieję, że nasze drogi znów się przetną. Zuchwalec zerknął przy tym na Sebastiana znacząco.

Jeszcze się policzymy!

Gdy teraz było ich czworo w powozie, Richard przesiadl

się na jego stronę i wszyscy mieli nieco więcej miejsca na stopy i nogi.

Sebastian siedział naprzeciwko panny Baxter i musiał wpatrywać się w okna, by nie chłonąć wzrokiem jej widoku. Malował w pamięci portret, lecz nie wypadało się gapić. Jakże dziwne, że w bibliotece potrafili niegdyś dzielić długie, wygodne milczenia, a teraz nie mógł znieść bliskości, nie wiedząc, co powiedzieć.

O rety. Oderwał od niej spojrzenie po raz kolejny i wyjrzał przez okno, postanowiwszy skomentować pogodę i krajobraz, a jednocześnie wreszcie rozpoznając to osobliwe uczucie w żebrach i brzuchu.

Był zakochany.

I nie miał pojęcia, jak się teraz zmieścić we własnej skórze.

To było potwornie niewygodne, a zarazem aż nadto zrozumiałe.

On, Sebastian Panton, hrabia Renwick, był kompletnie zauroczony i beznadziejnie zakochany w pannie Marie Baxter, z Baxter's Fine Books w Hatfield.

Kiedy to się stało, nie było całkiem jasne, ale stało się. Pomiędzy pierwszym a drugim pocałunkiem? Gdy złapał przemokłą biedaczkę na progu swego domu?

Było po nim.

Dlaczego więc nie mógł przestać się uśmiechać?

Znał sposób, by przestać się uśmiechać, a było nim uświadomienie sobie, że do Hatfield było coraz bliżej. Minuty pędziły coraz szybciej, aż w końcu przyjdzie mu pożegnać pannę Baxter.

Kiedy dotarli do Hatfield, ich pokoje w Red Lion były

gotowe. Stajennym i tragarzom zostawili bagaże, a cała czwórka ruszyła prosto do księgarni, która ich ze sobą spleciła.

George i Richard wpadli do środka i ryknęli z zachwytu — Spójrzcie tylko na te wszystkie książki!

Widok tylu książek ogrzał mu serce, lecz jeszcze piękniejsze było zobaczyć, jak Marie obejmuje siostry.

Ich gospodyni, pani Poole, przedstawiła się, gdy siostry tkwiły jeszcze w uścisku. Zdjęła mu kapelusz i rękawiczki i odłożyła na bok.

Trzy siostry miały łzy w oczach, śmiejąc się i przekrzykując nawzajem.

W końcu odsunęły się od siebie i Marie przedstawiła wszystkich. Louise była wyższa i krzepka, a Bernadette — urocza, młodsza kopia Marie, tylko bez okularów. Była też młoda dziewczyna imieniem Ruth, sprzedawczyni, oraz chłopak, którego Marie przedstawiła jako kuzyna Brutus — wyglądał na rówieśnika George'a i Richarda. Chłopcy natychmiast się polubili, a Brutus poprowadził George'a i Richarda na zwiady po sklepie.

Kusiło go, by pójść za dziećmi i zobaczyć, co zbroją, ale naprawdę nie miał dziś ochoty podsłuchiwać urwisów, nie kiedy Baxterówny obiecały mu odłożyć tyle cudownych ksiąg.

A gdzie znajdę inne książki, które poprosiła Pani siostry, by odłożyły dla mnie, panno Baxter? — zwrócił się do Marie.

Leżały w zamykanej szafce pod ladą i Marie wkrótce mu je podała. Omal nie napłynęła mu ślina na widok tomów, które na niego czekały, lecz to by je zniszczyło. Były tu pierwsze wydania, atlasy znanego świata i ręcznie iluminowane manuskrypty z francuskiego klasztoru — dosłownie unikaty. Serce mu się przy nich rozgrzało; potrzebował ich jak smok potrzebuje skarbca. Mógłby siedzieć nad nimi cały dzień, ale nie miał czasu. Zadowolił się więc szybkim oglądem, by sprawdzić, czy każdy tom jest tym, za co go brał, po czym sięgał po następny. Marie stała obok, spisując tytuły w księdze rachunkowej i prowadząc bieżące zestawienie jego wydatków. Jej dwie siostry odsunęły się kawałek dalej, lecz czuł na sobie ich spojrzenia.

Był pewien, że jedna z sióstr Marie mruknęła coś, gdzie padło słowo demanding, a potem jeszcze: ale on jest miły!

Starał się nie słuchać, ale nie potrafił. Był dość pewien, że mówiły o nim. Marie zdawała się ignorować siostry, a on cieszył się, że choć na tę krótką chwilę ma jej uwagę.

Wkrótce uzbierał stos skórzanych skarbów, ale nie był w stanie jeszcze wyjść ze sklepu — ani z towarzystwa Marie. Po prostu musiał przeczesać półki i zobaczyć, co tu jeszcze może się kryć.

Dorzucił kilka kolejnych książek do zakupu. W powozie było aż nadto miejsca na więcej tomów, skoro dalej do Eton jechali już tylko we troje.

George i Richard też znaleźli coś dla siebie i zrobiła się niemała sterta, gdy Sebastian w końcu z żalem poprosił Marie, by wszystko podliczyła.

— Zapakuję je i rano, przed Pańskim wyjazdem, będzie Pan mógł je odebrać — obiecała Marie, a on skinął głową, wdzięczny za pretekst, by zobaczyć ją raz jeszcze.

Sięgając po kapelusz, ze zdumieniem poczuł, że jest jakiś ciężki, a potem z wnętrza wyskoczył czarno-biały kociak i miauknął!

Panna Louise przedstawiła kota jako Pied Pipera, w skrócie

Pie — kociaka, którego trzymały dla niego. Krzepki malec od razu podbił serca chłopców, a Sebastian nie potrafił oprzeć się ich pełnym nadziei minom.

— Czy zatrzyma Pani go dla mnie przez tydzień lub dwa? Wrócę tędy, gdy załatwię sprawy w Londynie — zwrócił się do Marie, starając się nie okazywać zbytniej radości z możliwości ujrzenia jej jeszcze raz. Na myśl, że już jej nie zobaczy, robiło mu się smutno, ale przecież mógł wracać tędy w drodze na północ.

— Oczywiście! Jest Pański. Jestem pewna, że będzie miał cudowne życie, polując na myszy w Alston Castle.

— Pani Ellwood chyba go polubi — powiedział. Wymienili uśmiechy i mógłby wpatrywać się w jej oczy bez końca.

Zabrzęczał dzwonek, a on odwrócił się, widząc, jak do sklepu wchodzi rosły mężczyzna; uśmiech pojawił się na jego twarzy, gdy panna Louise go powitała. Sebastianowi opadła szczęka ze zdumienia — rozpoznał go, choć nigdy by się nie spodziewał ujrzeć go tutaj. To był Jackson, którego znał z czasów pracy w Londynie, w War Office. Nie mógł pojąć, co śledczy wojskowy robi w takim miasteczku jak Hatfield. A swoją drogą, nie był pewien, czy wypada mu publicznie okazywać znajomość, na wypadek gdyby tamten wciąż prowadził jakąś sprawę. Po wymianie grzeczności wiedział już jednak jedno: Jackson zalecał się do panny Louise. Mężczyzna niemal nie spuszczał oczu z najwyższej z sióstr Baxter.

Sebastian doskonale wiedział, co czuł — z tą różnicą, że jego fascynacja dotyczyła siostry w okularach, która właśnie tuliła kociaka Pie i beształa go za to, że zostawił na podłodze niechlujny ślad mysich wnętrzności.

— Jestem głodny, tato — powiedział George, szarpiąc go za rękę, a Richard przytaknął.

Choć bardzo chciał jeszcze nacieszyć się obecnością Marie, jego synowie potrzebowali posiłku i łóżek. Pożegnał więc Baxterówny z niechęcią i wyprowadził bliźniaków z księgarni.

<hr>

Noc spędzili w The Red Lion, a w jego snach pojawiała się szarooka dama w nausznikach. Rano rwało go, by ją znów zobaczyć, a jednocześnie chciał wyjechać jak najszybciej, by nie musieć mówić „do widzenia". Naprawdę tego nie chciał. Potem przypomniał sobie, że to pożegnanie nie potrwa długo, i od razu śniadanie lepiej mu siadło.

Wróci tędy Wielką Drogą Północną z Londynu, zabierze kota i może jeszcze jakieś książki — i nagle dzień wydał mu się jaśniejszy.

Metaforycznie, rzecz jasna — za oknem lało jak z cebra.

Księgarnia była już otwarta, gdy podprowadzili powóz. Jakże wygodnie, że mieściła się tak blisko gospody.

Weszli, by się pożegnać; chłopcy popędzili przodem, by odnaleźć Brutusa i życzyć mu wszystkiego dobrego. Potem obsypali pannę Baxter uściskami i rzucali: — Będzie nam Pani brakować, panno Baxter! — i — Jest Pani wspaniała!

Jej twarz zadrżała od bólu, gdy ich żegnała, tuląc do siebie. — Mam dla was jeszcze jeden prezent do zabrania do Eton — powiedziała, sięgając po kartkę za ladą. — Narysowałam to dla was.

Sebastian przełknął gulę w gardle, gdy rozpoznał temat. To był Alston Castle, od strony odrestaurowanej części.

— O rany! — wykrzyknął George. — Teraz będziemy mogli cały czas widzieć dom.

W oczach panny Baxter zalśniły niewylane łzy; i jemu obraz zamglił się od wzruszenia.

— Musiała Pani stać na śniegu, żeby to narysować — powiedział Richard. — Miała to Pani przez cały ten czas?

Panna Baxter uśmiechnęła się. — Narysowałam to wczoraj wieczorem — powiedziała, ocierając łzy kostkami palców. — Rysowałam z pamięci, ale trochę oszukałam i wstawiłam bałwana na wzgórzu za zamkiem.

— To niesamowite — powiedział Sebastian chrapliwie.

Jej wargi zadrżały na ten komplement. Potem sięgnęła po dwa tomiki i podała je chłopcom. — I proszę, weźcie i te — powiedziała. — Wasz francuski zrobił takie postępy, że pomyślałam, iż mogą wam się spodobać opowieści z Francji. Chłopcy spojrzeli na oprawione egzemplarze i lekko się skrzywili. Były to *Paul et Virginie* Jacques'a-Henriego Bernardina de Saint-Pierre'a oraz *Les Rêveries du promeneur solitaire* Jeana-Jacques'a Rousseau.

— To nie praca domowa, ale pomyślałam, że takie przygody będą dobrym sposobem, by utrzymać wasz francuski w ruchu.

Wymienili szybkie miny — ten ich sekretny bliźniaczy znak — po czym znów rzucili się pannie Baxter na szyję.

— Och, chłopcy, będę za wami tęsknić — powiedziała, pociągając nosem.

— Czy możemy do Pani pisać? — zapytał George z nadzieją. — Po angielsku?

— Oczywiście, tak często, jak tylko chcecie — odparła.

Sebastian chciał zapytać, czy i do niego by pisała, lecz uznał to za niestosowne... dopóki nie uświadomił sobie, że może poprosić ją o informowanie go o nowych dostawach książek, które mogłyby go zainteresować.

— Oczywiście, mój panie. Jak tylko nadejdzie następna skrzynia od mojego ojca — obiecała, gdy wysunął tę prośbę.

Wtedy Louise wręczyła mu duży, starannie owinięty pakunek — jego wczorajsze zakupy — oraz mniejszą paczkę z książkami wybranymi przez chłopców.

Z nagłym ukłuciem uświadomił sobie, że nie ma już żadnego pretekstu, by zostać.

Marie wyszła, by im pomachać na odjezdne. Chłopcy machali jak szaleni przez okna karety, póki całkiem nie zniknęła im z oczu — a wtedy obaj wybuchnęli płaczem.

Sebastian objął każdego z synów i przycisnął ich do siebie. Nie było słów, którymi mógłby ich pocieszyć, skoro sam miał ochotę się rozpłakać.

***

Nędza dopadła Marie na dobre. Następnego ranka zeszła na dół i obejrzała jutę u spodu schodów. Wyglądała na nową i niepostrzępioną. Nie trzeba wymieniać. Podłogi też były wolne od wnętrzności. Westchnęła z wdzięcznością, że nie musi dziś wykonywać akurat tej paskudnej pracy. Dotąd była to robota

Estelle, która przypadła jej po ślubie najstarszej siostry, ale dziś musiały zrobić to Bernadette albo Louise.

Przeszła za ladę, by sprawdzić księgi rachunkowe, pewna, że po jej długiej nieobecności będą wymagały poprawek. Ku jej zaskoczeniu — były aktualne i bezbłędne. Nie rozpoznała charakteru pisma; z pewnością nie była to ręka Louise. Może zatrudniła kogoś w jej zastępstwie?

Pani Poole i Bernadette zeszły przed nią i rozpalały ostatnią lampę oraz ogień, zabezpieczony za składanym parawanem ochronnym. Gdy skończyły, Louise i tak sprawdziła, czy wszystko jest bezpieczne. Potem skontrolowała front sklepu, upewniając się, że tabliczka ubezpieczenia przeciwpożarowego jest solidnie przytwierdzona. Siedziała jak należy.

Mimo że tęskniła za rodziną i potrzebowała wrócić do domu, Marie nie mogła oprzeć się myśli, że tutaj nie ma już dla niej zajęcia.

Dzięki temu, że Felix poślubił Estelle, długi stały się dużo łatwiejsze do ogarnięcia, a na górze była jeszcze Rosie do pomocy. Nie zapominając o Ruth i Brutusie, którzy właśnie w tej chwili weszli z wesołymi uśmiechami. Dbali o porządek na półkach, Ruth uczyła się obsługi klientów i przyjmowania pieniędzy, a Brutus uwielbiał pomagać Louise przy wyrabianiu kleju i naprawach książek.

Gdyby kostka wciąż ją bolała, miałaby gotową wymówkę dla swojego przygnębienia, ale nawet ona zaskakująco szybko się wygoiła.

W ciągu dnia Louise i Bernadette powtarzały jej, by dużo odpoczywała po podróży, bo mają wszystko pod kontrolą.

W tym tkwił kłopot: Marie potrzebowała być potrzebna, a siostry najwyraźniej jej nie potrzebowały.

Niemal życzyła sobie, by znów spaść ze schodów i się poturbować, żeby móc urządzić porządny, zasłużony foch na niesprawiedliwość świata.

Nie kostka dokuczała, tylko serce.

Nie zmrużyła oka, myśląc o Sebastianie. I o chłopcach też. Ale głównie o Sebastianie. Louise i Bernadette co chwila obdarzały ją współczującymi spojrzeniami. Zamiast ją ukoić, tylko ją to złościło — obsypywały ją litością. Nie chciała litości, chciała czuć się potrzebna. Tymczasem ciągle odsyłały ją do pokoju, żeby odpoczęła.

Druty pomagały zabić czas, ale myśli i tak zaraz uciekały do Sebastiana i do tego, jak podziwiał jej nauszniki.

Święte nieba, myślała o nim „Sebastian", a nie „hrabia Renwick". To powiedzenie pani Ellwood o sięganiu dalej, niż rękawy pozwalają, uderzyło ją boleśnie. Najwyraźniej sięgała za daleko, marząc, że hrabia pomyślałby o ślubie z księgarzem.

Nazajutrz, budząc się z bólem głowy, Marie wmusiła w siebie herbatę i tost i zeszła do sklepu.

— Och! — Serce łomotnęło jej w piersi na widok pana Jacksona i Louise całujących się.

Odskoczyli od siebie, zaskoczeni, że zostali przyłapani.

Shaun odchrząknął i mruknął coś o powrocie do rachunków.

Louise roześmiała się. — Lepiej, że to Marie, niż kuzyn Joshua.

Shaun nic nie powiedział, ale ramiona mu zadrżały od stłumionego śmiechu.

Marie prychnęła i ruszyła na górę, a wzrok znów jej się zaszklił.

Doskoczyła do stołu, gdzie pani Poole podała jej bułeczkę z porzeczkami i świeżą herbatę. Nie była w stanie nic przełknąć, a brzuch miała niemal pełen od ilości herbaty, którą pani Poole bez przerwy jej dolewała.

Łzy wreszcie popłynęły i starła je kostkami palców.

Do kuchni wpadła lekko zdyszana Louise. Chwilę potem objęła siostrę mocno ramionami.

Pani Poole uwijała się przy niej i powtarzała, że powinna coś zjeść. — Prawie nie tknęłaś bułeczki z porzeczkami.

Louise powiedziała — Och, Marie, tak mi przykro, że nakryłaś mnie i Shauna na całowaniu...

— Chwileczkę, całowała się pani z panem Jacksonem? — zdumiała się pani Poole, ale Louise zbyła to gestem.

Marie pokręciła głową, łykając szlochy. — Nie o to chodzi, Lou, ja... och, kocham go i... i...

Koniec zdania utonął w morzu szlochu i łez.

— I wróci — powiedziała Louise. — Za kilka dni, po Pie. Zobaczysz go znowu.

Marie znów się rozpłakała i odsunęła bułeczkę oraz herbatę. — Kocham go, ale to niemożliwe. Przecież on jest *hrabią*, na litość boską!

Louise przytuliła ją ponownie. Wróciła Bernadette i obie zaczęły streścić jej wydarzenia z czasu jej nieobecności; większość kręciła się wokół pana Jacksona, który najwyraźniej pomagał Louise przy rachunkach, poza tym, że ją całował. A w miasteczku grasował podpalacz i robił sporo zamieszania, ale zapewniły, że to pod kontrolą.

— Naprawdę życzę ci szczęścia — powiedziała Marie do Louise, gdy znów zaszklił jej się wzrok. — Przykro mi, że zepsułam tę słodką chwilę. Nie chciałam. Wkrótce mi przejdzie. Mam nadzieję.

— Daj sobie tyle czasu, ile trzeba — odparła Louise ze współczuciem w oczach.

Marie otarła twarz chusteczką. — A więc, ty i pan Jackson?

Louise uśmiechnęła się do niej, próbując poskromić szczęście, ale bezskutecznie. Uśmiech miała zbyt szeroki. — Tak, ale trzymamy to w tajemnicy, dopóki on nie schwyta podpalacza.

— Przy tempie, w jakim płaczę, następny pożar można będzie ugasić moimi łzami — powiedziała Marie, usiłując obrócić wszystko w żart i równie żałośnie w tym zawodząc.

Miecz opada

Przejazd dorożką do Eton powinien był upłynąć w radości i gwarze, ale chłopcy byli markotni i posępni. Sebastian sam z trudem trzymał się resztek szczęścia, mimo ośnieżonego krajobrazu, który zazwyczaj pudrował wszystko cichą magią.

Znał oczywiście powód ich nieszczęścia. Marie. Wniosła muzykę i śmiech do ich zimnego zamku i zmiękczyła jego kamienne serce. Iskierką nadziei było to, że po drodze do domu wstąpi jeszcze raz do księgarni. Najpierw, by odebrać kocię, które było już prawie dorosłym kotem, i wziąć więcej książek, jeśli dotarły. Zaczął odliczać godziny do chwili, kiedy znów zobaczy Marie.

Około godzinę przed Eton George i Richard kilka razy szturchali się nawzajem. W końcu George zapytał — Ojcze, czy to prawda z naszą matką i dziadkiem?

Jego ciało zesztywniało z przerażenia i szoku. Pytania

pędziły mu przez głowę i plątały się, ale żadne nie potrafiło wydostać się na zewnątrz.

— Że oni... że dziadek może być tak naprawdę naszym ojcem? — dodał Richard, gdy Sebastian nie mógł mówić. Jakby nie zrozumiał pytania.

Oddychanie stawało się coraz trudniejsze, im dłużej chłopcy na niego patrzyli. Skąd mogli to wiedzieć? Kto mógł im to powiedzieć? Zachrypnięte — Tak — wypadło mu z ust i z całych sił pragnął, by zdołał wymyślić sprytne kłamstwo, które ochroniłoby ich przed tą okropną prawdą.

Oczy chłopców rozszerzyły się, gdy potwierdził ich pytanie.

— Tak mi przykro — powiedział, sam nie wiedząc, dlaczego przeprasza. — Jesteście moimi ukochanymi chłopcami i zawsze będę was kochał.

Broda Richarda zadrżała, gdy cienkim, roztrzęsionym głosem zapytał — Czy to znaczy, że tak naprawdę nie jesteś naszym ojcem?

Mdłości świdrowały mu żołądek, Sebastian miał ochotę zwrócić. — Kto wam to powiedział?

Obaj zatrzasnęli usta.

— Nie jesteście w kłopocie — powiedział. — Obiecuję, że nie. I ta osoba też nie.

— Nikt nam nie powiedział — odparł George. — Podsłuchaliśmy. My... nie wiemy, kto mówił, nie widzieliśmy.

To mogła być prawda, ale najpewniej chronili pracownika, który powiedział za dużo. Znał brzmienie głosów wszystkich mieszkańców Alston i oni też.

— To był męski głos czy kobiecy? — zapytał. Milczeli

i nawet nie chcieli na niego spojrzeć. — Nikt nie jest w kłopocie — powtórzył, ale gdy to mówił, zaczął się zastanawiać, czy to nie Marie się przejęzyczyła. Była blisko prawdy, gdy pytała, czemu traktuje George'a inaczej niż Richarda. Ciężko było jej utrzymywać tajemnice, wypapłała szczegóły Koncertu Bożonarodzeniowego, o którym nie powinien był wiedzieć. To nie był jednak zbrodnia karana stryczkiem, on też podsłuchiwał.

Im dłużej o tym myślał, tym bardziej dochodził do wniosku, że to mogła być tylko Marie. Każdy inny z jego ludzi, kto wiedział, milczał. A jednak teraz chłopcy wiedzieli, a jedyną różnicą było to, że Marie była wtedy z nimi w zamku.

Richard jeszcze coś powiedział, a Sebastian uchwycił koniec jego słów, gdy dudniący puls nieco się uspokoił. — Trzymali się za ręce przy śniadaniu i nie zachowywali przyzwoitego dystansu w bibliotece.

Potem George zadał cios — I dzielili sypialnię.

Ból przeszył mu duszę.

— Nie chcieliśmy podsłuchiwać — zaśpiewali chórem, z oczami pełnymi łez.

— George, Richard — powiedział, bez wahania wymieniając imię starszego syna. Zwykle ucieszyłby się, że mu się to udało, ale nie było czasu, by się gratulować. — Jesteście moimi ukochanymi chłopcami. Zawsze będziecie moimi ukochanymi chłopcami, bez względu na wszystko.

Chłopcy rzucili mu się w ramiona w uścisku pełnym łez i wyznań.

— Nie chcieliśmy nic mówić — powiedział George. — Wiedzieliśmy, że będzie ci przykro.

— Ale musieliśmy wiedzieć — dodał Richard.

Z dzieckiem w każdym ramieniu obejmował ich i zapewniał, że wszystko będzie dobrze, ale musiał być szczery, skoro już zapytali. — Prawda jest taka, że naprawdę nie wiem, kto was spłodził, i nie ma sposobu, by kiedykolwiek to ustalić na pewno.

— Moje imię to zdradza — powiedział George. — Matka nie nazwała mnie po tobie, tylko po sobie i dziadku. Dlatego wymyślałeś tyle zamienników.

Dobry Boże, chłopiec to zauważył. — Nie byłem dla ciebie fair i to się kończy teraz, George'u Francisie. To nie ma znaczenia. Obiecuję, że nie ma. Jesteś moim dziedzicem, obaj jesteście moimi synami, bo ja was wybieram, rozumiesz? *Wybieram was.*

Obaj płakali, tuląc się do niego, mówili, że go kochają i nazywali ojcem. I może po raz pierwszy uświadomił sobie, że naprawdę nie ma znaczenia, kto ich spłodził ani jaką kobietą była ich matka. Bo on *był* ich ojcem.

George i Richard byli *jego*, a biada temu, kto kiedykolwiek ośmieli się pomyśleć o zrobieniu im krzywdy.

Dojechali do Eton i rozstali się w czułych uściskach, obiecując sobie pisać. Ciężko było patrzeć, jak odchodzą, ale w chwili, gdy został sam w dorożce, dał pełny upust kipiącej w nim złości na Marie. Pięknej kobiecie, która go oczarowała, a nie potrafiła trzymać języka za zębami. Świadomie czy nie, jej niewyparzony język skrzywdził jego chłopców.

Nigdy jej tego nie wybaczy.

Jego parszywy nastrój utrzymał się aż do Londynu, gdzie kipiał i gotował się przez kilka dni interesów. Przez chwilę rozważał, czy nie ominąć całkiem Hatfield, ale mogli mieć więcej książek. Książek nigdy mu nie było dość.

A do tego mieli kota, który rozwiąże problem gryzoni w Alston.

Więc skoro już tam zajrzy, przekaże pannie Marie Baxter, co o tym wszystkim myśli!

Minęło siedem dni, odkąd Sebastian wyjechał odprowadzić chłopców do Eton, a Marie nie potrafiła już w najmniejszym stopniu troszczyć się o księgarnię. Siedziała bezwładnie za ladą, bo ktoś musiał pilnować sklepu i w gruncie rzeczy teraz była jej kolej. Jej siostry trzymały warownię przez tygodnie, gdy Marie była poza domem. Bernadette właśnie zanosiła komuś zioła, a Brutus poszedł z nią, by nieść ciężki kosz. Louise wybrała się na spacer ze swoim panem Jacksonem, a pani Poole poszła odwiedzić przyjaciółkę. Jedyną osobą w sklepie poza Marie była Ruth, a Ruth była cichsza niż myszka, przemykała jak blade, małe widmo, odkurzając półki i głaszcząc Crafty'ego i Pie.

Marie bezmyślnie przewróciła stronę w księdze rachunkowej. Pozornie sprawdzała liczby, ale nie znalazła błędu na dwudziestu stronach — pan Jackson, jak się zdawało, był świetny z matematyki. Myśli odpłynęły, gdy patrzyła, jak Pie skrada się przez podłogę księgarni.

Czy Renwick w ogóle wróci po Pie? Zaczynała myśleć, że może nie. Hatfield nie leżało mu po drodze z powrotem do Carlisle, a zabrał ze sobą wszystkie książki, których chciał.

A nawet jeśli wróci, by odebrać Pie, co to zmieni? Nie wraca po mnie.

Może ją pocałował — dwa razy! — ale jasno dał do zrozumienia, że między nimi nic nie może się wydarzyć. Ba, poświęcił ślicznej, jasnowłosej pannie Stamford w jedną noc więcej uwagi, niż Marie w prawie sześć tygodni.

On mnie nie kocha i muszę to przyjąć. Och, jak bolała ta prawda! Serce rwało z bólu.

Zadzwonił dzwonek i Marie westchnęła, podnosząc wzrok, gotowa przykleić uśmiech i spróbować być uprzejmą dla klientów. Uśmiech, który rozkwitł na jej twarzy, był jednak całkiem prawdziwy, bo do sklepu wszedł energicznym krokiem Sebastian.

— Wrócił pan! — Zerwała się na nogi, walcząc z odruchem, by obiec ladę i rzucić mu się w ramiona. Uśmiech jednak nieco jej przygasł, gdy ujrzała jego wyraz twarzy; oczy miał mroczne, usta zaciśnięte w twardą linię. — Aleź, lordzie Renwick, wygląda pan jak burzowa chmura — powiedziała, starając się utrzymać lekki ton, choć żołądek zapadał jej się w dół. — Czy pańska dorożka pękła po drodze na osi?

— Czy możemy porozmawiać? — Sebastian rzucił spojrzenie na Ruth, która zamarła z ręką na sierści Crafty'ego tuż za ladą. — Na osobności?

Marie przełknęła ślinę, bojąc się tego, co się stało. Chłopcy musieli coś powiedzieć. Nie było innego możliwego powodu, dla którego Renwick patrzył na nią tak, jakby chciał jej skręcić kark. — Ruth, czy popilnujesz lady, dopóki Louise nie wróci, proszę? — zapytała, starając się, by głos jej nie zadrżał.

— Tak, panno Marie — szepnęła Ruth, wymykając się na jej miejsce na stołek.

— Proszę na górę. — Choć wolałaby zrobić cokolwiek innego, pora było przyjąć konsekwencje własnych czynów. — Wszyscy inni są poza domem.

Renwick poszedł za nią po schodach bez słowa, choć ciężkie stąpanie jego butów było jak werbel wybijający rytm śmierci wszystkich nadziei Marie. Może tliło się w niej maleńkie pragnienie, że wróci i powie, jak bardzo za nią tęskni, że nie może bez niej żyć; teraz widziała, jak to baśniowe; jak głupia była.

Będzie na mnie grzmiał — całkiem zasłużenie — a potem wyjdzie i już nigdy go nie zobaczę.

— Proszę, niech pan siada — powiedziała, wskazując stół. — Naparzyć panu herbaty?

— Nie, dziękuję. — Spojrzał na stół, wysunął krzesło, ale zaraz pokręcił głową i przeszedł do okna.

Marie usiadła. Miała przeczucie, że w którymś momencie w trakcie tego przesłuchania mogą się pod nią ugiąć kolana, lepiej więc, by już siedziała.

— Na początku nie mogłem w to uwierzyć — powiedział Sebastian, przestając chodzić i odwracając się do niej. — I wciąż nie pojmuję, dlaczego mogłaby pani coś takiego zrobić.

Zawahała się, bo wciąż nie sprecyzował, o czym dokładnie mówi. Pani Ellwood wciąż była narażona, jeśli Marie powiedziałaby coś niewłaściwego. — Do czego dokładnie pan się odnosi, mój panie? — zapytała, starając się wyglądać na opanowaną.

— Do powiedzenia chłopcom prawdy o ich matce! —

warknął, a rumieniec furii wystąpił mu na policzki. — Opowiedziałem pani o Francesce w zaufaniu; nigdy bym nie uwierzył, że mnie pani tak zdradzi!

Nie mogła powiedzieć, że nigdy chłopcom nic nie powiedziała. Myśląc szybko, rzekła — Tak mi przykro, mój panie, wiem, że nie chciał pan, by się dowiedzieli. Mam nadzieję, że nic im nie jest...

— Oczywiście, że nie jest! — krzyknął, a Marie przełknęła nerwowo. Sebastian trzasnął pięściami w stół, pochylając się nad nią. — Po prostu proszę mi powiedzieć dlaczego? — zapytał niemal rozpaczliwie. — Dlaczego miała im pani to zrobić?

Nie zrobiłam! — chciała krzyknąć. Zamiast tego mocno przygryzła dolną wargę i wpatrywała się w niego, powoli kiwając głową, usiłując powstrzymać łzy, które paliły ją pod powiekami.

⚜

Wpatrując się w oczy Marie, pełne łez, czekając, aż się wytłumaczy, Sebastian doznał nagłego olśnienia. Sprowadził go na ziemię obraz na ścianie. Obraz zamku Alston, który najpewniej narysowała z pamięci, tak jak ten, który podarowała George'owi i Richardowi. A jeśli się mylił? Jeśli to nie ona powiedziała chłopcom o ich matce? Uwielbiała ich, wydziergała im szaliki i narysowała podobny obraz domu, żeby mogli na niego patrzeć, gdy będą tęsknić w Eton.

Zdrada chłopców przez Marie była tak nie w jej stylu, że

wręcz niemożliwa. I nagle przypomniał sobie, co chłopcy właściwie powiedzieli.

— *Trzymali się za ręce przy śniadaniu i nie zachowywali przyzwoitego dystansu w bibliotece. Dzielili sypialnię.*

Tego nigdy Marie nie powiedział. Sam nawet o tym nie wiedział; nigdy nie chciał znać żadnych szczegółów tego, co jego ojciec i Francesca wyprawiali.

— Nie powiedziała im pani, prawda? — powiedział powoli i to właściwie nie było pytanie. — Okropnie mi przykro, że panią oskarżyłem — pochopnie wyciągnąłem wnioski.

Pokręciła znów głową, a w jej wyrazie pojawiło się coś bardzo podobnego do strachu. — Nie, mój panie, słyszeli mnie. Nie zamierzałam, ale...

— Nie zdawała sobie pani sprawy, że mogą panią słyszeć, tak? Rozmawiała pani z kimś... z... panią Ellwood? — To było jedyne logiczne wytłumaczenie.

Marie pobladła, a Sebastian z nagłym przypływem czułości dla niej pojął, że próbowała chronić jego gospodynię.

Siadając na krześle, którego wcześniej odmówił, Sebastian ujął jej dłonie, które były zimne i drżące. Delikatnie pocierał jej palce swoimi, próbując je ogrzać.

— Wszystko w porządku — powiedział łagodnie. — Nie musi pani chronić pani Ellwood, obiecuję, nic jej nie grozi. Zbyt wiele jej zawdzięczam.

— Naprawdę? — wydusiła Marie, wyraźnie walcząc ze łzami.

Ścisnęło mu się serce na myśl o bólu, któremu ją poddał; był ordynarnym brutusem, że tak na nią nawrzeszczał. —

Owszem. Ona i pan Martin byli jedynymi, którzy próbowali odwieść mnie od małżeństwa z Franceską — oczywiście pracowali dla mojego ojca i nie śmieli powiedzieć mi całej prawdy, ale oboje dawali do zrozumienia tak wyraźnie, jak mogli, że może żenię się za młodo. Że powinienem poznać inne młode damy, pożyć trochę, zanim się ustatkuję. Po... wszystkim pani Ellwood przyszła do mnie i powiedziała, że głęboko żałuje, iż nie powiedziała więcej. — Wzruszył ramionami. — Może i tak bym jej nie uwierzył. Brzmiałoby to absurdalnie — i wtedy zapewniłem ją, że zrobiła, co mogła. Prawdopodobnie rozgniewałbym się na panią Ellwood zamiast na Franceskę i mojego ojca, oskarżyłbym ją o zazdrość, że Francesca wypchnie ją ze stanowiska, może kazałbym ją zwolnić. Gdyby mi *powiedziała*, a ja poszedłbym z tym do ojca, z pewnością zostałaby odprawiona bez referencji.

Marie skinęła głową ze zrozumieniem. Tyle strasznych błędów popełnionych dawno temu, a ich fale wciąż rozchodziły się dzisiaj. Jej oddech się wyrównał, a kolor powoli wracał jej na policzki.

— Wybaczyłbym pani Ellwood wszystko, może poza morderstwem — uśmiechnął się Sebastian, próbując wnieść do rozmowy nieco lekkości. — A i wtedy stanąłbym za nią murem, gdyby mnie przekonała, że ofiara na to zasłużyła. Jest dla mnie jak rodzina.

— Nie powinnam była jej naciskać — powiedziała Marie, wciąż cienkim, napiętym głosem. — Ale... chciałam po prostu lepiej pana zrozumieć. To, co mi pan powiedział, było tak szokujące, że ledwie mogłam uwierzyć, iż to się wydarzyło, ale pani Ellwood rzucała aluzje, że poprzednia hrabina nie była lubiana, więc przycisnęłam ją, by powiedziała więcej. Nie miałam pojęcia, że chłopcy są gdzieś blisko mojego pokoju i... nas podsłuchali.

Skinął głową, teraz już w pełni rozumiejąc, co się wydarzyło.

— Strasznie mi przykro, mój panie — powiedziała Marie, pochylając głowę. — Nigdy celowo nie skrzywdziłabym George'a i Richarda, proszę mi wierzyć. Próbowałam z nimi o tym porozmawiać, ale nie chcieli ze mną, ani z panią Ellwood. Bardzo ich zraniłam.

— Mieliśmy trudną rozmowę, zanim dojechaliśmy do Eton — powiedział szczerze — ale są odporni. Może na jedno Francesca wyszła im na dobre, wysyłając ich tak wcześnie do szkoły; musieli nauczyć się liczyć na siebie, a przynajmniej mają siebie nawzajem. Zapewniłem ich z całą mocą, że bez względu na to, co ktokolwiek może podejrzewać o ich pochodzeniu, w świetle prawa są moimi synami.

— I to im pan powiedział? — Jej orzechowe oczy rozszerzyły się.

— To z pewnością nie wszystko — dodał pospiesznie. — Zapewniłem ich też, że są moimi synami w moich oczach i w moim sercu i nic tego nie zmieni. Rozstaliśmy się w dobrych stosunkach, obiecuję... może z lepszym zrozumieniem siebie nawzajem, niż kiedykolwiek wcześniej, i za to powinienem podziękować pani.

— Mnie!

— Nie za to, że pozwoliła im pani poznać prawdę, bo zawsze będę żałował, że sam nie powiedziałem im wcześniej i nie znalazłem sposobu, by przekazać to łagodnie. Ale pomogła mi pani otworzyć oczy. Nie byłem fair wobec żadnego z nich, a zwłaszcza wobec George'a, i dopóki mnie pani z tego nie rozliczyła, nie zauważałem tego. Albo byłem ślepy z własnej woli, nie wiem sam.

— Dziękuję, że pan to rozumie — powiedziała Marie, ocierając twarz rękawem. — Naprawdę wszystko popsułam. Miał pan prawo być zły, ale pani Ellwood była dla mnie tak życzliwa, że nigdy nie powinnam była stawiać jej w takiej sytuacji.

— To ja powinienem błagać o wybaczenie. — Serce mu opadło na myśl o nędzy, w jaką ją wpędził, tylko dlatego, że nie przemyślał sprawy. — Najszczerzej przepraszam, że tak na panią naszczekałem. Zmarnowałem świetną podróż z Londynu do Hatfield, gotując się ze złości przez całą drogę. Kompletnie przegapiłem ładne krajobrazy.

— W takim razie — powiedziała Marie z czkawką. — Brzmi, jakby spotkała pana już straszna kara. Wybaczam. Mam nadzieję, że pan też mi wybaczy.

— Oczywiście. — Ujął jej dłonie obiema swoimi. — Patrzcie tylko na nas. Z nas to dopiero para głuptasów.

— Oj, tak — rzekła.

Pani Poole wróciła do kuchni, a oni powoli się rozsunęli. Kobieta miała tyle taktu, by nie powiedzieć ani słowa o ich zapłakanych twarzach.

Najlepiej było wrócić na dół, do księgarni, gdzie półmrok lepiej skryje ich wzruszenie.

ROZDZIAŁ 20

Lord Ferndale wtrąca się

K iedy zeszła na parter księgarni, Marie ucieszyła się, widząc Ruth pomagającą lordowi Ferndale'owi, który zajrzał, by przejrzeć ich najnowsze tytuły. Dziewczyna była z niej cicha, nieśmiała istotka, ale ożywała, gdy mogła pomagać ludziom rozmawiać o książkach.

Marie trzymała się blisko lady i z drogi, gdy Sebastian podszedł do Ruth i Ferndale'a, zerkając na książkę, którą Ruth pokazywała sędziwemu baronowi.

Sebastian dawał jej przestrzeń i czas, by doszła do siebie po bolesnym ukłuciu emocji. Kochała go za to. Troszczyła się o niego tak bardzo, choć przecież w głębi duszy dobrze wiedziała, że hrabia nigdy nie poślubi właścicielki księgarni. Nigdy nie mógł być jej, a jednak oddała mu serce dobrowolnie. Siedząc za ladą, napawała się widokiem jego drogiej twarzy, usiłując zachować panowanie nad sobą. Wkrótce odejdzie, a ona była niemal pewna, że nigdy więcej się nie spotkają. Serce pękało jej na samą myśl.

Przez następne dziesięć minut, może nieco więcej, panowie prowadzili żywą rozmowę o książkach, zwłaszcza o rzadkich woluminach z kontynentu.

Ruth zostawiła ich i podeszła do lady, by wpisywać tytuły sprzedanych książek — kiedy już dojdą do tego etapu transakcji. Louise wróciła do sklepu z naręczem nowych foliałów od drukarza do oprawienia i odłożyła je na skraj lady.

Ton rozmowy panów się zaostrzył, gdy zaczęli się spierać o to, który z nich ma prawo kupić książkę, której obaj pragnęli.

Trzeba ich było rozdzielić, możliwie łagodnie, zanim przerodzi się to w niezgodę. Poklepała się po twarzy, upewniając się, że łzy już wyschły. Skóra znów była chłodna, więc miała nadzieję, że nie wygląda już jak zapłakana bieda.

— Lordzie Ferndale, Pan mieszka tuż obok i może zajrzeć do sklepu, kiedy tylko Pan zechce, by przejrzeć nowe tytuły. Proszę pozwolić dżentelmenowi aż z Kumbrii kupić tę książkę. Zamówię dla Pana egzemplarz zastępczy.

Ferndale pogroził palcem i uśmiechnął się, łagodnie prostując Marie. — Wciąż powtarzam, moja droga, że powinnaś mówić do mnie: Dziadku!

— Przepraszam, Dziadku. — Miło było to powiedzieć. Uśmiechnęła się do niego czule.

Ferndale dodał: — A może nas sobie przedstawisz?

Marie przeprosiła za przeoczenie i przedstawiła barona Ferndale'a hrabiemu Renwickowi, po czym wyjaśniła Sebastianowi: — Moja najstarsza siostra, Estelle, poślubiła wnuka lorda Ferndale'a, Felixa Yatesa, i...

— ...Dlatego jesteśmy teraz rodziną — oznajmił wesoło

lord Ferndale — i jestem zachwycony, że zyskałem cztery nowe wnuczki.

Marie uwielbiała to, że lord Ferndale i panna Yates przyjęli wszystkie cztery siostry pod swoje skrzydła, jakby to było najnaturalniejsze pod słońcem.

— Panie Baxterówny są naprawdę urocze i bardzo bystre. Każda na swój sposób — perorował lord Ferndale, szczodrze sypiąc komplementami. — Dlatego od początku zachęcałem do związku Estelle z moim wnukiem. Znakomita partia pod każdym względem. Otrzymałaś od nich jakieś listy, Marie? Muszą się świetnie bawić, skoro nie piszą, bo do mnie dotarł tylko jeden list.

Marie zapłonęła ze wstydu. Czego nie doceniała, to oczywistych swatowskich zapędów lorda Ferndale'a po jego wspaniałym sukcesie z Estelle i Felixem. Sędziwy baron spoglądał to na nią, to na Renwicka, z niepokojąco figlarnym błyskiem w oku.

— Ach, to znaczy... nie wiem — wyjąkała. — Może coś przyszło, kiedy mnie nie było. Zapytam Louise. — Rozejrzała się nerwowo za posiłkami, lecz Louise znów zniknęła. Musiała rozdzielić tych dwoje, inaczej zginie z upokorzenia. Lord Ferndale może i potrafił przekonać własnego wnuka, by dostrzegł w Estelle odpowiednią partię, ale Renwick był hrabią i nie miał obowiązku spełniać czyichkolwiek zachcianek, a tym bardziej ekscentrycznego staruszka poznanego przed chwilą w księgarni.

— Jeśli Pan ze mną podejdzie, milordzie — powiedziała do Renwicka, wskazując, by poszli do lady z jego książką —, dopilnuję, by Louise owinęła ją z taką samą troską jak Pańskie ostatnie zamówienie. — Plotła już trzy po trzy, ale musiała go odciągnąć od samozwańczego rodzinnego swata.

Louise znowu się pojawiła i skinęła głową, gdy Marie podała jej książkę. — Doskonały wybór, lordzie Renwick. Zaraz przyniosę ceratę do owinięcia.

— Dziękuję — odparł, idąc za Louise w bok lady, po czym nagle stanął jak wryty i spojrzał pod nogi. Zastanawiając się, co się stało, Marie już otwierała usta, by zapytać, gdy zobaczyła, jak jego wyraz twarzy zmienia się w obrzydzenie.

— Na honor! Chyba w coś wdepnąłem.

— O nie. Pie! — krzyknęła Marie z grozą. — Ty mały nicponiu!

Ruth wyszła zza lady, by pomagać lordowi Ferndale'owi w jego oględzinach, podczas gdy Louise i Marie sprzątały wnętrzności.

— Ach tak, miałem zabrać kota do domu — powiedział Renwick. — Chyba będę musiał trzymać w powozie zamknięte okna, żeby mi po drodze nie dał nogi.

Louise odparła: — Kupiłyśmy mu koszyk do podróży, więc będzie bezpieczny i spokojny.

— Znakomicie. — Usiadł na stołku, który Marie przyniosła zza lady, i uniósł but, a Marie wytarła szmatką ostatnie resztki wnętrzności z podeszwy.

Płonęła ze wstydu. — Bardzo mi przykro z powodu tego zdarzenia, milordzie...

— Zdarzało mi się wdepnąć w gorsze rzeczy, panno Baxter. — Uśmiechnął się życzliwie, a oczy rozbłysły szczerą wesołością.

Oto słodki, dobry człowiek, którego poznałam i pokochałam

w Kumbrii. Serce ścisnęło jej się boleśnie, gdy wyrzuciła szmatkę do popielnika. Louise wróciła na górę po koszyk dla Pie, a Ruth i lord Ferndale byli gdzieś głęboko między regałami, ich głosy dolatywały z oddali. Marie wiedziała, że nikt nie podsłucha jej rozmowy z Renwickiem.

— Milordzie, jak Pan zasugerował, z przyjemnością prześlę Panu listę nowych książek, które dostajemy, zanim zamieścimy nasze regularne ogłoszenie w The Times.

Czy to nie za szybko? Kiedy tylko byłoby trzeba, spakowałaby z radością kufer książek i zawiozła je do Alston.

— Byłoby to dla mnie bardzo wygodne, jestem zobowiązany. I, rzecz jasna, nie musi Pani odbywać całej tej drogi, może mi je Pani wysłać pocztą.

Mówił to z uśmiechem, ale serce Marie ogarnął chłód. Odsuwał ją od siebie.

Louise wróciła z koszykiem wyłożonym starymi bawełnianymi szmatkami, a półwyrośnięty kot siedział w nim bezpiecznie zamknięty. — Tu są miseczki i trochę pokrojonego kurczaka, może zje w podróży — powiedziała, podając Renwickowi płócienną torbę. — Trzeba mu będzie oczywiście przygotować skrzynkę z ziemią i kolację...

— Jestem pewien, że po drodze w zajazdach znajdzie się jakaś rybia głowa czy dwie, co, Pie? — Renwick przyjął torbę i koszyk oraz swój najnowszy zakup starannie owinięty ceratą, by ochronić książkę. — Dziękuję, panno Louise. — Skinął jej z grzeczności lekkim ukłonem. — Panno Baxter... — Skinął głową w stronę drzwi, a Marie poszła za nim, zrozpaczona. Patrzyła, jak wkłada kota i pakunek do czekającej przed sklepem karety, po czym odwrócił się do niej.

— To był zaszczyt i przywilej Panią poznać, Marie Baxter — powiedział miękkim tonem, ujął jej dłoń i skłonił się nad nią, muskając najlżejszym pocałunkiem grzbiet jej palców. — Dziękuję za... cóż, za wszystko.

Bardzo się starała powstrzymać łzy. — Za wszystko? — wydusiła sztywnym, zupełnie nie swoim głosikiem.

— Istotnie, mam za co dziękować! Za to, że w środku zimy odbyła Pani całą drogę do Kumbrii, by zaspokoić moje, przyznaję, całkiem nieuzasadnione żądanie osobistej dostawy, za Pani takt po odniesieniu kontuzji przy wykonywaniu tego zadania, za Pani czarujące i zajmujące towarzystwo w czasie tych świąt, za doprowadzenie francuskiego moich synów do poziomu nie do poznania... a przede wszystkim za to, że otworzyła mi Pani oczy na krzywdę, jaką wyrządzałem własnym relacjom z nimi. Podziękowania to stanowczo za mało wobec tego wszystkiego, co Pani dla nas zrobiła.

Nie wiedziała, co powiedzieć. Więc dygnęła głupawo i mamrotała: — To była dla mnie wielka przyjemność, milordzie, i naprawdę nie trzeba dziękować.

Przyjrzał jej się dłuższą chwilę, jakby chciał wryć w pamięć rysy jej twarzy, po czym bardzo cicho powiedział: — Do widzenia, droga Marie — i odwrócił się, by wejść do karety.

Jakimś cudem Marie zdołała stać i machać, dopóki kareta nie zniknęła jej z oczu, po czym na oślep wróciła do księgarni i runęła w potok łez bezgranicznej rozpaczy.

ROZDZIAŁ 21

Samotnie w zamku Alston

Sebastian nigdy wcześniej tak naprawdę nie zastanawiał się, jak bardzo długa jest podróż do Alston, poza wdzięcznością za dystans, jaki mu zapewniała w poprzednich latach, zanim odeszli jego żona i ojciec. Zawsze wcześniej, gdy wyruszał w drogę, wydawała się dość wygodna; kiedy Sebastian był pochłonięty lekturą, nie zwracał szczególnej uwagi na upływ czasu.

Tym razem jednak jego skrajne rozedrganie nie pozwalało mu się uspokoić, ani nawet sięgnąć po stertę nowych książek leżących na siedzeniu naprzeciw. Nawet harce słodkiego kotka Pie nie były w stanie przykuć jego uwagi na dłużej niż kilka minut.

Pie był jednak czarujący. Sebastian pozwolił mu spędzić większość podróży poza koszem, a Pie zadowalał się siedzeniem na miejscu obok Sebastiana, od czasu do czasu wspinając się na jego kolana, gdy godzina stawała się późna i chłodna.

— Jesteś dobrym, małym stworzonkiem. — Sebastian

podrapał Pie za uszami w ostatnie popołudnie podróży, parskając śmiechem, gdy kot wystawił łepek, a dwoje trójkątnych, czarnych uszu zasłoniło mu część widoku książki. — Choć jeśli przeszkadzasz mi w czytaniu, nie będziemy już takimi wielkimi przyjaciółmi. Śmiem twierdzić, że jesteś dobrze wychowany i wiesz, że przy książkach nie wypada się zachowywać niegodnie, zważywszy na to, gdzie dorastałeś... — urwał, a jego myśli nieuchronnie znów powędrowały do księgarni i pięknej, fascynującej kobiety, z którą się pożegnał.

— Czy popełniłem błąd, Pie? — zapytał kota, który nie dał mu innej odpowiedzi niż głębokie mruczenie, gdy rozsiadł się wygodnie i zaczął ugniatać łapkami jego nogi. Na szczęście płaszcz i spodnie były wystarczająco grube, by pazurki Pie nie przebiły się do skóry.

Westchnąwszy, Sebastian dał za wygraną z czytaniem, odłożył książkę i delikatnie gładził lśniącą sierść Pie, próbując znaleźć ukojenie w kojących mruczeniach kota.

Przynajmniej jego uszy były ciepłe dzięki nausznikom, które podarowała mu Marie. Wpatrywał się przez okno w szary, ogołocony zimą krajobraz i starał się ignorować fakt, że oczy mu łzawiły.

Następnego dnia, już w domu, w Alston, nie czuł się ani trochę lepiej. Wszystko w zamku przypominało mu o Marie; kilka razy, gdy siedział po kolacji w bibliotece i czytał, łapał się na tym, że odwraca się, by zadać jej pytanie, tylko po to, by stwierdzić, że jej nie ma.

Pod jego nieobecność służba usunęła wszelkie resztki bożonarodzeniowych ozdób. Przed nim rozciągały się zimne, ponure miesiące.

Sharpe zauważył jego nastrój — bo oczywiście, że zauważył. — Być może ta ozdobna szpilka do krawata doda panu trochę pogody ducha?

— Nie potrzebuję rozweselania — warknął Sebastian.

— Oczywiście, panie hrabio, jest pan najweselszym człowiekiem w chrześcijaństwie.

— Jeszcze sobie porozmawiamy — mruknął, wymaszerowując ze swoich pokoi bez ozdoby.

W jadalni śniadaniowej Pani Ellwood podała powidła śliwkowe. — Wiem, że to jedne z pańskich ulubionych, panie hrabio. Pomyślałam, że może wywołają uśmiech.

— Dlaczego wszyscy próbują mnie rozweselić?

Do pokoju wszedł Pan Martin i powiedział do Pani Ellwood: — Jak się ma dziś rano nasz pan i władca?

Pani Ellwood zachichotała i odparła: — Ani trochę lepiej.

— No, zaraz! — Sebastian odsunął krzesło, aż nogi zaskrzypiały na podłodze. — Dlaczego wszyscy komentują mój nastrój?

Pan Martin spojrzał na Panią Ellwood, a ta teatralnie westchnęła i wzięła na siebie odpowiedzialność za przekazanie złych wieści. — Bo jest pan okrutnie przybity, odkąd pan wrócił do domu.

Pie wpadł do pokoju, wskoczył mu na kolana, a potem samowolnie przeszedł na stół, gdzie zlizał masło z noża.

Sebastian odsunął go i posadził łobuziaka z powrotem na kolanach. — Nie jestem — upierał się, ale nawet we własnych uszach zabrzmiał dziecinnie.

— Ależ jest pan — odparła Pani Ellwood. — Przestań pan się użalać. To wszystko pańska wina.

Może i twierdził wcześniej, że potrafi wybaczyć Pani Ellwood wszystko, ale tego ranka naprawdę wystawiała jego cierpliwość na próbę. — A niby co, proszę powiedzieć, jest moją winą?

— Myślę, że to oczywiste — rzekła Pani Ellwood. — Zostawił pan serce u panny Baxter!

— Jak śmie — wstał, wciąż trzymając kota — pani tak do mnie mówić!

Pan Martin wtrącił się, wykonując uspokajający gest dłońmi: — Wszyscy weźmy głęboki oddech.

Pani Ellwood wsparła pięści na biodrach. — Zbyt wiele lat temu trzymałam język za zębami, kiedy nie powinnam, i wszyscy skończyli nieszczęśliwi. Tego błędu drugi raz nie popełnię. Panna Marie to najlepsze, co przytrafiło się Alston, i panu. A chłopcy ją uwielbiają. Czemu pan jej ze sobą nie przywiózł, nigdy nie pojmę!

Pan Martin zawahał się, po czym skinął głową. — Ma rację, panie hrabio. Wtedy powinniśmy byli panu powiedzieć... niech to, powiemy panu teraz, że popełnia pan ogromny błąd!

Puls dudnił mu tak mocno w uszach, że nie słyszał już niczego innego. Kiedy w końcu przestali dawać mu nauczkę — a były to nauczki bardzo obszerne — zrobił wszystko, by nie wybuchnąć.

— Wezmę to pod rozwagę. Chciałbym teraz dokończyć śniadanie.

Zostawili go samego z kotem przy stole, a on usłyszał, jak Pan Martin pyta Panią Ellwood, czy nie lepiej byłoby im obojgu zniknąć na parę dni, gdy odchodzili do kuchni.

Sebastian ugryzł tost z powidłami śliwkowymi, ale

smakował mdło i czerstwo. Musiał popić go kolejnym łykiem herbaty, żeby przełknąć.

Pani Ellwood zepsuła mu nastrój i apetyt.

Przynajmniej Pie go rozumiał — łasił się do jego dłoni, domagając się kolejnych drapanek po głowie i policzkach. Niestety, pieścił go tylko kot. Jak bardzo pragnął, by to była Marie.

Pożegnawszy się w Hatfield z Marie, powiedział jej wszystko, co trzeba. Jak bardzo jej ufa. Nawet stwierdził, że może mu wysłać pocztą kolejną dostawę książek! Wydał z siebie jęk i zgiął się z bólu. Jasność jego straty zadźwięczała czysto jak dzwon. Kochał Marie Baxter, a jednak jej tego nie powiedział.

Myślał, że powiedział wszystko, co należy, ale ona pożegnała go na zawsze.

Wtedy go olśniło: powód, dla którego Marie nic nie powiedziała, był taki, że najwyraźniej wcale nie była w nim zakochana!

Jak miałaby być, skoro tak podle ją potraktował po powrocie do Hatfield. Był jak burzowa chmura i nakrzyczał na nią zaraz po przyjeździe. Oskarżył ją o najgorszą zdradę. Doprowadził do łez.

Gdy w końcu zrozumiał swój błąd — i to, że ona chroniła Panią Ellwood — było już za późno.

Nic dziwnego, że go nie kocha; któż mógłby zakochać się w kimś, kto ją przeraził?

Pewnie była wdzięczna, że wyjechał.

Następnego ranka Sebastian obudził się z przeszywającym bólem głowy, a Pie spał mu na piersi. Przytulając Pie, wyszeptał do kota: — Przynajmniej ty mnie kochasz.

Zsuwając się z łóżka, omal nie nadepnął na rozczłonkowaną mysz na dywanie. — Dobry chłopiec, Pie. — Kot już się okazywał świetnym nabytkiem dla domu; miał tylko nadzieję, że zwyczaj zostawiania niesmacznych prezentów się poprawi albo przynajmniej ograniczy do jednego miejsca, jak zapewniała go Marie, że robi to Crafty. Wskazał Sharpe'owi miejsce, gdzie leżały resztki, i wyszedł z sypialni.

Herbata nie przegoniła bólu głowy. Potrzebował ukojenia swego azylu — biblioteki. Błądząc bezwiednie wśród półek i nie znajdując nic, co pasowałoby do jego nastroju, natknął się na książkę, o której nie myślał od lat, a która nagle go zainteresowała. Egzemplarz Burke's Peerage musiał należeć do jego zmarłego ojca. Nie było potrzeby wymieniać go na nowsze wydanie. Oddalenie od londyńskiego towarzystwa miało swoje zalety. Był jednak na tyle świeży, by zawierać potrzebne mu informacje.

Wyszukał barona Ferndale i ze zdziwieniem stwierdził, że dżentelmen ma tylko jednego spadkobiercę — wnuka, Felixa Yatesa. To on poślubił siostrę Marie, Estelle, na naleganie samego lorda Ferndale, jeśli dobrze pamiętał.

A więc córka księgarza była wystarczająco dobra dla dziedzica baronii!

W pewnym momencie — prywatnie miał nadzieję, że nieprędko, bo polubił starszego pana — Felix Yates zostanie nowym baronem Ferndale, a siostra Marie, Estelle, baronową.

Dobrze dla nich — uśmiechnął się.

I wtedy go olśniło. Marie, jako siostra baronowej, nagle stanie się w oczach towarzystwa znacznie bardziej pożądaną partią.

Ta myśl bardzo mu się nie spodobała. Zazdrość ścisnęła mu serce na wyobrażenie, że jakiś elegant z towarzystwa prowadzi Marie pod rękę po Londynie. Ona by tego nie znosiła, był tego pewien.

Odłożył książkę na półkę i dopiero teraz zauważył, że na stole czeka podany posiłek. Służba musiała być niezwykle cicha, kiedy go przynosiła, nie chcąc mu przeszkadzać.

Stracił rachubę czasu, ale żołądek ścisnął mu się z głodu. Musiał coś zjeść.

Wypijając duszkiem zimną zupę, poczuł, jak duch wraca mu do ciała, gdy doszedł do doniosłej decyzji.

Czas spojrzeć prawdzie w oczy. Nigdy nie obchodziła go pozycja Marie. Szczerze mówiąc, niewiele dbał i o własną, dlatego tak długo żył w odosobnionym Alston, a nie w tętniącym życiem Londynie.

Jeśli poślubi Marie i kiedyś jednak wyruszą do Londynu, gdy George i Richard podrosną, ona będzie hrabiną, a jej siostra baronową. Drzwi się otworzą. Przejdą przez nie bez trudu. Nikt nie będzie wiedział ani się przejmował jej pochodzeniem.

Mogliby się pobrać choćby zaraz!

O rany. Był dla niej niewysłowienie okropny, pewnie go odrzuci. Czy w ogóle zgodzi się zostać jego żoną?

Czy *on* jest dostatecznie dobry dla *niej*?

Lepiej niech się pospieszy i poprosi.

Biblioteka spełniła swoją rolę. Dała mu czas na namysł

i olśnienie. Namysł, by mieć pewność, że jest beznadziejnie zakochany w Marie Baxter, i olśnienie, że nie może zmarnować ani minuty więcej na odludziu Kumbrii.

Wybiegł z biblioteki, by odnaleźć Pana Martina, i znalazł go w kuchni.

W oknach panowała ciemność. Kompletnie stracił poczucie czasu. Mogła być czwarta po południu lub ósma wieczorem.

— Panie Martin, proszę przygotować powóz na rano. Wiem, że dopiero co wróciłem, ale muszę jak najszybciej wrócić do Hertfordshire.

Pani Ellwood wychyliła głowę zza drzwi przyległej izby, z tryumfem malującym się na twarzy. — A nie mówiłam, panie Martin? Odzyskał rozsądek.

Pan Martin uśmiechnął się i skinął w jej stronę. — O ile pamiętam, powiedziała pani „w końcu", a ja sądziłem, że będzie szybszy.

— Dobrze już, wy dwoje. Tak, byłem idiotą. Zajmijcie się Pie — powiedział, nagle zastanawiając się, gdzie podział się kot.

Nie wiadomo skąd Pie przemknął przez kuchnię i wdarł się do spiżarni. Coś zapiszczało, po czym kot wrócił, z szarym, futrzanym trofeum w pysku.

Złożył je u stóp Pani Ellwood. — Wspaniale! — rozpromieniła się, po czym podała mu na talerzyku resztki kiełbasy w nagrodę. — Jesteś takim grzecznym chłopcem. Jeśli będziesz tak dalej, rozpuszczę cię do cna! — Kiedy skończyła obsypywać kota pochwałami, odwróciła się do Sebastiana i zapytała: — Jeśli mogę mówić otwarcie?

Sebastian zaśmiał się i odparł: — Nie powstrzymałbym pani, choćbym próbował.

To wywołało salwę śmiechu u wszystkich, łącznie ze stłumionymi odgłosami z pobliskiego pokoju. Reszta służby musiała podsłuchiwać. Zasłużył na to w pełni.

— Panie hrabio, cieszę się, że odzyskał pan rozum — powiedziała ciepło, dodając mu otuchy. Potem jej głos stwardniał. — Ale jeśli wróci pan do Alston bez panny Baxter, to równie dobrze niech pan wcale nie wraca.

Przygryzł wargę i skinął głową swojej gospodyni — i, jak teraz zrozumiał, może swojej najprawdziwszej przyjaciółce.

* * *

— Napisz do niego, powiedz mu, co czujesz! — nalegała Louise. — Nie zaprzepaść swojej szansy na szczęście z tym cudownym mężczyzną tak, jak Estelle o mało co nie zrobiła!

Marie pociągnęła nosem i upiła łyk herbaty. Pani Poole dolała jej napoju.

Bernadette podała jej świeżą chusteczkę i powiedziała: — Pisanie pomoże. Nie powiedziałaś mu, co czułaś. Mężczyźni wydają się inteligentni, ale potrafią być twardzi jak dąb. Skąd miał wiedzieć, co czujesz, skoro nigdy mu nic nie powiedziałaś?

— Ale — Marie znów pociągnęła nosem — co jeśli wyznam mu moje najgłębsze sekrety i... on... mnie odrzuci?

— Jeśli tego nie zrobisz, on się nie dowie — i ty też nie — odparła niecierpliwie Louise. — A jeśli cię odrzuci, to głupiec.

Pani Poole cmokała z dezaprobatą w tle, dolewając wody do czajnika i stawiając go na kuchence.

Nie odpuściły przez następne dziesięć minut, aż w końcu Marie uległa i obiecała, że napisze.

Zajęło jej niemal kolejne dziesięć minut, by wymyślić, co powiedzieć, ale po kilku nieudanych początkach słowa zaczęły płynąć.

— *Drogi Sebastianie,* — bo tak już o nim myślała. Jeśli zblednie na dźwięk, że używa jego imienia, to najpewniej znienawidzi to, co nastąpi dalej, a ona wolała wiedzieć, co czuje, już teraz, zamiast spędzić resztę życia, zastanawiając się.

Doszło do mnie — i do moich sióstr oraz drogiej Pani Poole — że ogarnęła mnie czysta rozpacz od chwili Pańskiego powrotu do Alston. Proszę wybaczyć tę tkliwość, ale od dnia, gdy stanęłam u Pana na progu, ogromnie się do Pana przywiązałam. Miałam o Panu zupełnie inne wyobrażenie po naszej wcześniejszej korespondencji, kiedy myślałam o Panu jak o Hrabim Wymagającym. (Mam nadzieję, że uśmiecha się Pan, czytając te słowa.) Lecz przez tygodnie spędzone w Alston urósł mi Pan w sercu. Podobnie jak Pańscy uroczy synowie, George i Richard. (Możliwe, że ich słodkie usposobienia sprawiły, iż pojęłam, że jest Pan w istocie człowiekiem życzliwym i o wielkim sercu.)

Nie jestem pewna, kiedy to się stało, ale z czasem zaczęłam troszczyć się o Pana głęboko. Ta troska ma imię — to miłość.

To wyznanie zapewne spadnie na Pana jak grom z jasnego nieba. (Mam nadzieję, że dobry.) Powinnam była powiedzieć Panu o tym, gdy tylko sama to pojęłam, lecz zajęło mi to zbyt wiele czasu i obawiam się, że teraz jest już za późno. Najdrożej pragnę, by żywił Pan do mnie takie same uczucia i dał mi znać przy najbliższej sposobności.

Jeśli nie zdoła Pan odwzajemnić moich uczuć lub uzna Pan,

że przepaści między naszymi stanami nie da się zasypać miło-
ścią, pozostanie mi jedynie życzyć Panu szczęścia. Wciąż chcia-
łabym odpisywać na listy George'a i Richarda, jeśli będą
pamiętać, gdyż chciałabym dotrzymać im danej obietnicy.

(Mam jednak nadzieję, że rozważy Pan ponownie wszelkie
plany poślubienia panny Stamford, zważywszy na niedogodę,
jaką taki związek mógłby sprawić Pańskim synom; proszę, niech
pomyśli Pan o ich szczęściu, jak i o własnym.)

Bernadette posypała list piaskiem, gdy jej go podała. —
Nie będę go czytać, to sprawa między tobą a Renwickiem, choć
widzę na nim parę łez. — Złożyła w większości już suchy list
tak, by Marie mogła wypisać jego adres na czystym fragmencie
odwrotu, po czym go zalakowała.

Marie zdjęła okulary i potarła nasadę nosa. Musiała usiąść
na dłoniach, by nie wyrwać z powrotem listu. — Lepiej wyślij
go teraz, zanim zmienię zdanie i wrzucę do ognia.

— Zaraz wracam — rzuciła Bernadette i wybiegła
z pokoju.

Marie wróciła do swojego pokoju i opadła na łóżko, gdy
chorobliwa trema i nerwy wzięły górę, a łzy znów popłynęły.
— Co ja najlepszego zrobiłam?

ROZDZIAŁ 22

Ponowne spotkanie

Minął ledwie nieco ponad tydzień, odkąd Bernadette wysłała list, a gdy Marie wracała z kościoła pod rękę z najmłodszą siostrą, zaczęła się zastanawiać, czy Renwick już go dostał, a jeśli tak, to jak zareaguje, gdy go przeczyta. Na samą myśl zrobiło jej się trochę niedobrze; przycisnęła dłonie do brzucha.

— Jesteś głodna? — zapytała Bernadette. — Ja tak; to kazanie ciągnęło się w nieskończoność. Ksiądz Millings z tygodnia na tydzień robi się coraz nudniejszy!

— Ścisz głos — zganiła je idąca tuż za nimi Mrs Poole.

Bernadette westchnęła z lekką niecierpliwością i potrząsnęła głową. — Mówię tylko to, co wszyscy myślą, Mrs Poole! Nawet kuzyn Joshua pod koniec wyglądał na śmiertelnie znudzonego.

Marie nie słuchała. Z niedowierzaniem wpatrywała się w powóz, który akurat wjeżdżał do Hatfield od północy i toczył się prosto obok Red Lion w ich stronę. Wyglądał tak straszliwie znajomo... ale to niemożliwe. Jak w ogóle mógł tak szybko dostać jej list, nie mówiąc już o natychmiastowej podróży z Alston z powrotem do Hatfield?

Powóz zatrzymał się tuż przed księgarnią. Jej pełne niedowierzania oczy prześlizgnęły się po herbie na drzwiach. To był Renwick, naprawdę tutaj był. Co więcej, właśnie wysiadał z powozu, a na jego twarzy rozjaśnił się szeroki uśmiech, gdy zobaczył ją stojącą i wpatrującą się w niego.

Marie nie myślała. Po prostu pobiegła do niego, jakby to była jedyna możliwa reakcja w tej chwili, a on rozłożył ramiona, by ją przyjąć.

— Renwick! — zawołała, niemal wpadając w jego gościnny uścisk.

— Najdroższa, ukochana Marie — powiedział i pocałował ją, prosto na ulicy, przed jej siostrami i Mrs Poole, i panem Jacksonem oraz niemal połową Hatfield, która, tak jak oni, wracała z kościoła.

— Na miłość Boską! — Mrs Poole niemal to wrzasnęła. — Do środka, oboje; co za zgorszenie! W niedzielę!

— Przecież ty nawet nie lubisz podróżować w niedzielę — powiedziała bez ładu i składu Marie, gdy Sebastian roześmiał się i ją puścił, a jego ciepła dłoń sięgnęła po jej i mocno ją ujęła.

— I stracić kolejny dzień, nim wrócę do ciebie? W żadnym razie — odparł.

— Ale jak mogłeś tak szybko dostać mój list? — Nie mieściło jej się to w głowie, chyba że poczta zaczęła używać skrzydlatych koni.

— Jaki list? — zmarszczył brwi, spoglądając na nią. Byli już w księgarni, stali przy ladzie, a Louise krzątała się, zapalając lampy, żeby nie było zbyt ciemno.

— Napisałam do ciebie list...

— Naprawdę? — Sięgnął, by delikatnie wsunąć niesforny loczek za jej ucho. — Jestem pewien, że dotrze do Alston prędzej czy później i z radością go przeczytam, ale ledwie byłem w domu na tyle długo, by przejrzeć korespondencję, jaka nadeszła podczas mej nieobecności, gdy uświadomiłem sobie, że zostawiłem w Hatfield coś absolutnie kluczowego, i musiałem zawrócić, by to odzyskać.

— Coś ważnego? — mrugnęła, zdezorientowana. — Jakąś... książkę?

Roześmiał się, kręcąc głową. — Nie, najdroższa, choć nie wątpię, że z czasem znajdę tu i takie, które zapragnę mieć. Nie... nie mogę żyć bez tego, co tu zostawiłem, lecz dopiero gdy wróciłem bez tego do domu, pojąłem, co to jest. Nie domyślasz się?

Nie domyślała się, więc patrzyła na niego, mrugając powoli.

— — To moje serce, Marie Baxter.

Wydawało jej się, że za plecami usłyszała cichy pisk Bernadette, ale nie potrafiła odwrócić wzroku od ciemnych, bardzo ciemnych oczu Sebastiana.

— Ja... — zaczęła, lecz zaraz zabrakło jej słów. — Ja... myślałam, że zamierzasz poślubić pannę Stamford!

Wcale nie to miała powiedzieć, ale jakoś właśnie te słowa jej się wymknęły.

Sebastian wyglądał na równie zdumionego, jak ona przed chwilą, i było aż nazbyt jasne, że z trudem kojarzy, o kogo może

chodzić. — Panna... Stamford? — powtórzył powoli. — Och!
— Nagle go olśniło. — Ta! Na litość, nie. Mogła próbować
zwrócić moją uwagę, a jej rodzice niewątpliwie usilnie promo-
wali to małżeństwo, ale byli od początku skazani na porażkę.
Nie widziałem nikogo poza tobą, najdroższa.

To zdawało się niemożliwe. — Czy ja śnię? — wyszeptała
Marie. — To zbyt wiele, nie...

— To nie sen, ukochana. — Jego kciuk musnął czule jej
szczękę, po czym pochylił się, by pocałować ją ponownie, tym
razem znacznie wolniej i dogłębniej.

W tym pocałunku znikły wszystkie troski świata. Pocałunek pełen tęsknoty, namiętności i miłości tylko dla nich
dwojga.

— To najbardziej romantyczna rzecz, jaką kiedykolwiek
widziałam — usłyszała Marie gdzieś w oddali głos Louise, lecz
sama potrafiła myśleć tylko o Sebastianie, o żarze jego ust,
o tym, jak czule jego dłoń pieściła jej policzek. Kolana lekko jej
się ugięły, a jego druga ręka objęła ją w pasie, przyciągając
mocno do niego.

— Kocham cię, Marie. Chodź ze mną i zostań moją żoną
— wyszeptał Sebastian, obsypując jej twarz delikatnymi poca-
łunkami.

Mogła naprawdę zemdleć, a przecież nigdy nie mdlała!

Nie pragnęła niczego bardziej, niż powiedzieć „tak", ale
gdy uniósł głowę i spojrzał na nią, zobaczyła za nim dzwoneczek, rozpoznała znajome wnętrze księgarni.

— Och, ale... — zaczęła.

Louise wrzasnęła zza jej pleców: — CZYŚ TY
OSZALAŁA?

— Co...? — Marie odwróciła się do sióstr.

— Nawet nie waż się mówić, że masz tu obowiązki! Będziesz hrabiną, wariatko, natychmiast powiedz „tak"!

Bernadette energicznie przytakiwała. — Zatrudnimy więcej osób, jeśli będzie trzeba, Marie!

— A do rachunków mamy Shauna — dodała Louise. — Więc absolutnie nie ma żadnego powodu, by odmawiać temu cudownemu, cudownemu *hrabiemu*.

Sebastian uśmiechnął się do sióstr Marie, po czym zwrócił się do niej: — Wybór wciąż całkowicie należy do ciebie, ale twoje siostry przytaczają znakomite argumenty na moją korzyść. Poza tym kocham cię z całego serca. I jeszcze, choć to bez znaczenia, Mrs Ellwood może mi nie pozwolić wrócić do Alston, jeśli nie przywiozę cię ze sobą.

Marie nie miała łez, tylko szczęście. — Kochasz mnie?

— Całkowicie. Bez pamięci — potwierdził Sebastian.

Mimo widowni Marie pochyliła się po kolejny pocałunek. Wypełnił ją słońcem i światłem. Kiedy w końcu się odsunęła, spojrzała w jego piękną twarz i powiedziała: — I ja kocham cię z całego serca. Byłabym przeszczęśliwa zostać twoją żoną.

Za nimi Louise i Bernadette wydały radosny okrzyk.

Drzwi księgarni otworzyły się i dzwoneczek nad nimi oznajmił czyjeś wejście. Była niedziela, więc nie powinno być klientów.

— Och, nie — westchnęła Louise, a potem bardzo donośno oznajmiła: — To kuzyn Joshua, przyszedł zrujnować cudowną chwilę.

Marie jęknęła głośno. Sebastian uniósł brew i odwrócił się

spokojnie, by ujrzeć kuzyna Joshuy, który mierzył go wściekłym spojrzeniem, purpurowy ze złości.

— Puść moją kuzynkę! — warknął do Renwicka.

Renwick szybko zmierzył go wzrokiem od stóp do głów i odezwał się najbardziej leniwym, arystokratycznym tonem: — Nie sądzę, by nas sobie przedstawiono.

Joshua nadął się i spojrzał na Marie, by dokonała prezentacji.

Louise powiedziała: — Taki jest od *miesięcy*.

Marie wysunęła się z objęć Renwicka, ale wciąż trzymała jego lewą dłoń, i dokonała przedstawienia, akcentując tytuł Sebastiana nieco bardziej, niż to było konieczne.

Mężczyźni ostrożnie uścisnęli sobie dłonie.

Joshua zdawał się nie dostrzegać wagi tytułu, a może ją zlekceważył, i zwrócił się do Marie z pełną samozwańczej prawości furią: — Młoda damo, swoim zachowaniem splamiłaś siebie i nazwisko Baxterów, na ulicy, gdzie całe Hatfield mogło zobaczyć. I to w niedzielę!

Renwick zabrał głos, spokojnym, równym tonem: — Proszę pana, nie ma tu mowy o żadnej hańbie, mamy się pobrać. Proszę ogłosić zapowiedzi, a za trzy tygodnie weźmiemy ślub w Hatfield.

— Zapominasz o sobie — rzucił Joshua do Marie, z ohydnym uśmieszkiem na twarzy. — Jako twój prawny opiekun nie wyrażam zgody. Ślubu nie będzie.

Bernadette odezwała się, co nie było u niej częste: — Na miłość boską, kuzynie. Przecież on jest hrabią! Przestań być taki małostkowy.

— Nie obchodzi mnie, czy jest hrabią, nie wyrażam zgody

i koniec — odparł Joshua, aż nazbyt jawnie rozkoszując się psuciem chwili. Próbował już z Estelle, gdy początkowo odmówił odprowadzenia jej do ołtarza, ale ostatecznie to zdzierżył, zamiast oddać tę rolę baronowi Ferndale'owi.

Marie spojrzała na Sebastiana, czując, jak szczęście wymyka jej się z rąk. — Mój ojciec jeszcze nie wrócił z Francji. Kiedy wróci, natychmiast wyrazi zgodę, jestem tego pewna.

— Twój ojciec równie dobrze może już nie żyć — wtrącił jadowicie Joshua.

Sebastian przekrzywił głowę, zamyślony. — Panie Baxter, jest pan wyjątkowo nieprzyjemnym człowiekiem...

— Jestem głową rodziny Baxterów i sędzią pokoju w Hatfield. Nie pozwalam mojej kuzynce na ślub!

Żołądek Marie zjechał w dół. Spojrzała na Louise i Bernadette, na których twarzach malowała się czysta burza. — Wciąż mamy nadzieję, że się uspokoi — powiedziała Louise.

— Biedactwa — współczuła Marie.

— Nic, z czym bym sobie nie poradziła — odparła Louise. A potem podniosła głos tak, by Joshua wyraźnie ją usłyszał: — No dobrze, gdzie ja położyłam ten łom?

Joshua cofnął się o pół kroku, ale Marie widziała, że nie zamierza ustąpić. Ogarnęła ją rozpacz. Jak długo przyjdzie jej czekać? Miną jeszcze miesiące, nim tata wróci z Francji!

Sebastian wyprostował się i spojrzał na Joshuę z góry, po czym chłodnym głosem powiedział: — Cóż za małostkowy przykład daje pan porządnym ludziom tego miasteczka. Kazałbym panu wsadzić głowę do wiadra, ale wtedy byłoby mi żal wiadra. — Następnie zwrócił się do Marie, a jego spojrzenie wypełniła miłość. — Jest inny sposób. Możemy jechać przez

Gretna Green i wziąć potajemny ślub po drodze do Alston Castle. To tuż za granicą, zaledwie około piętnaście mil od domu.

Miłość rozgrzała jej serce. Marie mogłaby unosić się ze szczęścia. Z nagle okropnej sytuacji uczynił szczęśliwe i szalenie wygodne rozwiązanie. — Z radością ucieknę z tobą choćby dziś! Możemy wyruszyć, kiedy tylko zechcesz.

Ujął delikatnie jej twarz i pocałował na oczach apoplektycznego kuzyna i wiwatujących sióstr. — Moja kareta czeka, najdroższa.

Podróż do Gretna Green była długa, ale im to nie przeszkadzało. Często zmieniali konie i jechali nawet w kolejną niedzielę, bo dotarcie do celu jak najszybciej było sprawą najwyższej wagi. Przybyli do Gretna zmęczeni i nieco obolali od drogi, ale uszczęśliwieni, że mogą się pobrać. Marie miała na sobie rdzawą suknię z podszytym futrem płaszczem — tę, w której Sebastian tak ją podziwiał — a Sebastian odnalazł kowala przy jego kowadle i wręczył mu brzęczącą sakiewkę monet, by ten wypowiedział ich przysięgę nad kowadłem.

Stamtąd czekało ich już tylko błogie popołudnie: ostatni odcinek drogi z powrotem na południe, przez granicę do Carlisle, a wreszcie strome podejście do Alston.

— Moje życzenie się spełniło — odezwała się nagle Marie, gdy w oddali ukazała się zrujnowana arkada.

— Słucham? — Sebastian zwrócił się do niej, marszcząc brwi.

— Kiedy zapalałam świecę od polana bożonarodzeniowego. — Przytuliła się do niego bliżej. — Życzyłam sobie, żeby kiedyś wrócić do Alston Castle.

— Naprawdę! — Zaśmiał się.

— Ale nie jako jego pani. Nie śmiałam nawet marzyć.

— Już wtedy cię kochałem. — Ujął jej policzek w dłoń i pochylił się do pocałunku. — Nie powinienem był ani przez moment zostawić cię w niepewności co do moich uczuć i obiecuję, że już nigdy tego nie zrobię.

Gdy zbliżali się do głównych drzwi zamku, Marie zobaczyła, jak służba pospiesznie wychodzi na ganek, by ich powitać.

— Usiądź na chwilkę, moja cudna żono, będzie zabawnie — powiedział Sebastian z uśmiechem.

Kiedy kareta stanęła, Sebastian wysiadł i zostawił Marie w środku.

Zerkając przez szparę w zasłonkach, dostrzegła pełną nadziei twarz Mrs Ellwood i pana Martina, a wraz z nimi, zdawało się, wszystkich z posiadłości. Była i Morag, trzymająca za rękę swojego krzepkiego rolnika, pana Andrew Charlesa.

— Dobrze was wszystkich widzieć — powiedział Sebastian. — Ale nie stójcie na zimnie, jest stanowczo za chłodno!

Mrs Ellwood wysunęła się naprzód i zapytała: — Czy wrócił pan z panną Baxter?

Marie stłumiła chichot dłonią, lecz pozostała na miejscu.

— Mrs Ellwood, obawiam się, że muszę panią poinformować, iż panna Baxter nie jest ze mną.

— Co takiego? — wybuchnęła gospodyni, a jej twarz poczerwieniała. — Mówiłam, żeby pan nie wracał bez niej!

Rewick roześmiał się wesoło i powiedział: — Ale, Mrs Ellwood, za to wróciłem z hrabiną Renwick. — Otworzył szeroko drzwi karety i wyciągnął rękę.

Marie ujęła ją i wysiadła w zimowe światło. Służba wybuchnęła oklaskami, śmiechem i wiwatami na żart Renwicka.

Mrs Ellwood podbiegła i objęła Marie matczynym uściskiem. — Witaj w domu, moja lady! Och, jak się cieszę, że zmądrzał i pojechał po ciebie... tu jest twoje miejsce, i to bez dwóch zdań!

Gdy tylko stajenni skończyli wiwatować, zabrali konie i karetę do stajni.

Służba utworzyła szpaler, by powitać ich w domu, i znów rozległy się brawa.

Doszli do schodów, a Sebastian powstrzymał ich na moment. — Na wszelki wypadek — powiedział.

Marie omal nie zemdlała, gdy podniósł ją i wniósł bezpiecznie po schodach oraz przez próg zamku, by rozpocząć wspólne nowe życie jako hrabia i hrabina Renwick.

❦

Mamy nadzieję, że cudownie spędziliście czas przy romansie Marie i Sebastiana. Przewróćcie stronę, by przeczytać pierwszy rozdział trzeciego tomu serii *Księgarniane Piękności*, Świąteczny Bohater Louise

Świąteczny Bohater Louise

ROZDZIAŁ 1: LOUISE DOWODZI

Hertfordshire, 1814 roku

Louise Baxter, druga od końca, lecz bezsprzecznie najwyższa — i z pewnością najzaradniejsza, przynajmniej w jej własnym przekonaniu — z czterech sióstr Baxter, stała na skraju zabłoconej drogi. Energicznie pomachała na pożegnanie, gdy dyliżans pocztowy wiozący jej siostrę Marie potoczył się dalej, a koła rozchlapywały bryzgi błota, które opryskały jej buty i dół spódnicy. Dyliżans jechał na północ i z każdym szarpnięciem oraz kołysaniem niósł Marie coraz dalej w pierwszą część jej długiej podróży do Kumbrii. Louise trzymała się prosto, z ramionami ściągniętymi w tył i podniesionym wysoko podbródkiem, zdeterminowana wyglądać na niezachwianą, dopóki powóz całkiem nie zniknie jej z oczu. Tyle przynajmniej była siostrze winna.

Dopiero gdy dyliżans zniknął za zakrętem, Louise pozwoliła, by opadły jej ramiona. Długie, ciężkie westchnienie wyrwało się z jej ust, jakby było tam uwięzione od godzin.

— Ale będziemy miały roboty — wymamrotała, odwracając się do najmłodszej siostry, Bernadette, stojącej u jej boku. Obie tkwiły po kostki w błocie na drodze, a chłód i wilgoć wdzierały się przez solidne buty.

— Musiała jechać — zauważyła rzeczowo Bernadette. Jej ton był lekki, choć mina już nie. Razem pomaszerowały z powrotem ku Baxter's Fine Books, rodzinnemu interesowi, który pochłaniał niemal każdą chwilę ich życia, odkąd były dość duże, by ścierać kurz z półek i układać wystawy. Zanim weszły do środka, zatrzymały się przy skrobaku do butów przed sąsiednią gospodą Red Lion, z wprawą usuwając najgorsze błoto.

— Hrabia Wymagający zamówił książki za niemal sto pięćdziesiąt funtów — ciągnęła Bernadette, strzepując z sukni kropelki błota. — Ale musiałyśmy dostarczyć je osobiście.

— Myślał, że pisze do naszego ojca! — głos Louise nabrał ostrej, rozdrażnionej nuty, a słowa wychodziły urywane, jakby odgryzała je, zanim całkiem zdążyły się wydostać. — Mam nadzieję, że zapłaci, kiedy na jego progu stanie Marie!

— Och, nie bądź taką panikarą — zganiła ją Bernadette. — Książki dostanie, prawda? To nie tak, że go oskubałyśmy. Marie go oczaruje, nie mam wątpliwości, i wróci na Boże Narodzenie — z kieszeniami brzęczącymi od monet.

Louise prychnęła z irytacją. — A tymczasem cała robota spada na nas! — Ich buty dudniły po deskach podłogi, gdy weszły do sklepu i zamknęły drzwi, odcinając chłód i wilgoć.

Nie tylko nieobecność Marie ją przygniatała. Było ich już

o jedną siostrę mniej, bo najstarsza, Estelle, poślubiła pana Yatesa i wyjechała do Irlandii odwiedzić jego matkę. Najwcześniej wróci dopiero wiosną.

Mimo to, gdy Louise rozejrzała się po księgarni, irytacja zmiękła w coś cieplejszego. Sklep zawsze był jak dom. Pachniał stęchłym papierem i starym wyprawianym cielęcym, zapach, który — jak sądziła — na zawsze zostanie w jej pamięci, podbity ostrą, kwaskowatą nutą świeżego kleju. Przez okna wpadało niewiele światła, bo większość szyb dawno zasłoniły regały uginające się od książek. Zamiast tego liczne kąty i zakamarki rozjaśniały starannie osłonięte lampy olejowe wiszące na belkach i rozmieszczone w strategicznych miejscach. Ich złocisty blask ożywiał półki i stosy, rzucając tańczące po ścianach cienie.

Ruth Millings, ich młoda pomocnica, krzątała się z miotłą, gdy Louise i Bernadette weszły. Jej ojciec, ognisty pastor Silas Millings — prywatnie wśród sióstr Baxter zwany „Starym Siarką" — bardzo jasno dał do zrozumienia, że Ruth ma zachowywać się z najwyższą przyzwoitością. Pozwolił jej przyjąć posadę tylko pod warunkiem, że co niedzielę cała jej pensja trafi prosto do kościelnej tacy.

— Nie wchodziłam jeszcze za ladę — powiedziała niepewnie Ruth, kiedy Louise i Bernadette zdejmowały płaszcze. Jej głos był cichy, niemal przepraszający, a dłonie nerwowo ściskały trzonek miotły.

— W porządku — odparła Louise z uspokajającym uśmiechem. — Zajmę się tym.

Sięgnęła po małą szufelkę, skrobak i szmatki, które trzymały specjalnie do tego zadania, i weszła za ladę. Tam, jak zwykle, czekał poranny prezent od Crafty, sklepowej kotki.

Crafty, której pełne imię brzmiało Wollstonecraft, gdy była w poważnych kłopotach, od lat była ważnym trybikiem w funkcjonowaniu sklepu. Była znakomitą łowczynią, trzymała w ryzach myszy grożące podjadaniem papieru. Jednak jej zwyczaj zostawiania za ladą częściowo rozpłatanego podarunku dla pań sklepu był już mniej ujmujący. Ostatnio do nawyku dołączył jej syn Pie — młody kocur z talentem do polowania po matce, lecz bez jej dyskrecji — i liczba niemiłych niespodzianek, które Louise musiała sprzątać każdego dnia, podwoiła się.

— Phi, Crafty — mruknęła Louise, marszcząc nos, gdy zdrapywała wstrętną miazgę i wynosiła ją na zewnątrz, by zakopać na gnojowisku. — I ty też, Pie! Między wami dwojgiem nie jestem pewna, czy warto znosić to dla kilku mniej myszy.

Gdy podłoga za ladą była już czysta, Louise umyła ręce, energicznie wytarła je w fartuch i wróciła na stanowisko. To niegdyś był stały rewir Estelle, potem Marie. Teraz, gdy obu zabrakło, Louise i Bernadette na zmianę obsługiwały ladę.

Dzwonek nad drzwiami zabrzęczał i Louise podniosła wzrok, spodziewając się klienta. Zamiast niego to była Rosie, młoda służąca, którą pan Yates zatrudnił im, zanim zabrał Estelle do Irlandii. Rosie pomagała pani Poole, gospodyni, przy gotowaniu, sprzątaniu i praniu, odciążając siostry od domowych obowiązków, które wcześniej dzieliły między sobą.

— Dzień dobry, Rosie — powiedziała ciepło Louise. — Pani Poole ucieszy się, kiedy pójdziesz na górę.

Rosie dygnęła szybko, z rumieńcami na policzkach, po

czym pofrunęła ku schodom. Spojrzenie Louise na moment za nią podążyło i poczuła ukłucie zazdrości. Jakże miło byłoby uciec na górę, do cichego sanktuarium jej introligatorskiej pracowni! Czekało tam kilka projektów — książki z pękniętymi grzbietami i kruchymi kartami, które trzeba było ostrożnie oprawić na nowo. To była praca, którą lubiła, wymagająca skupienia i precyzji, i pragnęła się w niej zatracić.

Ale ktoś musiał mieć oko na klientów, a Bernadette była dziś zajęta, odwiedzając kobiety potrzebujące jej zielarskiego doświadczenia. Więc Louise została za ladą, gotowa witać stały strumień bywalców, którzy nieuchronnie się pojawią.

Do sklepu rzeczywiście napłynęła równa fala klientów, a potem przyszedł młody Brutus Baxter. Środkowy syn ich kuzynów, miły chłopak, któremu okropni rodzice nadali okropne imię. Spędzał czas w księgarni, by uciec z domu, gdzie rodzice go zaniedbywali, a okropny starszy brat gnębił.

— Są dziś jakieś książki do oprawy, Kuzynko Louise? — zapytał z zapałem Brutus. Zainteresował się introligatorstwem, a Louise chętnie uczyła go rzemiosła.

— Owszem. — Louise zastanowiła się. — Mamy kilka rzeczy, które możemy zrobić przy ladzie, zwłaszcza jeśli pomożesz mi jako druga para rąk. Proszę, popilnuje pan przez chwilę lady. Zejdę i przyniosę parę rzeczy.

Po schodach zeszła pani Poole, kipiąc z ekscytacji. — Nie uwierzysz, Louise, co właśnie usłyszałam od Rosie!

— Zapewne rzeczywiście nie — przyznała sucho Louise. Pokojówka przy Louise prawie się nie odzywała, za to dla pani Poole była pełna hatfieldzkich ploteczek.

— Był pożar!

— Zatkany komin czy coś w tym guście? — spytała Louise bez większego zainteresowania. Pożary zimą nie były rzadkością; wszyscy potrzebowali ognia, by się ogrzać!

— Nie, podłożony!

To już było warte uwagi. Louise skupiła się na pani Poole. — Gdzie? Złapano sprawcę?

— Znasz tę małą chatkę przy drodze do St Albans, tuż za miasteczkiem, z tym zapadającym się dachem?

Louise w istocie chatki nie znała. To Bernadette włóczyła się wszędzie po okolicy, odwiedzając ludzi ze swoimi ziołami; Louise wolała trzymać się bliżej domu. Skinęła jednak głową, bo inaczej pani Poole spędziłaby cały dzień, usiłując ją przekonać, że jednak zna.

— Nikt tam teraz nie mieszka, wiadomo, nie nadaje się, ale kilku weteranów spało tam pod gołym niebem. — Pani Poole skrzywiła się lekko.

Oczywiście wszyscy byli ogromnie wdzięczni dzielnym żołnierzom, którzy pokonali Napoleona i udaremnili wiszące nad Anglią francuskie zagrożenie, ale jakoś wydawało się ich kręcić po Hatfield więcej, niż kiedykolwiek wyruszyło na wojnę. Z pewnością więcej, niż było zimą pracy dla mężczyzn. Louise nie bardzo rozumiała, czemu nie wracają tam, skąd pierwotnie pochodzili, albo do miast, które w walce straciły wielu mężczyzn.

— To któryś z żołnierzy podłożył ogień? — zapytała, choć nie bardzo pojmowała, któż byłby na tyle niemądry, by podpalać budynek, w którym próbuje się mieszkać.

— Nie! Obudzili się w nocy, bo ktoś wrzucił do środka lampę! Roztrzaskała się i zajęła słomę, na której spali, więc musieli pędzić na zewnątrz. Szczęście, że nikt się nie poparzył! — Pani Poole kiwnęła mądrze głową.

— Wygląda na to, że sprawcą jest ktoś, kto nie życzy sobie żołnierzy w okolicy — podsunęła Louise. — To najbardziej oczywisty motyw.

— Posłuchaj jej, mówi o sprawcach i motywach! Znowu czytasz powieści o mordercach?

Louise udała, że nie słyszy. Miała słabość do powieści — im bardziej emocjonujących, tym lepiej — a już szczególnie do takich, w których trzeba rozwikłać porządne morderstwo. — Oby weterani znaleźli lepsze miejsce do spania — powiedziała.

Nie mogąc jej nakłonić do dalszych spekulacji o pożarze, pani Poole poszła poszukać lepszego partnera do plotek, a Louise wróciła do pracy.

— Co robimy, Kuzynko Louise? — zapytał podekscytowany Brutus, kiedy położyła na ladzie przyniesione rzeczy.

— Obawiam się, że kolejny komplet foliałów Szekspira — odparła. — Jeśli mam zobaczyć jeszcze jeden, to stanowczo za wcześnie. Każdy aspirujący dżentelmen zdaje się uważać go za nieodzowny element biblioteki.

— Kolor jest ładny — powiedział Brutus, przesuwając delikatnie palcami po barwionej na zielono cielęcej skórze.

— Owszem, i jako cielęca skóra tania nie jest, więc musimy wykonać to porządnie i z jak najmniejszym odpadem. Bierzmy się do mierzenia i cięcia...

— Dwa razy mierz, raz tnij — zanucił Brutus, a Louise uśmiechnęła się mimo woli.

— Doskonała dewiza, cieszę się, że słucha pan moich wskazówek!

Zajęli się pracą, a Ruth obsługiwała klientów, o ile nie chcieli czegoś nietypowego albo nie potrzebowali rekomendacji.

Bernadette wróciła wczesnym popołudniem z koszem pełnym jedzenia, które ludzie dali jej w zamian za zioła, więc usiadły i ucztowały na świeżym, chrupiącym chlebie z masłem i miodem.

— Bardzo byś się gniewała, gdybym wyskoczyła jeszcze po południu zamiast stanąć za ladą? — zapytała z nadzieją Bernadette, zerkając na równe stosiki pociętej zielonej cielęcej skóry na biurku. — Mam jeszcze kilka osób do odwiedzenia...

Louise skinęła. — Idź, bylebyś wróciła na zamknięcie, żeby pomóc mi podliczyć rachunki. Wiesz, że od tego boli mnie głowa. Brutus i ja zaczniemy dziś po południu przyszywać składki do tasiemek.

Brutus wyglądał na zachwyconego, że dopuści go do właśnie tego zadania, dość trudnego i wymagającego dokładności. Louise spojrzała na niego z czułością, gdy Bernadette chwyciła kosz i pobiegła na górę, by go uzupełnić.

Wkrótce po tym, jak Bernadette znów wyszła, do sklepu wparował Benjamin Baxter z miną człowieka przekonanego, że świat winien mu ukłon, i od razu obrał sobie za cel Brutusa.

Louise właśnie ściskała w imadle jeden z foliałów za ladą, gdy doszedł ją szyderczy ton Benjamina. Podniosła wzrok i zobaczyła, jak Brutus kurczy się, pobladły, a Ruth zesztywniała nieopodal, z miną zawieszoną gdzieś między zażenowaniem a trwogą. Kilkoma ostrymi słowami Benjamin zdołał zepsuć atmosferę w sklepie, najpierw sypiąc obelgami w brata, a potem z chytrą nutą przerzucając się na Ruth.

Louise nie była nawet całkiem pewna, co niektóre z dalszych słów Benjamina miały znaczyć — choć sugestywny ton mówił aż nazbyt wiele — ale wiedziała, że były zupełnie nie na miejscu. Bez namysłu porwała miotłę stojącą przy ladzie i ruszyła ku niemu.

— Wynocha — warknęła, trzymając miotłę jak żołnierz bagnet. — To księgarnia, Benjaminie, nie szynk — i z pewnością nie miejsce na takie plugastwo.

Odzywka Benjamina urwała się, gdy Louise uniosła miotłę o cal wyżej, a jej mina nie pozostawiała pola do dyskusji. — Chce pan, żebym powiedziała pańskiemu ojcu, co powiedział pan Ruth? A może lepiej, żeby usłyszał to pastor Millings? — zapytała chłodnym, ciętym głosem. Pchnęła miotłą krótko, dobitnie. — Wynocha.

Brawura Benjamina rozsypała się wobec jej surowości. Mruknąwszy przekleństwo, zaczął się cofać ku drzwiom.

— Jeszcze tego pożałujesz — rzucił, lecz próba groźby wypadła blado, gdy Louise zrobiła jeszcze krok naprzód.

— Szczerze w to wątpię — odparła.

Gdy drzwi zamknęły się za nim, Louise pchnęła je dla pewności. — I nie wracaj! — zawołała za nim, po czym odwróciła się do Ruth i Brutusa. Westchnęła, odkładając miotłę. — Okropne zachowanie — mruknęła, kręcąc głową.

Ruth, wciąż stojąca przy półkach, otarła cichą łzę.

— Nic pani nie jest? — zapytała Louise łagodniej.

Dziewczyna szybko skinęła, choć nerwowo kręciła palcami fartuch. — Tak, dziękuję, pani Baxter. Była pani bardzo dzielna, że stanęła mu pani naprzeciw!

— Pierwszorzędnie — wtrącił Brutus, a jego szczere uwielbienie sprawiło, że Louise mimo wszystko parsknęła śmiechem.

— Większość tyranów odpuszcza, kiedy im się postawi — powiedziała Louise tonem stanowczym, ale dodającym otuchy. Spojrzała badawczo na Ruth. Dziewczyna była dobra i łagodna, ale zbyt nieśmiała. — A solidnie wymierzona miotła — lub odpowiednio użyte kolano — potrafi skłonić upartych do namysłu.

* * *

Kilka dni później pogoda popsuła się doszczętnie — ulewny deszcz mieszał się z deszczem ze śniegiem. Było tak wilgotno, że ogień w małej kozie pośrodku sklepu — ustawionej w bezpiecznej odległości od półek — zgasł w środku popołudnia.

— Wyczyśćcę ruszt — zaproponował Brutus — i rozpalimy nowy ogień suchym drewnem.

— Nie mamy, jak sądzę, wielkiego wyboru — Louise zadrżała, sięgając po zimowy płaszcz i wsuwając ramiona w rękawy. Bernadette była na górze w kuchni, mieszając mieszanki ziołowe, zapewne rozkoszując się ciepłem od kuchennego pieca. — Musi być ciepło w sklepie, inaczej nikt nie będzie się kręcił między półkami dość długo, by coś kupić!

Brutus z zapałem zabrał się do pracy, zgarnął do popielnika nadpalone, wilgotne szczapy i popiół, po czym wyniósł je i wyrzucił na podwórzowe gnojowisko. Ułożył ogień bardzo zręcznie i wkrótce płomyki buchnęły na nowo.

— Dobra robota, Brutusie — pochwaliła Louise. — Lepiej miej na niego oko. Użyj tyle dodatkowego drewna, ile trzeba, żeby grzał dość mocno i nie zgasł, ale pamiętaj o parawanie przed paleniskiem.

— Mogę usiąść przy nim i poczytać? — zapytał Brutus z nadzieją.

— Oczywiście. Wybierze pan, co pan chce. — Przejechała mu czuło dłonią po włosach, idąc z powrotem do lady. Ojciec Brutusa, Joshua, był zbyt skąpy, by wykupić nawet abonament do ich biblioteki podręcznej; tym bardziej nie zamierzał wydawać pieniędzy na książki dla lekceważonego średniego syna. Louise cieszyła się, że Brutus może czytać do woli w księgarni — jego pomoc była tego warta.

— Najpierw proszę umyć ręce — upomniała, widząc jego osmolone palce. Chłopak posłał jej uśmiech i pomknął załatwić tę sprawę.

Usiadłszy znów przy ladzie, Louise sięgnęła po dzisiejszą korespondencję i zaczęła ją przeglądać. Kilka zamówień w odpowiedzi na ich ostatnie ogłoszenie w The Times, liścik od drukarza, by odebrać następną partię Szekspirów do oprawy... Louise jęknęła. Jeszcze więcej Szekspira! Zielona cielęca skóra wciąż schła w prasach! Cóż, rano pośle Brutusa.

Dzwonek u drzwi zadźwięczał, a ona podniosła wzrok z marsową miną, gdy przeszył ją wilgotny, lodowaty podmuch, targając kartkami na biurku. To tylko pani Poole wracała, więc Louise skinęła jej i wróciła do listów.

Popołudnie było spokojne — mało kto oddalał się dziś z domu przy tak parszywej pogodzie. Dyliżans pocztowy zagrzmiał w pędzie, kopyta i koła narobiły rumoru, po czym zajechał na podwórze zajazdu, a woźnica wrzasnął o świeże konie.

Musiała być prawie czwarta. Louise westchnęła, sięgając po księgę sprzedaży. Czas podliczyć dzienne utargi. Choć popołudnie było ciche, rano sprzedały sporo drobiazgów, zauważyła, i z mozołem zaczęła liczyć, licząc, że siostra zejdzie i sprawdzi rachunek.

Zegar kościelny wybił czwartą, a Louise już miała zawołać do Ruth, by zamknęła drzwi i odwróciła tabliczkę na ZAMKNIĘTE, gdy drzwi sklepu znów się otworzyły. Słowa powitania ugrzęzły jej w gardle, bo w progu stanął wysoki mężczyzna, niemal całkiem tarasując wejście samą swoją posturą.

Kątem oka dostrzegła czarną smugę mknącą ku otwartym drzwiom i krzyknęła: — Crafty, nie!

Olbrzym w progu uniósł masywny but, zgrabnie zastawił drogę uciekinierce i zamknął za sobą drzwi, po czym podszedł do lady. Louise wpatrywała się w niego, jak zaczarowana. Niewielu było w okolicy mężczyzn, którzy mogli spojrzeć jej w oczy, ale ten był niemal olbrzymem; byłby od niej wyższy o całą głowę, jeśli nie więcej.

— Gdzie to postawić? — zabrzmiał nisko, a Louise dopiero wtedy zauważyła skrzynię zrównoważoną na jego szerokim ramieniu.

Kliknij tutaj, aby kontynuować czytanie książki *Świąteczny Bohater Louise*.

O Autorkach

Catherine Bilson i Ebony Oaten od lat współpracują, tworząc wieloautorskie antologie romansów w stylu regencji, które trafiają na listy bestsellerów.

Na konferencji Romance Writers of Australia w Adelaide w 2024 roku były pochłonięte prowadzeniem Indie Book Store, kiedy wpadły na pomysł tej serii. Księgarnia miała odegrać dużą rolę — i tak przecież spełniały swoje marzenie, sprzedając książki czytelnikom.

Dlaczego więc nie osadzić historycznej serii w samej księgarni? Z siostrami, które każda z osobna odnajdują miłość w tętniącym życiem miasteczku. Natychmiast zaczęły burzę mózgów nad komplikacjami i problemami — a co, jeśli ich ojciec pognał do Francji po wygnaniu Napoleona na Elbę, żeby zdobyć rzadkie książki? Bohaterowie przecież nie mieli skąd wiedzieć, że Napoleon już po kilku miesiącach ucieknie i sprowadzi na Francję chaos!

Na tej samej konferencji Catherine zdobyła RUBY — nagrodę Romantic Book of the Year — za swoją nowelę *The Bride Said No*. Ta nowela, rzecz jasna, zaczynała jako część jednej z ich wspólnych antologii.

Ebony również wcześniej zdobyła Ruby — kilka lat temu, za jedną ze swoich słodkich powieści romantycznych, *The Girl and The Ghost*.

Skoro połączyły siły w romansie, na pewno mogły wymyślić coś wspaniałego.

Możesz śledzić autorki, zaglądając na ich strony i zapisując się do newsletterów.

O CATHERINE:

— Dorastałam w XIV-wiecznym dworze w północnej Walii i większość młodości spędziłam, wymyślając historie o ludziach, którzy mogli w nim kiedyś mieszkać. Kilka lat później uciekłam i poślubiłam przystojnego Australijczyka, a teraz żyję z nim i naszymi dwoma synami w nieustannym słońcu Queensland.

— Piszę oryginalne romanse w epoce regencji, wariacje inspirowane Austen oraz romanse o pionierach w Ameryce. Tworzę też współczesne romanse i romantic suspense pod pseudonimem Caitlyn Lynch.

O EBONY:

Ebony pochodzi z Melbourne w Australii i pracowała jako dziennikarka w kilku lokalnych redakcjach w mieście. Potem spróbowała sił w pisaniu romansów i już nie oglądała się za siebie. Wyszła za Walijczyka, takiego swojskiego *boyo*, i wychowują syna w Melbourne, gdzie jednego dnia potrafi być nieznośnie gorąco, a następnego leje jak z cebra.

Księgarniane Piękności

Gorący Wielbiciel Estelle

Wesoły Dżentelmen Marii

Świąteczny Bohater Louise

Przystojny Doktor Bernadette

Chętna wdowa po Matthew

Również autorstwa Catherine Bilson

Więcej informacji o Catherine i jej książkach znajdziesz tutaj:

https://www.shenaniganspress.com/pl